文学の中の駅

文学の中の駅

名作が語る〝もうひとつの鉄道史〟

原口隆行

国書刊行会

目次

＊本書は、季刊誌『旅と鉄道』（鉄道ジャーナル社）に昭和五十三～六十年にかけて三十一回にわたり連載された「文学の中の駅」（十一回からは「鉄路の美学　文学と鉄道」と改題）より、十四回分の記事と、平成六、八年に、同じく『旅と鉄道』に発表された二つの記事をあわせて、加筆・訂正の上、一冊にまとめたものである。これ以外の十七回の連載分は別に『鉄路の美学　名作が描く鉄道のある風景』（小社刊）としてまとめた。

＊本書には、文中に「現在の～」「今年の～」などの表記があるが、これらはいずれも雑誌連載当時の時期を示すものである。現在の状況とはそぐわない箇所もあるが、あえてそのままとした。このため、雑誌連載時から現在に至る状況の変化と推移、また現況を考察した解題を、雑誌連載の初出を示した後、新たに各編末に付した。

松本清張の『点と線』

社会派推理小説の舞台裏

東海道本線
東京駅
鹿児島本線
香椎駅
西鉄宮地岳線
香椎駅

推理小説界の一大エポック『点と線』

松本清張は、現在最も精力的に力作を発表し続けている作家の一人である。推理小説あり、社会小説あり、歴史小説あり、ノンフィクションもあれば、深い関心と造詣に裏打ちされた考古学や古代史についての考証があり、そしてこれらのいくつかをないまぜにしたものも多い。作品内容の幅の広さという点では当代随一といってもいいだろう。

その松本清張を語るうえで、『点と線』は絶対に忘れてはならない一作だろう。代表作の一つといってもいいかも知れない。その証拠に実によく読まれている。

のちにくわしくふれるが、ここで使われているトリックは、発表当時はともかく、今となっては決して新しいものではない。その意味ではもう古典の域に入っている作品である。

にもかかわらず、今にいたるも読み継がれている要因は、一体なんだろう。

ちなみにいうと、昭和三十五年（一九六〇）七月十日に初版を出したカッパ・ノベルスは、今年の二月二十日で実に百二十三刷という驚異的な数字を記録した。昭和三十四年十二月に出た『ゼロの焦点』も百二十三刷でよく読まれているが『眼の壁』は九十九刷とかなりの開きがある。また、昭和四十六年五月二十五日が初版の新潮文庫版も今年の一月で三十四刷に達した。

この『点と線』は、昭和三十二年（一九五七）に発表された。もう少しくわしくいうと、月刊誌『旅』に同年の二月号から連載が始まり翌年の一月号に完結したものである。松本清張が取り組んだ、初めての長編推理小説であった。

昭和三十二年という年は、松本清張にとっても日本の推理小説界にとっても、一大エポックとされている年である。『点と線』の成功により作家の地位が確立したからであり、それまでの推理小説にはない新風がこの作品に吹き込まれたからである。多くの識者がそのことについて、さまざまの角度から評論・解説をしているが、それらを要約すると次のようなことになろうか。

『点と線』以前には、日本に推理小説はなかった。あったのは探偵小説である。たんなる謎《なぞ》解きの興味だけで超人的な探偵を創造し、荒唐無稽なストーリー展開に終始していたそれまでの探偵小説界に、初めて社会性の高いテーマを織り込み、リアリスティックなドラマを成立させた。『点と線』こそは社会派推理小説とでもいうべき文学エコールの嚆矢《こうし》となった記念すべき作品である、と——。

その通りだ、と思う。だからこそ永遠のベストセラーとして世代を超えて読まれているのだろう。『点と線』は文学史的にも重要な位置を占める小説なのである。

だが、われわれがこの小説に魅《ひ》かれるのはただそれだけの理由からではない。この作品を成功させた要因はもう一つある。それは、〝旅〟という要素を推理、ここではアリバイ破りということになるが、その中に横糸として織り込んだことである。連載した雑誌の性格からいってあたり前といってしまえばそれまでだし、編集部の方からそういう注文もついたわけだが、これほど〝旅〟が重視された小説も珍しかったはずである。

〝旅〟――それも当時の時刻表、ということはそのころ実際に運行されていた列車や飛行機を舞台にしての推理小説とくれば、鉄道に興味を持った者にはまさにこたえられないわけだ。最後のところに昭和三十二年の時刻表によると断ってあるが、全編を通じて当時の鉄道の状況を知りうる貴重な情報がいっぱい詰まっている。作品自体は完全なフィクションだが、こと鉄道に関する限りノンフィクションだから、この面でのリアリティは相当高い。そのへんが鉄道ファンには嬉しいのである。

前置きがかなり長くなってしまったが、こういったことを予備知識として頭に入れ、そろそろ『点と線』の旅に出かけることとしよう。

謎を秘めた東京駅〝四分間の見通し〟

すでに読まれた人も多いと思うし、推理小説の梗概《こうがい》を書くくらい不粋なこともないのだが、考察を容易にするために少しふれておこう。

××省の汚職事件で取調べ必至とみられていた課長補佐の佐山が赤坂の料理屋の女中お時と、九州香椎《かしい》の海岸で情死体となって発見された事件を、福岡署の「よれよれのオーバーを着た四十二三の、痩《や》せた風采《ふうさい》のあがら」ない鳥飼刑事の協力を得て、警視庁捜査二課の若い警部補三原が、××省出入りの機械工具商安田の仕組んだ殺人事件と見破り、安田の鉄壁のアリバイを突き崩していくというのが全編のプロットである。

ドラマはまず安田がお時の仲間の女中二人を食事に誘い、その足で東京駅に向かうところから始まる。

駅につくと安田は切符を買い、二人には入場券を渡した。鎌倉の方に行く横須賀線は十三番ホームから出る。電気時計は十八時前をさしていた。

「ありがたい。十八時十二分にまに合うよ」と安田は言った。

だが、十三番線には、電車がまだはいっていなかった。安田はホームに立って南側の隣のホームを見ていた。これは十四番線と十五番線で、遠距離列車の発着ホームだった。現に今も、十五番線には列車が待っていた。つまり、間の十三番線も十四番線も、邪魔な列車がはいっていないので、このホームから十五番線の列車が見とおせたのであった。

「あれは、九州の博多《はかた》行の特急だよ。《あさかぜ》号だ」

安田は、女二人にそう教えた。

そしてこのホームを旅支度をしたお時が若い男と歩いているのを安田が見つけて、女二人はびっくりしてしまう。

〝四分間の見通し〟のトリック

あとではっきりするのだが、十三番線から十四、十五番線が見とおせるのは、一日のうちたった四分間しかない。

翌日、三原紀一は東京駅に行った。昨夜は熟睡したせいか、頭がすっきりして気分がよかった。疲労が一晩でなおるのも、やはり若さのせいだった。

彼は十三番ホームにたたずんで、八重洲《やえす》口の方向を眺めていた。さも人を待っているというふうに、一時間以上も突ったっていた。

だが、十三番線の横須賀線電車にさえぎられてどうにも見通しが悪い。

（すると、どうなるのだ。佐山とお時とが《あさかぜ》に乗りこんだのを見た目撃者は、たしかに横須賀線のこの十三番ホームからだった。《あさかぜ》は十五番から発車する。彼らが見た間だけ、見通しがきいたのであろうか？）

ふとこう思った三原はその足で助役室に向かい、尋ねてみる。ダイヤグラムを調べた助役は、自分でも信じられないといった顔で次のように教えてくれる。

「《あさかぜ》が十五番線のホームにはいってくるのは、十七時四十九分で、発車は十八時三十分です。四十一分間ホームに停車しているわけです。この間の、十三、十四番線の列車の出入りをみますと、十三番線の横須賀行一七〇三電車が十七時四十六分に到着し、十七時五十七分に発車します。それが出たあと、すぐに一八〇一電車が十八時一分に同じホームに到着し、十八時十二分に発車します。しかし、その電車が出ても、十四番線には静岡行普通の三四一列車が十八時五分にはいって、十八時三十五分まで停車していますから、となりの十五番線の《あさかぜ》の姿をかくして見えないわけです」

一日のうちでもこの時間帯のたったの四分しか、十三番線から十五番線が見通せないことを知って、初めて三原は安田が女二人に佐山とお時が〈あさかぜ〉に乗り込むところを目撃させるための芝居を演じたのではないかとの疑いを抱く。つまり、香椎の海岸で死んだ二人を情死と思いこませるためには、二人が愛人関係（実際はちがうのだが）にあったことを、だれかにさりげなく確認させる必要があったわけである。この当時、九州特急は〈あさかぜ〉のほかに、十九時発の長崎ゆき〈さちかぜ〉というのがもう一本あったが、安田にはこの列車では都合が悪かった。たったの四分だが、ともかくも十三番から十五番を見通せる〈あさかぜ〉の時間帯を最大限に利用する必要があった。この〝四分間の見通し〟という作為によって、三原のアリバイ破りは本格的にスタートすることになる。ついには情死に見せかけた殺人が安田とその妻亮子の仕業だったことを突きとめるわけだが、この導入部のトリックはその意味で作品全体の重要な伏線となっている。

〝四分間の見通し〟は発表されたときから大きな話題を呼んだ。実際に現場に出かけて行って確認した読者もいたらしい。作者が頭の中で勝手に考え出したダイヤでなく、本当に使われていたダイヤだけに、生《なま》の迫力があったわけである。まさに鉄道推理の醍醐味が凝縮されている感がある。

二十年余の歳月が流れた『点と線』

だが、それから二十余年の歳月が流れて、東京駅もすっかり様相を変えた。変わらないのは、昔も今も日本一の駅ということぐらいだろう。

かつて『朝日新聞』が「読書特集」という企画の中で「舞台再訪・私の小説から」というのを連載したことがある。松本清張が登場するのはその三回目、昭和四十一年（一九六六）七月七日付の紙面である。その中で作者は東京駅のことをこう書いている。

東京に帰って十三番線ホームに立った。むろん、ダイヤはすっかり変っている。十七時五十七分と十八時一分の間の四分間は消えて無くなり、したがって十三番線ホームから九州行の長距離列車を見通すことはできなくなった。私が立ってみた時刻は十一時三十六分から四十四分までの八分間だった。あのころと変っているのは、十五番線のむこうに一段と高い新幹線のホームができていることだった。

「点と線」を書いてからすでに八年ほど経っている。風景も変った。私の気持も少しずつ変った。

新幹線が開業したのは昭和三十九年（一九六四）十月一日のことだから、この文が書かれたときは一年九カ月が経過し、ようやく旅行者になじまれ始めたころである。

東京駅はその後もさらに変貌を重ねて、この由緒ある（？）14、15番線は四十八年（一九七三）三月についにその姿を消してしまう。新幹線ホームが手狭になったためである。そして、横須賀線は隣りの9、10番線へと移動し、〈あさかぜ〉をはじめ、ぐっとその数をふやした九州特急群が12、13番線から発車するようになった。どういうわけか東京駅には11番線のホームがない。新しい15番線は新幹線用として高いホームになり、14番線はその後ずっと欠番となった。工事が始まったから、やはり新幹線用として近くおめみえすることになるだろう。そうなるとまた様子が変わる。

『点と線』は、こういう一事をもってしてももはや古典である。それにしても、今日のブルートレイン・ブームを先取りした感のあるこの作品は、やはり鉄道ファンなら一読すべき作品の一つといえるだろう。

余談だが〈あさかぜ〉は今でも〈あさかぜ1号〉として活躍している。変わった点は、列車番号が7から9になったことと、発車時刻が五分早まり十八時二十五分となったこと。それに博多到着が十一時五十五分から十時五十三分と一時間ほどスピードアップしたこともあげねばなるまい。ただ、名古屋の到着時間は前者が二十三時二十一分、後者が二十三時十五分とほとんど変わっていない。差がつくのはそこからで、現在の〈あさかぜ1号〉は岡山までをノンストップで突っ走る（ただし運転停止はある）。新幹線が博多まで延びたことで、京都、大阪、神戸などの深夜の客を拾う必要がなくなったためである。

『点と線』の舞台になった国鉄と西鉄の香椎駅

舞台は一転して九州へと移る。下りの〈あさかぜ〉に乗って、殺人現場へ急ごう。

鹿児島本線で門司《もじ》方面から行くと、博多《はかた》につく三つ手前に香椎《かしい》という小さな駅がある。この駅をおりて山の方に行くと、もとの官幣大社香椎宮《かしいのみや》、海の方に行くと博多湾を見わたす海岸に出る。

前面には「海《うみ》の中道《なかみち》」が帯のように伸びて、その端に志賀島《しかのしま》の山が海に浮び、その左の方には残《のこ》の島《しま》がかすむ眺望《ちょうぼう》のきれいなところである。

この海岸を香椎潟《かしいがた》といった。昔の「橿日《かしい》の浦《うら》」である。太宰帥《だざいのそち》であった大伴旅人《おおとものたびと》はここに遊んで、「いざ児《こ》ども香椎の潟に白妙《しろたえ》の袖《そで》さへぬれて朝菜摘みてむ」（万葉集巻六）と詠《よ》んだ。

万葉人にまで歌われたこの「香椎潟」で、〈あさかぜ〉で南下した佐山とお時の心中死体が見つかったのは、二人が東京を発ってから一週間経過した、一月二十一日のことである。見た目には完璧な情死で、疑わしい点は露ほどもない。

だが、ここに一人だけ不審を抱いた男がいた。福岡署の中でも最もさえない刑事の一人鳥飼重太郎である。鳥飼はまず男の死体から見つかった〈あさかぜ〉の食堂車の領収証の「御一人様」というのに疑問を持つ。かねてから深い仲にある二人なのに、列車という限られた空間で、男だけが食事をとるということがあり得るだろうか？

その後の調べで、佐山は十五日の朝、博多入りをして以来、心中の日まで、一人で市内の旅館に滞在していたことがわかる。お時はその間どこでなにをしていたのか全くわからない。鳥飼は自分も自ら旅館を訪ね、女から電話が入るや、突然飛び出して行き、そのまま香椎の海で死んでしまった佐山の行動に自然でない何かを感じる。そしてそのことが、彼をふたたび香椎へと行かせることになるわけだ。

彼は市内電車を箱崎《はこざき》で降り、和白《わじろ》行の西鉄電車に乗りかえた。香椎に行くには、汽車の時間をみて行くよりもこの方が便利である。電車は国鉄よりも海岸沿いを走った。

西鉄香椎駅で降りて、海岸の現場までは、歩いて十分ばかりである。駅からは寂しい家なみがしばらく両方につづくが、すぐに切れて松林となり、それもなくなってやがて、石ころの多い広い海岸となった。この辺は埋立地なのである。

❶

❷

❶〈あさかぜ１号〉から見た現在の香椎駅
❷国鉄鹿児島本線の香椎駅

（中略）

重太郎は、少し急ぎ足でもとの方へ引きかえした。西鉄香椎駅を通り抜けて、国鉄の香椎駅へ向った。この二つの駅の間は、五百メートルぐらいしかない。道の両側は、ややにぎやかな町なみであった。

（中略）

今まで佐山たちは、電車で西鉄香椎駅に降りたことばかり思いこんでいたのだが、あるいはこの香椎駅へ汽車で来たかも知れないのだ。ふたたび時刻表を見上げると、博多の方から来る上りで二十一時二十五分があった！

それから鳥飼は、駅前の果物屋の店主に男女二人を目撃したかどうかを尋ねる。店主の証言では確かにそれらしいアベックがこの列車で降りて海岸へ向かっている。ところがここでハプニングが生じる。買物をしていた若い会社員が、競輪場前を二十一時二十七分に出て西鉄香椎に三十五分に着く西鉄電車にも心中したと思われる男女が乗っていたというのである。しかも女のほうが、はっきりとわかる標準語で「ずいぶん寂しい所ね」と言っている。

国鉄香椎と西鉄香椎との時間距離

鳥飼はふたたび国鉄香椎に引き返し、それからゆっくり西鉄香椎に歩き出す。六分弱である。もう一度、さらにゆっくり国鉄の駅へ向かう。今度は六分少々。さらに繰り返す。およそ八分。

二十一時二十四分着の国鉄列車と、三十五分着の西鉄電車の十一分の差がどうしても納得できない。

その後もいろいろ調べるが、この謎がどうにも解けないまま、鳥飼は東京からの客を迎えることになる。

三原警部補である。

鳥飼は三原に、それまで自分が調べたことのすべてを話す。列車食堂の領収証のことも、国鉄香椎と西鉄香椎の時間距離のことも。

ここで初めて、お時のほうは〈あさかぜ〉でそのまま博多入りをしないで、どこか途中で、多分、熱海か静岡で途中下車したのではないかとの疑問が生じてくる。そして、前述した東京駅の〝四分間の見通し〟があって、三原の関心は一挙に安田へと向かっていくわけである。

「点」と「線」の意味するものは？

安田に初めて会った三原は、ここで手痛い打撃を受けることになる。それとなく一月二十日から二十一日の安田のアリバイを問いただすと、なんと九州とは反対の北海道の札幌に出張していたというのである。二十日の十九時十五分上野発の急行〈十和田〉で青森着二十一日九時九分、九時五十分発の青函連絡船に乗り継いで函館着が十四時二十分、三十分後に出る急行の〈まりも〉で札幌に二十時三十四分に到着したというのが、安田の証言だった。札幌にはちゃんと目撃者もいる。

三原は、実際に〈十和田〉で札幌まで出かけて行く。だが、安田のアリバイは不動だ。不都合なことに、ふと思いあたって調べた連絡船の船客名簿にも、安田の直筆が発見される。三原は完全に敗北して東京に戻る。

そんな三原が、ようやく安田は飛行機を利用したのではないかという考えに行きつく。

福岡発八時で東京着が十二時の３０２便、そして東京発十三時で札幌着が十六時の５０３便で札幌入りしたのではというわけだ。

このあたり、今の若い読者が読んだら、なあんだそんなこと……というかも知れない。だが、今でこそ飛行機は便利な足として日本各地をくまなく結んでいるが、当時は東京―福岡が往復で六便、東京―札幌も六便しかなかった。しかも前者が片道一万二六〇〇円、後者が一万一七〇〇円と、料金のほうも相当なもので、とても庶民には考えられない交通機関だったのである。

焦点をここにしぼった三原は、悪戦苦闘の末、ついに安田のアリバイ崩しに成功する。

ここから先は詳述する必要はあるまい。犯人は安田と、鎌倉で病床に伏せていた妻の亮子だった。国鉄香椎で下車したのが佐山と亮子で、西鉄香椎では安田とお時が降りて、ともに海岸に向かった。岩だらけの真っ暗な海岸で、少しはなれたところにいた二組の男女のうち、若い男と女が、毒入りのジュースを飲んで息絶える。三原が鳥飼に宛てた手紙の中にこういう一節がある。

佐山とお時とはばらばらな二つの点でした。その点が相寄った状態になっていたのを見て、われわれは間違った線を引いて結んでしまったのです。

これまで、「点」と「線」のことを時刻表のことだとばかり思っていた方には申し訳ないが、「点と線」の意味は実はこういうことだったのである。

松本清張は香椎の駅に降りていなかった

さて、松本清張が「小さな駅」と描写した国鉄香椎駅だが、意に反して当時も今も、相当の駅である。明治二十三年（一八九〇）九月二十八日に開業、同四十三年（一九一〇）十一月二十八日には当時の八代駅舎を移して改築したこの駅のことを、三十一代の駅長として昭和三十三年（一九五八）二月二十日から三十四年二月十四日という〝事件の直後〟にこの駅に在籍した豊野令という人が『九州の駅』という著書の中で、こう書いている。

「博多に着く三つ手前に香椎という小さな駅がある」と宣伝されたが、多々良川側の香椎操車場をいれると駅員数二百人、兵隊の位でいえば中隊長で、松本清張がいう程そう小さな駅ではない。

昭和三十五年（一九六〇）の記録では、一日の乗客が三四九六名、収入は八万二一四二円である。ではなぜ作者はこの駅を、小さな駅にしてしまったか？　先に引いた「舞台再訪」からもう一カ所引用しよう。

――今度、この文章を書くに当って三十数年ぶりに香椎の海岸に行ってみた。沖に見える島のかた

❸

❹

❸西鉄宮地岳線の香椎駅
❹『点と線』の犯行現場とされた現在の香椎潟

ちは変らないが、海岸線の模様はかなりの変貌だった。大きな団地が建ちならんでいる。それだけ海岸も狭まったようだ。それから海が実にきたなくなっている。海ぎわの岩の上を歩きながら久しぶりに磯の香を吸込んだが、この変り方は昔をなつかしむ者に落胆しか与えなかった。また、国鉄の香椎駅と西鉄香椎駅の間は、あのころより見違えるようにきれいになり、にぎやかになって、私が作中の人物にいわせた「ずいぶん寂しいとこね」という言葉は、似つかわしくなくなっている。

（傍点筆者）

なんのことはない。作者は『点と線』を書くにあたって、香椎の地なぞ訪ねはしなかったのである。昭和四、五年（一九二九、一九三〇）ごろの記憶で書いたのである。青函連絡船や札幌のシーンは、行かずに、それこそ〝推理〟で書いたなということが明らかに知れるが、この香椎の描写には筆者もすっかりだまされてしまった。それほど迫真の描写だったわけである。

香椎駅は今も着実に発展している。昭和五十二年度で、一日の乗降客一万三七四四名、収入百六十九万八四五六円。操車場を入れて二百九十四名の職員を持つ。

一方、西鉄香椎はどうか。昭和三十二年（一九五七）四月に合理化が施されて以後、駅職員はずっと四名だが、乗降客は一日五七〇〇人から八〇〇〇人になった。

面白いのは電車のダイヤで、当時二十一時三十五分に着くそれがないのである。いろいろと資料を準備して説明してくれた営業所の主任の今林さんが首をかしげた。思うに時刻表は、国鉄はどんなローカル線でも載せるが私鉄は中間の時間帯をとばして載せるため、作者が適当に想像してしまったのではないだろうか。げに、ご愛嬌とでもいうべきか。

殺人現場はその後さらに趣を変えた。護岸工事で海岸に防波堤が走ったため、王朝時代の抒情はさらにさらに破壊されてしまった。痕跡を残さないからと選ばれた岩だらけの場所も、五メートル四方ほどの一カ所を除いてほとんど消滅してしまったようである。案内に立ってくれた国鉄香椎の沖さん、石川さんと、多分ここが殺人の現場で、『点と線』を記念する意味でこの部分は残したんだろうと、そんなことを談笑しながら、もと来た道を引き返した次第である。

(『旅と鉄道』No.32〈'79夏の号〉)

…………………………

九州・佐賀の地にあって、浪人時代、予備校からの帰りに書店でこの『点と線』を夢中で立ち読みしていたことを覚えている。雑誌『旅』に連載中のことである。ということは、この小説がすでにこの頃から評判になっていたことを示している。

今から振り返ってみると、『点と線』はそのプロットといい、トリックといい、ほとんど間然するところのない社会派の推理小説だが、これに巧みに時流が織り込まれていることがみてとれる。重要な舞台の一つである特急〈あさかぜ〉が、大きな話題とともに誕生した直後に取り込まれているのである。〈あさかぜ〉は、この連載が始まる直前の昭和三十一年(一九五六)十一月十九日、東海道本線の全線電化が完成した折の時刻改正で誕生した。第二次世界大戦末期に、東京と九州を結んでいた特急が廃止され、十余年の空白を置いてようやく復活しただけに、その登場は劇的なものであった。その列車を松本清張は早くも取り上げたのである。

昭和三十一年といえば、『経済白書』が「もはや戦後ではない」と、敗戦からの復興を高らかに宣言した年である。国鉄もようやく戦災の痛手を克服し、戦後初の黄金時代を迎えようとしていた。〈あさかぜ〉は、そのことを象徴する列車であった。私は、この記事のなかでこのことに触れるべきだったかもしれないが、これを書いた時点ではすでに数ある特急のなかの一つという存在になっていたのでつい失念してしまった。

デビュー当時の〈あさかぜ〉は旧型と10系という新型客車で混成された十両の車両で編成されていた。この〈あさかぜ〉が大変身したのは、『点と線』の連載が終わって十カ月後の昭和三十三年十月一日のことである。20系という夜行特急専用の画期的な客車が開発されて、その一番手として〈あさかぜ〉に投入されたのである。なにが画期だったかというと、十三両の客車がすべて固定して編成されており、その車体が濃紺色に塗られていたことである。これは客車を一両単位で個々に連結することに加えて、塗色が小豆色が普通だった当時の国鉄の車両としては初めてのことで、おまけに車内は明るくて清潔、そんなことから「走るホテル」などと呼ばれた。以後、特急寝台は徐々にこの20系に置き換えられてゆ

❺

❻

❺赤レンガ造りの東京駅
戦争中、米軍の襲撃で三階部分が焼失したが
開業当時の名残りを今なおとどめている
間もなく、開業当時の三階建てに
復元されることになっている
❻「四分間の見通し」で話題を呼んだ東京駅の
12・13番と14・15番ホームはなくなった
現在の在来線は9・10番ホームで終わり
その隣り、つまり12・13番ホームの跡には
東北・上越新幹線などが発着する
21番ホームが見上げる位置に造られた

き、いつか「ブルートレイン」と呼ばれるようになった。〈あさかぜ〉はその元祖であった。〈あさかぜ〉は、その後も東京と博多を結んで活躍したが、昭和四十三年（一九六八）十月一日には東京〜下関間を加えて二往復になり、客車も14系、24系25形と変遷したが、平成六年（一九九四）十二月三日には東京―博多間が廃止されて東京―下関間の一往復になった。だが、これも平成十七年（二〇〇五）二月二十八日限りで運行を終えた。

この小説のもうひとつの舞台である東京駅も、すっかり様相を変えた。本編の執筆時点で東海道新幹線だけだった新幹線は、その後東北・上越新幹線が加わり、さらに山形新幹線、秋田新幹線、長野新幹線も開業してより多彩になった。12・13番線と14・15番線ホームはとうになくなり、その上に東北・上越新幹線のホームが造られた。当時と変わらないのは、戦災で二階建てになった赤レンガ造りの丸の内側の駅舎だけだが、この駅舎も大正三年（一九一四）末の開業当時の三階建ての姿に復元されることが決まっている。平成二十二年（二〇一〇）にお目見えする予定である。

香椎駅はその後も当時のままだったが、平成八年（一九九六）三月に四階建ての駅ビルに生まれ変わった。一日の乗降客は一万六〇〇〇人ほどで、これは本編執筆当時からそれほどは増えていない。しかし、ＪＲ九州の駅としては四番目の規模である。

西鉄香椎駅も永く変化はなかったが、宮地岳線の一部が高架化されたのに伴い、今年十八年（二〇〇六）五月十四日から高架駅に変身した。

松本清張は、本編を執筆した時点で七十歳。まだ壮健で意欲作を次々に発表していたが、平成四年（一九九二）八月四日、八十二歳で逝去した。

内田百閒の『東海道刈谷駅』

小説でとらえた友人・宮城道雄の死

文章道の達人にして初めて生み出される雰囲気

内田百閒といえば、レールファンならずとも、まず頭に浮かぶのが『阿房列車』の一連の鉄道紀行だろう。そして、この〝列車〟の走りっぷりがあまりに快調すぎるせいか、作者その人のことを単純にユーモラスなエッセイストと即断してしまいがちになる。確かに、百閒文学とユーモアとは不可分のもので、それは多分に本人の性格に由来したものである。百閒先生は性本来ユーモリストであることに違いはない。

『阿房列車』ならずとも、作品中の随所に散りばめられた、知的で、上品で、一風変わってて、ややシニカルで、それでいてセンシブルなユーモアは、歯切れのいい名文と相まって読者を心地よい興奮へと誘い込んでくれる。これこそが、百閒文学の真髄であろう。

しかし、一面、百閒のユーモアには、怖い部分がある。単純に笑いながら読みとばすというわけにはどうもいかない。それは、人性の核心をつくというか、自分自身をもふくめて人間の本性をえぐり出す類のユーモアが多いということからくるのだろう。

いまひとつは、ほんらいなら相当に暗い材料でも、百閒の手にかかると、明るいとはいわないまでもそこに適度のユーモアが付加されて、ものの見かたが変わるということがある。この手のユーモアは読者を慰めたり元気づけたりしてくれるが、やはり一抹《いちまつ》の寂しさは拭えない。哀しいユーモアである。

怖いユーモアであれ、哀しいユーモアであれ、本質的にユーモリストであると同時に、かなりの人生体験を経た人でないと、表出できない種類のユーモアであろう。

『阿房列車』シリーズは、昭和二十五年（一九五〇）十月二十二・二十三日東京—大阪往復の『特別阿房列車』から、三十年（一九五五）四月九日から十六日までの九州ゆき『列車寝台の猿（不知火阿房列車）』までの四年半にわたり続けられ、『小説新潮』『文藝春秋』『週刊読売』などで発表された。おりしも敗戦の傷手から立ち直り、日本経済が上昇に転じたころで、記念すべき第一作『特別阿房列車』の下り特急〈はと〉号などは、〈つばめ〉号とともにそのことを象徴するような存在だったわけである。『阿房列車』は、こういう上り調子の時代の作物だから、ここに配されたユーモアが明るくて良質なことは論をまたない。

その〝阿房列車〟がとりあえず運転を休止してから三年後の昭和三十三年（一九五八）、『小説新潮』の九月号に『臨時停車』という作品が発表され、続いて十一月号に『東海道刈谷駅』が発表された。題名から判断するに『阿房列車』の延長上で、またぞろレールファンを驚喜させる、ユーモアあふれる鉄道紀行かと、期待を抱かせたとしてもむりはあるまい。

しかし、この二作は、ことに後者の『東海道刈谷駅』は、軽々しい内容を扱ったものでは決してない。それどころか、人間の死という最も尊厳な現象を綴ったものである。

内田百閒は、この刈谷駅の構内で、走行中の夜行急行下り〈銀河〉のデッキから転落するという事故で、四十年来の親友を一瞬に失った。

その友人の名は、箏曲家《そうきょくか》の宮城道雄。事故が起きたのは、昭和三十一年（一九五六）六月二十五日未明のことであった。

『東海道刈谷駅』は、この事故の模様を事実と推理をまじえて再現したうえで、二年後の昭和三十三年（一九五八）六月六日に事故現場を訪れ、親友の霊を慰めるという話である。

事故後、二年経ったという時間の流れもあろうが、この作品も随所に百閒一流のユーモアを認めることができる。親友の死という暗く重々しいモチーフにもかかわらず、である。そのあたりのところを当時、評論家の河盛好蔵は次のように論評した。

（前略）著者の激情を押えて、この不世出の天才の最後を正確に後世に伝えたいという友情は読者の胸にひしひしと迫るものがある。しかしそのなかに明るいユーモアがただよっていて、三嘆すべき名文章である。（後略）

確かに、〝明るいユーモア〟には違いないが、一読したあとそのユーモアを思いかえして、いや読んでいる最中にもとても笑う気にはなれない。僕にはやはり、この種のユーモアは哀しいユーモアとしか映らないのである。哀しい気持ちをむりに抑え込んでユーモアを織り込んだとすれば、それはもうユーモアとはいえまい。が、この作品でも内田百閒はごく自然に、持ち味のままにユーモアを発露させている。だからこそ、ぼくには余計に哀しいのである。文章道の達人にして初めて生みだせる雰囲気かもしれない。

宮城道雄の死は言葉を失うくらいの衝撃だった

なにはともあれ、まずは当時の新聞を開いてみよう。盲目の身でありながら芸術院会員、東京芸術大学教授、高名な音楽家の奇禍とあって、各紙とも六月二十五日の夕刊社会面トップで大々的に報じたことはいうまでもない。

その中から、朝日新聞の記事を引いてみる。

宮城道雄氏、転落死
東海道線刈谷駅で　急行『銀河』から
【刈谷発】二十五日午前三時卅二分、東海道線下り貨物列車が刈谷駅（愛知県刈谷市）を通過した際、同駅の東方約五百メートル、名鉄電車の三河線交差点下り線わきにうずくまっている人影を機関士が発見、次の大府駅に連絡した。大府駅からの報せで刈谷駅員森島英夫さん（二一）が現場にかけつけ調べたところ寝巻姿の男が血だらけになってうめいていたので刈谷署に急報するとともに、刈谷市東陽町豊田

❶

宮城道雄氏、転落死
東海道線刈谷駅で　急行「銀河」から
用便に起きて間違う？
肩をさすり泣き伏す
貞子夫人　遺体と悲しい対面
総評　沖縄問題で
アイゼンハウア

❷

❶箏を弾く宮城道雄
（写真提供／宮城道雄記念館）
❷昭和31年６月25日（月）
朝日新聞夕刊に載った宮城道雄の悲報

病院に収容した。頭骨骨折、ロッ骨骨折のほか全身にかすり傷を負うなどひん死の重傷を負っており、同七時十五分死亡したが、東京都新宿区牛込中町三五、芸術院会員、コト演奏家宮城道雄氏（六二）と分った。宮城氏は二十五日から大阪の松竹座で公演の関西交響楽団と共演のため、付添のメイ牧瀬喜代子さん（五〇）と二十四日午後八時半東京発の下り急行「銀河」に乗り、大阪へ向う途中の出来事である。

以下、車内の状況、宮城道雄の行動の推測、病院での臨終の様子、関係者の談話などが写真とともに載せられている。

内田百閒の談話はこの中にはないが、毎日新聞には次のように出ている。

随筆家内田百閒氏談　あまり突然なことなので、いまは何もいえない。もう四十年間もの交際だが惜しい人を失ったものだ。

たったこれだけである。親友の死を悼むにはおそろしくあっさりしている。

このことは、百閒の衝撃がそれだけ強かったことを物語っている。事故死を知らされた瞬間、言葉を失ってしまったのではなかろうか。「いまは何もいえない」という言葉の中に百閒の感懐のすべてがつくされているようである。

この衝撃は、その後も尾を引き、百閒はついに宮城道雄の葬儀にも出なかった。『臨時停車』には、そのへんのところを次のように書いている。

（前略）私はいい歳をしていながら、つらい事に堪性《こらえしょう》がない。それに堪《た》えられないのを知っているから、宮城のお葬いにも行かなかったし、お家の人を弔問もしなかったし、あれ以来まだ一度も宮城のうちへ足を踏み入れた事がない。（後略）

この事件当時、内田百閒は宮城道雄より五歳年長の六十七歳であった。大の男がといわれるかもわからないが、いくら「いい歳」になってもこうした性情は変わらないものである。

内田百閒と宮城道雄との出会いは箏《こと》

それにしても、文学者と音楽家という組み合わせはおもしろい。しかもその交友が四十年にもおよぶというのだから、二人の関係は並のものではあるまい。

二人の出会いは、大正九年（一九二〇）のことで、百閒が箏の稽古を受けるため宮城道雄に弟子入りしたところから交友が始まった。年少の先生と年長の弟子という取り合わせである。

内田百閒は、夏目漱石門下の逸材でこのころは陸軍士官学校教授、海軍機関学校教官、さらにこの年の四月からは法政大学教授をも兼ねるといういかめしい肩書きを持っていた。担当はいずれもドイツ語である。

一方、宮城道雄は生後二百日で眼を患い、九歳で失明、学校を断念して箏曲の二代目中島検校《けんぎょう》に入門した。その間、生母とは生き別れたり、父を追って朝鮮に移住してさんざん苦労したりしたが持ち前の天分と不屈の努力で箏、三味線をマスターし、十六歳からは作曲も手がけるなどして運命を切り開いてきた。そして大正六年（一九一七）に東京に出て、ここでも苦労を重ねながら邦楽の新境地を次々に開拓、大正九年（一九二〇）当時は徐々に地歩を固めつつあった。

内田百閒三十一歳、宮城道雄二十六歳の解逅《かいこう》である。

大学のドイツ語教授と箏、この二つもイメージ的に結びつきにくいが、しかし百閒には箏曲にも十分な素地があったのである。なにせ明治三十六年（一九〇三）岡山中学の生徒だったころに箏を習い始めたというから、芸歴？　のほうも相当なものであった。

宮城道雄には、豊かな天分もさることながら、芸に対する真摯《しんし》な態度や人柄を映して、二度目の妻の貞子、その姪の牧瀬喜代子をはじめ優秀なブレーンがたくさんいた。その一人に、女子音楽学校の教官で葛原しげるという人がいた。後年、あの〝ぎんぎんぎらぎら夕日が沈む〟ではじまる童謡「夕日」などの作詞で知られるようになる人である。幼少のころお婆さんから出身地の備後には葛原勾当《こうとう》という箏の名人がいる、その人をめざせといつも聞かされていたが、しげるはその人の孫で、宮城はそんなことからもこの人を尊敬し頼りにしていた。

百閒が下宿で箏を弾いているのを聞いて、葛原しげるが接近し、たちまち意気投合、ここから百閒と宮城道雄が結びつくのはもはや自然のなりゆきであった。

こういうわけで、二人の間は最初は師匠と弟子だったが、この関係はたちまち崩れた。いつか友人関係になり、飲み友達となったのである。それだけうまが合ったということであろう。その証拠に、たんに真面目なつき合いというのでなくいたずらしたりからかったりしあった仲でもあったようである。

以後、家が近所ということもあって、二人はお互いに教えあい刺戟しあいながら宮城道雄が亡くなるまで変わらぬ交友を続けることになるわけである。

自他ともに認めるレールファンのなせる業

『東海道刈谷駅』の第一章は、次のような書き出しで始まる。

昭和三十一年六月二十四日の朝、大撿挍宮城道雄は死神の迎えを受けて東京牛込中町の自宅に目をさました。

宮城道雄が普通では考えられない転落をしたことから、たんに過失説だけでなく自殺説、他殺説まで流布されたが、百閒は冒頭で「死神」を登場させることで運命論の立場をとったわけである。事故から二年が流れて、過失説がほぼ定着しかかっていたせいもあろうが、それにしても真相がはっきりせずいろいろ調べて考え合わせたうえで、結局こうなる運命だったと断じざるをえなかったのだろう。

この作品は、全部で七章からなり、前半の四章までが宮城道雄が起きてからの家での行動、東京駅から乗り込んだ〈銀河〉の車中の様子、落ちてから病院に収容され息を引きとるまでの模様を事実と想像をまじえて書いたものである。後半の三章は、それから二年後の昭和三十三年（一九五八）六月六日に、内田百閒自身が事故現場を訪ねたときのことを綴っている。

全編を通して、亡き親友を思う百閒の心情がひしひしと伝わる比類のない名文であることはもちろんだが、この作品にはもうひとつ大きな特徴がある。それは、鉄道による事故だから鉄道描写が多いのは当然としても、書き込みがおそろしく細かくて詳しく、しかも正確なことである。かりに、宮城道雄の友人に文学者がもう一人いたとして、その人がどんなに名文章家でも、内容的にこれ以上のものは絶対に書けなかっただろう。

まさに、自他ともに認める鉄道ファンの百閒なればこその特徴である。皮肉な見かたをすれば、百閒のこの特徴を大いに生かすために、「死神」は舞台を鉄道にしたのかもしれない。

一例をあげよう。

❸

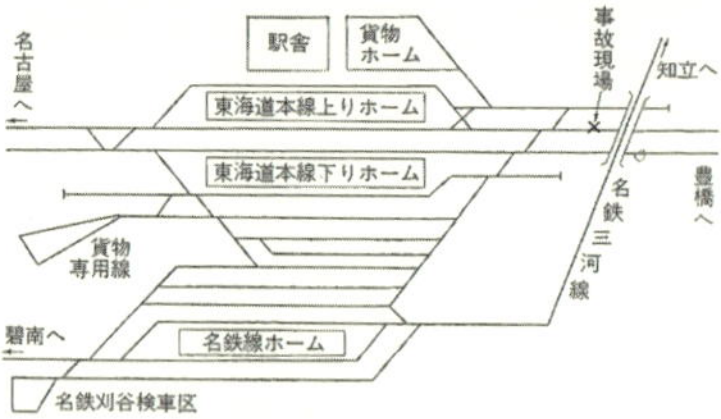

❹

❸東海道本線刈谷駅駅舎
宮城道雄の事件当時もこの駅舎だった
変わったのはクルマの形
❹刈谷駅構内配線図

宮城は改札を通り、ホームに出て、すでに這入っている「銀河」の一号車に乗り込んだ。「銀河」は前後の荷物車を除いて十三輌の編成である。その一号車と二号車はもとの一等車で、当時の一等寝台が今は二等のA寝台B寝台となっている。二号車はB寝台ばかり、宮城の乗った一号車はデッキから這入って行った向きで奥の半車がA寝台のコムパアト、手前の半車がB寝台で片側に四つずつ〆て八つの仕切りがあり、それが上段下段に別かれている。

こういう調子である。この寝台車はマロネ40形だが、特に知識がなくとも読者はこの文章からかなりはっきりしたイメージが描けるだろう。

急行寝台〈銀河〉は宮城道雄を乗せて刈谷に着々と近づいていた

ともかく、宮城道雄の行動を追ってみよう。

宮城の寝台は入口から二つ目の左側下段の12号であった。喜代子の番号は通路を隔てたその向かい合わせの下段10号であった。

八時三十分の発車なので、寝台は発車前からすでに降りている。乗り込んだ時、通路の両側のカーテンがみな垂れているので、何となく陰気な所へ這入った様な気がしたと喜代子が云った。内部が陰気なだけでなく、冷房の為の二重硝子の車窓は全部閉め切り、黒いカーテンで遮蔽してあるから、外のホームから見た夜の寝台車は暗い物のかたまりの様な感じがする。

「そうか、一人だけか、今夜は淋しいな」と宮城が云ったと云う。いつも彼が旅立つ時は、だれかしらやって来て見送りが賑やかなのに、今夜は琴匠の鶴川喜兵衛一人だけであった。

鶴川と赤帽に見送られて、「銀河」は発車した。

寝台の上に落ち着いた宮城道雄は、『リーダーズ・ダイジェスト』の点字版を読んでいたという。宮城の読書好き、勉強好きは昔からのもので、『雨の念仏』をはじめ数冊の随筆集を出すなど文筆家でもあった。百閒の影響と指導があったことはいうまでもない。

熱海は一分停車で発車は十時三十三分であった。それから丹那隧道に這入り、出てから沼津に向かって勾配を走り降りる。宮城はそれ迄にも喜代子の手引きで手洗いに立ったが、最後に十一時頃又喜代子に連れて行って貰った。沼津は十時五十六分著の五分停車で十一時一分の発である。だから喜代子が手引きした最後の時は沼津の前後であったのだろう。

喜代子は、また手洗いに来る時は私を起こして下さいよと云った。しょっちゅう一緒に旅行しているので、一一そんな事を云う迄もない。それを沼津辺りの十一時の時は、はっきりと駄目を押す様にそう云ったそうである。

死神はそろそろじれている。先ず喜代子を寝かして、宮城と向かい合わせの寝台のカーテンを降ろさせた。その時のお休みなさいの挨拶が、十四の歳に宮城を頼って朝鮮から出て来て以来の、彼との四十年の縁が断ち切られる訣別の言葉であった。(後略)

そのあと、宮城道雄が寝台の中でなにをしていたかはまったくわからない。魔法罎に入れて持ってきた寝酒用のお酒を飲みながら、新作の「富士の賦」のことでも考えていたのだろうと、百閒は想像をめぐらせている。

宮城道雄も百閒も、ともにお酒が好きだった。

天才音楽家とて酒には勝てぬ

百閒は、昭和十五年(一九四〇)に、宮城道雄、鶴川喜兵衛と三人で新造の豪華船新田丸の披露航海に乗ったときのことを懐かしく思い出す。宮城道雄は晩餐の席でたっぷり飲んだうえ、ボーイに命じて持って来させた三合の酒をもちびりちびりとみんな飲んでしまい、いい御機嫌で寝入ったそうである。

新田丸の一等船室の魔法罎は楽しい目出度い思い出になった。急行「銀河」のB寝台の魔法罎は死神がお酌を買っている。夕方出掛ける前に家で少少傾けて来た下地がある。汽車に乗っていれば絶えず身体に震動が伝わって来る。廻りが早い様で、いい心持にうっすらして来た。

「オットットットット。こぼれます」

「大丈夫です。馴れたものだ」

「あんな事を、お膝に垂れてるじゃありませんか」

「うるさいな」

「私がお注ぎしましょう」

「あなたはだれだ」

「先生、寝台燈《バアスランプ》を消しましょうか」

「ともっていますか」

「ボイさんが気を利かしたのでしょう」

「どう云う風に」

「明かりがですか」

「あれ、あんな事を仰しゃるけれど見えるでしょう」

「私だって先生には見えているくせに」

宮城はぼんやりして、よくわからないけれど、そう云われればそんな気もする。魔法罎をそこに置き、猪口を罎の口にかぶせて、膝を伸ばして足許のスリッパをさぐった。

「私がお連れしましょう」

宮城は空《くう》に手を出す様な恰好をした。

どうやら百閒は、宮城道雄の事故の原因を酒に依るものと判断したようである。盲人だったからというのは、確かに理由になるまい。なぜなら、盲人は見えないだけ、聴覚や嗅覚が鋭いから、デッキの音や風の具合などで状況を的確に把握できるからである。しかし、お酒が入れば誰でもそうだが、身体の中のあらゆる感覚はゆるくなる。天才音楽家とて例外ではあるまい。

閉まっているはずの第一の扉は開いていた

ここから先は、まさに迫真の描写である。全編のハイライトでもあるので、少し長くなるが全文引用しよう。


宮城の寝台から通路を入口の方へ、つまり進行方向の反対の方へ行くと、並んだ隣りの寝台の前を過ぎた所に第一の扉がある。それがこの車室の出入口である。

その扉を開けて出ると、左側にカーテンの下がった洗面所があり、右側に戸の閉まった手洗いがある。その晩の「銀河」の手洗いの戸は、引き戸でなく扉になっていた。

洗面所と手洗いの間の通路の突き当たりは第二の扉であって、それを開ければ次の二号車との連結のデッキに出る。デッキの左右に各ドアがある。その外は車外である。

「銀河」は深夜の安城駅を通過して、安城刈谷間の直線線路に乗り、スピードを増して雨風《あまかぜ》の中を驀進した。

宮城は列車の動揺でよろめきながら、一足ずつに通路を蹈んで手洗いへ行こうとした。喜代子に連れて来て貰っているから、勝手はわかって居り、扉の開けたての順序も覚えている。折角寝込んでいる彼女を起こすがものはない。ひょろひょろしながら第一の扉の所まで来たが、閉まっている筈のその扉が開いたなりになっていた。

扉が開いていると云う事は宮城には見えない。まだその第一の扉まで来ないと彼は思った。
車掌やボイが後を閉め忘れて行くと云う事はない。彼等は必ず閉める。その後で起き出した深夜の寝台客が、手洗いの帰りにでも閉め忘れたかも知れない。しかしただ閉め忘れただけなら、扉の握りをよく引いてなかったと云うだけなら、その内に列車の動揺で大概はひとりでに閉まる。それでも開いていたとすれば、閉まらない様に死神が押さえていて宮城を通したのだろう。

宮城は通路を伝って、手洗いの前を素通りして、第二の扉まで来た。それを第一の扉だと思い込み、開けてデッキへ出てしまった。手洗いは右側にあった事を覚えている。右側の方を手さぐりして、少し離れ過ぎていたがやっとドアの握りをさぐり当てた。手洗いに這入るつもりで押したが開かない。手洗いの扉は通路の邪魔にならぬ様に向うへ、中へ押す様になっている。おかしいなと思ってこっちへ引いて見たら開いた。

烈しい夜風が吹き込み、轟轟と鳴る車輪の響を押さえて、そこいら一面の水田で鳴いている蛙の合唱が、いきなり耳を打った。「富士の賦」のどこかの段落に入れる合唱を思い掛けた時、驀進する列車の外側へ廻った死神が、宙《ちゅう》に浮いた宮城の片手を力一ぱい引っ張った。

宮城道雄は、こうして死神の手引きによって急行〈銀河〉から転落した。六月二十五日午前二時五十三分ころのことである。

轢死体は生きていた

二十分後に同じく東京発の急行〈安芸〉が通過、続いて１１８９貨物列車が通過した。この貨物の機関士が線路ぎわに倒れている宮城道雄を発見、「刈谷駅東ガードの所に轢死体らしきものを見た」と認《したた》

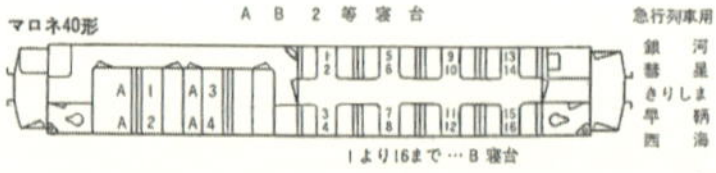

❺

❻

めた通告票を次駅大府に投下した。大府駅から知らせを受けた刈谷駅ではただちに四人の職員が現場へ赴《おもむ》いた。刈谷駅の中心から東へ約六百メートル、名古屋鉄道三河線が東海道本線を斜めにまたぎ、そのガードをくぐった先のところである。

しかし、この「轢死体」はまだ生きていた。寝台車そなえつけの浴衣は血まみれ泥まみれになっていたが、ムクムクと動いたのである。

死んでいる筈の人間が動く程こわいものはないと云う。

「や、生きている」と叫んで傍へ駈け寄ると、その「白い物」が、

「どこかへ連れて行って下さい」とはっきり口を利いた。

二度びっくりした四人は担架を取りに駅へ駈け戻った。線路わきに転がっているその白い物が我我

❺昭和31年当時の〈銀河〉車内図
❻刈谷駅側からみた事故現場
名鉄の鉄橋の下あたりに
宮城道雄はうずくまっていたという

の大事な大事な宮城道雄であろうとは、未だだれも知らない。「白い物」の白いわけは、列車から落ちる前に寝るつもりで、列車寝台備えつけの浴衣の寝巻に著かえていたからである。

もう東の空は紫がかって来ていたが、足許は暗く足場も悪く、その間七八分はかかったと思われるが、担架を持ち出し新たに二人が加わって総勢六人で再びその場へ駈けつけて、三度びっくりした。宮城道雄の倒れていた姿勢が変わっていたのである。先程は仰向けになっていたのが今度は線路のほうを向いて膝を抱きかかえるようにして暗渠に腰を掛け、頭を支える恰好をしていた。転落してから担架が到着するまでに、およそ一時間三十分が経過していた。たぶんその間は気を失っていたことだろう。それが、夜明の冷気で意識を回復したと百閒は推理する。それで、「どこかへ連れて行って下さい」といった。そのあと、必死に起き上がろうとし、這うようにして移動した。つくはずのないところにまで血痕がついていたのはそのためだろうと思われる。

刈谷駅員が手分けして担架に乗せようとしたら、宮城道雄は自分からそれに乗ろうとして棒のところを握り、足をのせたそうである。かなり意識がもどっていたのだろう。

線路伝いに構内を約二百米進んだ頃、突然担架から尋ねた。

「私は汽車から落ちたのだろうか、電車から落ちたのだろうか」

段段記憶を取り戻して来た事を証明しているが、まだ本当ではない。

一人が、「汽車から落ちられたのでしょう」と答えると、「ああそうか」とうなずいた。

担架に揺られながら、一生懸命記憶を辿っていた事であろう。なぜ汽車に乗っていたのだろう。どこへ行くのだったか知ら。だれと。何しに。

そうして又尋ねた。

「ここはどこですか」

さっきの一人が「刈谷ですよ」と答えると、「名古屋はすぐですね」と云った。愈《いよいよ》はっきりして来た様である。


こういう問答をかわしながら、宮城道雄は駅からさらに六百メートルほど離れた豊田病院へと運び込まれたのである。

昭和三十一年六月二十五日午前七時十五分　鼻の前の糸は動かない

早朝の豊田病院では、さっそく大騒ぎが始まった。

手術台にのったときの宮城道雄は、全身血と泥と砂で顔もよくわからなかったそうである。それらを用心深く苦労して拭きながら、看護婦の一人が名前をたずねたら、「ミヤギミチオ」とはっきりいった。

「ミヤはお宮の宮、ギはお城の城、ミチは道路の道、オはおすめすの雄です」と、すらすら説明してみんなをビックリさせた。


看護婦が住所を尋ねた。

「お所は」

しかしそれに答える宮城の声は次第に力が薄れて行った。「東京、うしごめ」まではどうやら聴き取れたが、仕舞いの「ごめ」ははっきりしなかった。

丁度居合わせた駅員の一人と、知らせを受けて立ち合った刈谷署の巡査部長は、ミヤギミチオ、東京、をつなぎ合わせて、さてはと直感した。

それが五時ごろのことで、その連絡が刈谷駅、名古屋公安室、東京駅と飛び、数分後に家族へ届いた。

一方、同行の牧瀬喜代子は、〈銀河〉の寝台で熟睡していたところを起こされ、米原駅からとって返した。貞子夫人、養嗣子《ようしし》の宮城衛はヘリコプターで名古屋、そこからクルマを乗り継いで刈谷に到着した。

しかし、これらの人々が病院に駆けつけたときには、宮城道雄はもうすでにこの世の人ではなくなっていた。

やはり、即死でないのが不思議なほどの重体だったのである。左の肋骨が三本折れ、頭に裂傷、全身打撲、擦過傷という状態で、血液型の同じだった巡査部長の血液を二百cc輸血したうえで、まず頭部を二十五針にわたって縫合した。続いて駅員の血液を輸血したが、このときは困難をきわめ、やっと百八十ccほど入れた。

しばらく静観状態が続く。そのうち、突然「腰が」とつぶやき、看護婦が問い返すと、「痛いからさすって下さい」といい、次いで「坐らせて下さい」といった。

慰めつつそれをとめると、しきりに哀願したという。そして、その言葉を最後に呼吸が弱くなった。

危険状態と見た看護婦が、鼻のところに糸を垂らして観察したがついに危篤状態に陥ってしまう。


昭和三十一年西暦一九五六年六月二十五日午前七時十五分、宮城の鼻の前の糸は動かなくなった。

こうして、不世出の箏の演奏家で作曲家でもあった宮城道雄は、六十二歳の生涯を閉じたのだった。

転落してから息を引きとるまでの描写は精細をきわめているが、これは百閒が調べたものではない。

事故を聞いて岡崎から駆けつけた高瀬忠三という人が、どんな事実をも見逃すまいと関係者から聞き出し、調査したのをまとめたものに依ったことを文中で断わっている。この記録は宮城会会報別冊の追悼号に載せられたが、その後、昭和三十七年（一九六二）に出た、ブレーンの一人だった吉川英史《きっかわえいし》という人の『この人なり　宮城道雄傳』でも引用されているほど資料価値の高いものである。テープレコーダーの普及しない当時、これだけ詳細に調べるのは容易ではなかったろう。奥さんともども宮城会の会員だった人である。

刈谷への思惑《おもわく》ひめて九州大名旅行

走行中の急行列車から転落して死亡するという、刈谷駅構内での宮城道雄の突然の奇禍は、当然大きな衝撃を各界にあたえた。

大の親友だった内田百閒の受けた衝撃もひととおりのものでなかったことは前に述べたが、百閒は事故から二年たったところで、ようやく刈谷を訪ねてみようという気を起こした。

『東海道刈谷駅』の後半、第五章と第六章はそのときのことを記したものである。

話はさかのぼるが、六十歳になった九年前、かつての教え子たちが還暦を祝ってくれたことがあり、その一年後から毎年五月二十九日の誕生日になるとお祝いをするしきたりができていた。「還暦を祝ってやったのに、まだ片づかないか、まアだかい、と云うので摩阿陀会と称する」（『臨時停車』）

昭和三十三年（一九五八）の摩阿陀会《まあだかい》はその九回目だったが、そのときの記念品を何にするかということになり、教え子たちは肖像画を考えた。だが、画家が描きあげるまでの辛抱を思うとたまらなくなって百閒先生はそれを断わった。そして、代わりに選んだのが、「無形のプレゼント」、つまり、九州への大名旅行だったのである。

阿房列車の取材を通じてすっかり気に入っていた八代の松浜軒へ行くことを思い立ったのだった。これで九回目の訪問である。

そして、その帰りに刈谷で下車して、遭難現場を訪ねるという旅程を組み上げた。そのときのことを綴ったのが『臨時停車』である。

六月一日の午後一時半発の急行〈西海〉で東京を発ち、八代に二泊して、四日にふたたび上りの〈西海〉に乗る。そして、五日の朝十時十四分に刈谷に到着、遭難現場付近を歩き宮城道雄の霊を供養する。その日は刈谷に泊まって、お経を上げてくれたお坊さんや、世話をしてくれた駅の人たちと酒盛りをしようというのが、百閒のたてた予定であった。

少し余談になるが、〈西海〉は佐世保ゆきで鳥栖から長崎本線に入ってしまうから、八代には行かない。八代へ直行しようと思えば、〈西海〉より三十分早く出る〈霧島〉がいちばん便利がいい。これだと、乗り換えなしで、翌日の午後一時三十七分に八代に到着する。しかし、この〈霧島〉にはコンパートメントの寝台がついていないため、〝大名旅行〟には向かないのである。〈西海〉には、博多までの間にマロネ40形の二人部屋が用意されている。〈霧島〉にも以前はついていたが、このころにははずされてしまっていた。それで、わざわざ〈西海〉にしたのである。博多で一時間ほど待ち合わせて〈桜島〉に乗り継ぐことにした。

〈桜島〉に乗り継ぐには、特急〈あさかぜ〉がいちばん都合がいい。これだと、博多での待ち時間はたったの四分、しかも東京を出るのは〈西海〉より五時間も遅い夕方の六時半である。しかし、これも外の景色が眺められないからつまらないという理由で敬遠されてしまった。このあたり、いかにも百閒先生らしい発想である。

こういう次第で、内田百閒は帰途に刈谷に寄るという思惑を秘めて、昭和三十三年（一九五八）六月一日に九州は八代へと向けて出発した。同行したのは、『阿房列車』シリーズですでにおなじみの国鉄職員、ヒマラヤ山系こと平山三郎さんであった。

百閒先生の乱れと迷い

〈西海〉が発車してから三時間、静岡を四時三十五分に出たところで、百閒先生とヒマラヤ山系さんとは食堂車におもむき、さっそく一献を始めた。
そして、七時少し前、進行方向逆向きに坐っていた山系さんが、「あっ、あれです」と窓外を指さした。振り返る眼に、白木の柱がチラッと映る。刈谷駅の手前、宮城道雄遭難の地を、〈西海〉は薄暮のうちに通過したのだった。ここで、百閒は感きわまってしまう。

ああ、ここだったのかと思った。そこはすでに刈谷駅の構内なので、そうしてこの「西海」は刈谷に停車するので徐行しかけている。それから停まって、すぐに出たのだろう。その前後の事を丸で知らない。覚えていないのでなく初めから頭に這入っていない。ただ、今見た白い柱が目先にちらつき、あすこなのか、あすこだったのかと思う。涙が止めどなく流れ出して、拭いても拭いても切りがない。前にいる山系君はわけを知っているからまあいいとして、テーブルの傍を行ったり来たり、こっちへサアヴィスに顔を出したりする給仕の女の子に恥ずかしい思いをした。
（『臨時停車』）

百閒の思いは乱れる。
帰りに刈谷へ寄るのはよそうかと思い出した。線路際の夕空の下に起った柱の悲しさ、わざわざ汽車から降りて、そのまわりをうろつく勇気は私にはないだろう。（『臨時停車』）

このあと、百閒は予定通り八代に二泊して、午後一時十九分発の〈桜島〉に乗り、さらに博多で十七時五十八分発の〈西海〉に乗り換えて帰途についた。その間に、ふたたび気持ちが動いたのである。

汽車は快晴の空の下の肥後平野を走って博多に向かう。思い直して明日は矢張り刈谷へ寄ろう。但し刈谷の宿屋に一泊するのは止める。その元気はない。駅の人やお坊さんをよんで一献すれば、どうしてもその時の話に深入りする事になる。それを聞いている自信は私にはない。ただ寄るだけにしよう。その場所へ行って、その辺を歩いて、坊さんを呼んでお経を上げて貰って、それですぐに東京へ帰ろう。

博多に著いて、上りの「西海」を待ち合わせて乗り換えた。刈谷は明日の朝の十時十四分である。寝る前の一献のつもりで食堂車へ行ったが、今夜のお酒も廻らない。食事もあまり進まない。いい加減に切り上げて車室に帰り、寝る事にした。（『臨時停車』）

百閒のこういう思いを乗せて、上りの急行〈西海〉は一路山陽路を辿っている。

複雑な心境で親友宮城道雄遭難の地へ

二年後の昭和三十三年六月五日の夕方、私は九州八代《やつしろ》からの帰りの汽車を博多駅で上リ急行四〇列車「西海」に乗り換えた。

博多を出てから同行の平山三郎君と食堂車に這入って、寝る前の一献を試ようとしたが、杯を重ねてもお酒が少しも廻らない。

この急行は今夜暗い間に山陽道を走り抜けて、明日の朝十時十四分東海道刈谷駅に一分停車する。今度の旅行に立つ前からの心づもりに従い、刈谷で降りて宮城遭難のその地点へ行って見ようと思っている。明朝の予定のその事が気に掛かり、何となく鬱して面白くない。そう思って来たのだから、行きたいと思う。しかし行きたくない様な気もする。


内容的に重複する引用となってしまったが、こちらは、『東海道刈谷駅』の第五章の書き出しである。「六月五日の夕方」というのは、たぶん作者の勘ちがいだろう。一日に東京を発って、二日に八代に着き、その日と三日の二日間泊まっているから、実際は四日だったはずである。

それはともかく、百閒の乗った〈西海〉は、夜中に広島を出たところでストップしてしまった。前を走っていた貨物列車が踏切でトラックとぶつかってしまったのである。それでかれこれ二時間も「臨時停車」したのだった。

当然、ダイヤは大幅に乱れてしまった。百閒は予定を変更し、名古屋で下車することとする。上りの特急〈はと〉で帰京することにし、荷物を名古屋駅であずかってもらうためである。〈はと〉はもちろん刈谷に停まらないから、名古屋にはどうせもどらなくてはならない。

刈谷は名古屋から六つ目の駅である。刈谷駅へは私が宮城の事でお邪魔すると云う前触れなどしたくない。いきなり黙って下車するつもりであったが、右の名古屋駅ホームの手荷物の一件ですっかり筒抜けになってしまった。

十時十四分著の筈の刈谷へ著いたのは十一時半を廻っていた。ホームに駅長が待ち受けていて恐縮した。

こうして、ついに内田百閒は、複雑な気持ちをいだいて、親友宮城道雄遭難の地へと降り立ったのである。遭難から、まる二年の歳月が流れようとしていた。

いかにも音楽家にふさわしい供養塔

百閒は、駅長室でしばらく休む。駅長は、この二年のあいだに交替していたが、しかし、宮城道雄のことではとても気を使っていて、百閒はその好意に甘えていろいろ頼みごとをする。

供養塔にお経をあげる坊さんを呼んで貰う様に頼んだ。暫らくして老僧が二人駅へ来た。
供養塔のあるその地点は刈谷駅の構内に接しているので、二年前駅員が駈けつけたり担架を運んだりした線路伝いで行けば近いが、私共やお坊さんがそんな所をふらふら歩く事は出来ない。駅の玄関から自動車で、初めは反対の方角へ走り出す廻り道をして、供養塔の境内の前へ来た。少し高みになっているすぐ下を、安城刈谷間の複線の線路が走っている。

ここで、供養塔のことについて少しふれておこう。
宮城道雄の葬儀は、密葬のあと昭和三十一年（一九五六）六月二十九日、東京・芝の増上寺で行なわれた。そのあと、七月十九日に、貞子夫人が養子の宮城衛や高弟とともに現地を訪れ、故人を偲び、世話になった人たちにお礼をした。その折、刈谷市で近くの土地に供養塔を建てるという話が進んでいた。

❼

❽

❼遭難現場近くに建てられた供養塔
百閒は右側の柱を
下り〈西海〉から見て涙を流した
❽転落した現場を指さす山下首席助役

結局、土地を市が提供、供養塔の建設費を宮城会の会員からの献金であてるという方法で建設されることになった。そして、供養塔は翌三十二年（一九五七）の五月に完成したのである。除幕式は二十五日、あいにくの雨だったが、貞子夫人はじめ遺族、高弟、宮城会会員、日本盲人会会員、刈谷市民など総勢で五百人もの人が参列して行なわれた。

遭難現場のすぐ側、敷地七十坪ほどの小公園ふうの雰囲気の中に立てられた供養塔は、三重の塔である。正面に、「楽聖宮城道雄先生供養塔」と書かれ、その上に琴を弾く金剛菩薩像が彫られている。右面には、縦笛を吹く白象王菩薩の下に代表作「春の海」の楽譜、左面には、横笛を吹く宝蔵菩薩の下に処女作「水の変態」の点字の譜がそれぞれ彫ってあるという凝《こ》ったもので、いかにも音楽家の塔にふさわしい上品さである。裏面には、故人と内田百閒の共通の友人だった佐藤春夫が選文し、自ら書いた略歴がやはり彫刻されている。

塔の下には、宮城道雄が〈銀河〉から転落した場所の血に染まった土砂が納められ、塔の中には宮城道雄の分骨、愛用した琴爪二組が納められているという。内田百閒が訪ねたとき、この供養塔はできてから一年が経っていたわけである。

死神の仕業と仮定してもあきらめきれぬ胸の内

百閒はまず、宮城道雄が落ちた線路ぎわへ行こうとする。

一緒に来てくれた駅長とその地点へ行こうと思う。線路際へ降りる前の、石垣の崖の上に農家が一軒ある。そこで飼っている雞の糞を蓆にひろげて日なたで乾かしてある。今日はお天気がよく、日が照りつけて暑い。雞の糞がむらした様なにおいを発して辺りが臭い。

宮城が落ちた所はすぐこの下である。そこへ自分の足で行って見ようと思う。今日はいいお天気で、空が綺麗に晴れて、大変暑い。雞の糞が乾きかけている。乾きかけだから臭い。

鶏の糞のにおいに悩まされながら、百閒は遭難現場に降り立った。暑いのにも閉口していたが、さぞ感無量だったことだろう。

傍にいる駅長に、「今日は暑いですな」と云ってその線路際を離れた。

供養塔の前に戻り、お坊さんの読経を聴き、お線香を上げて、おがんで引き揚げた。もう帰ろう。早く帰ろう。長居は無用で、日蔭がないから暑い。

供養塔のある場所は線路が走っている地面からは一寸高くなっている。辺り一帯が低い丘なのだろう。だから宮城が落ちた箇所はその断面の石垣になっている。

しかしその丘は上リの次駅安城に向かう方向でじきに尽きて、その先は一面の水田である。生え揃った稲の葉が風にそよいで青い波を寄せている。

百閒は、死神の仕業だから仕方がないとしながらも、あきらめきれない思いでこの付近を眺めまわすのである。結果が出てから、「もしも」という仮定が意味のないことは百閒も承知だが、やっぱりこだわってしまうのだ。

落ちるならほんの二三秒前、一二秒前、その水田が車窓の下まで迫っている所で落ちればよかった。小田の蛙を潰したかも知れないが、又御本人も擦《す》り疵掠《きずかす》り傷《きず》、腰の骨ぐらいは打ったかも知れないが、田の水で溺れる事はないだろう。ばちゃばちゃやっている内に、泥まびれの撿挍が救い上げられて病院へ運ばれて、大した事もなければ太平楽をならべ出したであろう。昔昔、彼と一献して話しがもつれた。「いえいえ、わっしの眼の白い内はそんな事はさせません」と云った。汽車から落ちて田の中から這い上がって来たりしたら又何を云い出すか、ついそんな事を想像してほんのちょっと先の、二三秒後の、煉瓦の橋脚と石崖とで出来た薄暗い隅を思う。

こういう思いを残して、百閒は刈谷の地を離れたのだった。

転落死の背景にはめざましい鉄道の発展が

『東海道刈谷駅』は、後日談の一章を残してここで終わる。その後日談についてはあとで述べることになるだろう。

事故から、早二十七年——。内田百閒が刈谷を訪ねてからでも、もう四半世紀の歳月が流れた。百閒自体も、すでにこの世の人ではない。

昭和三十一年（一九五六）といえば、第二次世界大戦が敗戦という形で終結してから十一年たったところで、日本の復興いちじるしく、経済白書が「もはや戦後ではない」と高らかに宣言したのも、確かこの年だったと記憶する。三年前の二十八年（一九五三）に始まったテレビ放送がようやく軌道に乗りかかっていたのも、このころである。

この年はまた、鉄道の面でも画期的な進展がいくつか見られた年であった。

最大の話題は、なんといっても、東海道本線の全線電化がなったことだろう。これにより、それまで東京—大阪間を八時間で結んでいた特急の〈つばめ〉〈はと〉が七時間半に短縮されたのだった。戦中戦後の長い空白の時代をはさんで、じつに二十二年ぶりのスピード更新である。

それと、特急〈あさかぜ〉の誕生。夜行寝台特急として、東京—博多間をさっそうと走り始めた。ブルートレインの元祖である。

これらはすべて、宮城道雄の奇禍からおよそ五カ月たった十一月十九日の白紙ダイヤ改正から実施された。急行や準急列車がこうした動きにともない大幅に増発・整備されたことはいうまでもない。

事故直後の七月一日から、北海道均一周遊券が売り出され、鉄道網の充実とあいまって旅行がブームの兆《きざ》しを見せるようにすらなってきた。

その後の鉄道の歩みには、眼を瞠《みは》るものがある。昭和三十九年（一九六四）十月一日の東海道新幹線開業という頂点に向かって、一路のぼりつめていくのである。

宮城道雄の列車からの転落死亡事故はこういう鉄道史を背景にして起きたのであった。

二十七年の歳月がかたるものは……

真夏の暑い一日、刈谷駅を訪ねた。もう二十七年も昔の話で、駅も遭難現場もすっかり変わってしまっているだろうと予想してのうえでである。駅では、首席助役の山下茂昭さんに応待してもらった。刈谷駅に赴任してからはまだ日が浅いが、以前からなじみがあったという、車掌体験もある山下さんは、一見して篤実な、いかにも国鉄マンらしい熱意あふれる人である。

事件当時の関係者は、さすがにもう一人も刈谷駅に残っていなかったが、もしやと期待していた重要な人を山下さんはちゃんと呼んでいてくれた。その人はいま二つ先の安城駅からこちらへ向かっているという。宮城道雄の転落死を報じた朝日新聞で、「現場にかけつけ調べた」と紹介された「刈谷駅員森島英夫さん（二二）」その人である。森島さんは、なんとつい去年の春までここ刈谷駅に勤務していたという。現在は、安城駅の旅客助役とのことである。

山下さんと話に入ってまもなく、その森島さんが姿を現わした。待ちに待った人である。中肉中背、温厚な感じのミドルで、青い半袖シャツに蝶ネクタイがビシッと決まっている。考えてみれば、当時二十一歳と若かった森島さんももう四十八歳、助役としての風格も立派にそなわっている年格好である。しかし、顔立ちのどこかに童顔が残っていて、そこから二十七年前の森島さんを想像するのはそうむずかしいことではない。

眼の前にいる森島さんに、二十一歳の森島さんの姿をかさね合わせながら、ふと時の流れということを思った。もしも宮城道雄が今も存命だったとしたら、すでに八十九歳である。その姿を思い浮かべることはどうしてもできない。亡くなった人は、そこから先は絶対に齢をとらないのである。

刈谷駅を軸にしての、人のたたずまいには、それぞれが年輪を加えたということとあいまって、やはりそれなりの動きはあったようである。山下さんと森島さんの語らいの中に登場する人びとの消息が、なによりも雄弁にそのことを伝えている。

しかし、二人の話を聞いて驚いたことに、刈谷駅は当時とほとんど変わっていないそうである。特に森島さんの記憶は鮮明で、昭和二十八年（一九五三）に建て替わった駅舎は、一部二階建てのモダンなものだが、今もそのままだという。高校時代に通学で利用していた初代駅舎は、卒業して刈谷駅に奉職すると同時に今の駅舎と交替したそうで、だとすると、ちょうど三十歳になったことになる。

今ひとつの驚きは遭難現場で、こちらも当時と全く変わらないそうである。今も十分に面影をとどめているという。駅の構内とはいっても、もうほとんど出はずれたところで、しかも名鉄三河線が斜めにまたぐという位置関係からみて変わりようがないということなのだろうか。

宮城道雄が息を引きとった豊田病院はさすがに変わった。刈谷市立総合病院と名前を改め、場所も移動したとのことである。街が発展したことを端的に物語っているのだろう。それに符節を合わせるかのように、街はずれに位置する駅周辺にも宅地化の波が押し寄せ、遭難現場は変わらないが、周辺はすっかり開けてしまったという。

二十七年の歳月の語るものは、実にさまざまのことである。

森島英夫さんのあざやかな記憶

森島さんの話を総合すると、宮城道雄が転落してから病院で息を引きとるまでの『東海道刈谷駅』の描写は、ということは前に述べた高瀬忠三さんの調査は、かなり正確だという。森島さんも、この高瀬さんからかなりこまかく経過を聴取された一人である。しかし、当然のことだが、調査の範囲はあくまで宮城道雄の状況にしぼられている。これを補う意味で、森島さんの証言を聞いてみることとしよう。

森島さんは事故現場におもむいた六名の駅員の中で最年少、当時の職名は駅手といっていいわば雑務の係だった。大府駅からの連絡で最初に駆けつけた四人のうちには入っていない。この中の一人、荷扱い係の柴田金六さんという人の、「担架！　担架！」と叫ぶ声と鉄板の階段をパンパンパン！　と駆け上がる音で仮眠中の眼を覚まされた。

宮城道雄を担架にのせるとき、しきりに浴衣の裾《すそ》をなおす仕草を見て、女性的だなと感ずるとともにふだん和服を着なれた人だなと直感したという。それと、一見して眼の不自由な人だなということもわかった。

担架は、前二人、後ろ二人という形で四人が受け持ち、森島さんはそこから少し離れた位置についた。宮城道雄の顔はすぐそこにあった。意識はしっかりしていたが、絶えず問いかけをしないと気を失いそうになるので、病院への道すがらずっと話しかけて励ましたそうである。しかし、宮城道雄の意識はだんだん薄れていった。仲間が、自分を入れて五人いたことまでは覚えているが、あとの一人はどうしても思い出せないという。それだけ、宮城道雄との話に夢中だったのだろう。

病院には、首席助役の指示で駅手の森島さんだけが残った。このころ、どういうわけか刈谷駅では事故が続き、院長以下病院の人とも顔なじみだったが、中の一人、杉山という看護婦が、「東京のミヤギと言ってみえる」と話すのを聞いて、眼の悪いこと、浴衣の裾をなおそうとしたことなどを思い合わせて、「さては、あの有名な宮城道雄先生⁈」と直感したとか。森島さんは琴が大好きだったのでこう判断するのにさして時間はかからなかった。

で、すぐに駅に電話で連絡し、それからあちこちに照会されることとなった。

記録では、いあわせた刈谷署の浅尾巡査部長の血液を手術後に二百cc輸血したことになっているが、ここは少しちがうようである。たまたまO型で同型だった森島さんが院長の叫び声に近い求めに応じてまず四百cc献血し、次が浅尾巡査だったという。手配していた血液がとどくのを待っていてはとても間に合わないという切迫した状態にあったため、こうした処置がとられた。しかし、院長はじめいあわせた人びとの懸命の努力にもかかわらず、宮城道雄はそれからまもなく、息を引きとったのだった。

衝撃がよほど強かったのだろう、森島さんは二十七年前のそのときのことを今もつい昨日のことのようにあざやかに記憶にとどめていた。

不幸な死に方ではあったがいまも人の心に

勤務の都合で安城駅にもどるという森島助役と別れて、山下首席の案内で遭難現場へと向かった。よく晴れて風も強かったが、湿度が高く、体中から汗が噴き出してくる。

東海道本線の列車はやはり多い。上り下りの電車が次つぎに本線の上を走り抜けていく。そんな中に、〝現場〟は何気なく息づいていた。二十七年前に、歴史に残る事故があったことなどまるでどこ吹く風といった風情である。前にも述べたように山下さんや森島さんの話で、当時とまったく変わっていないそうだ。

構内とはいっても、もうほとんどはずれだから側線は駅に向かって右手に一本だけ、あとは本線の線路が二本あるきりの人気《ひとけ》のない静かなところである。えてして、こういう平凡な場所がよく歴史の舞台には選ばれるのだろう。特に不慮の出来事の場合は、そうである。

一年後に建立された供養塔は、その後の風雪を語るかのように、もうしっくりと落ち着いた雰囲気の中にあった。古色というにはまだ少し遠いが、いうにいわれぬ風格とでもいったものが周囲を支配している。手入れもかなり行きとどいているようだ。当時はまだ若木だったであろう、周囲に植え込まれた樹木はもううっそうといってもいいほどに育ち、外部を遮断して美しい空間をつくり出している。お寺とも、神社とも、また公園ともちがう不思議な空間である。いろいろ考えて、やっとなっとくした。ここはまさしく音楽の、それも箏曲をはじめとする和楽の、つまり最も宮城道雄にふさわしい空間なのであった。不幸な死に方ではあったが、宮城道雄はこういう形で立派に人々の胸の中に生きているのだと、ふとそんな思いにかられたりした。

しかし、周囲は変わった。変わったというより、開けた。まだもちろん空地はあったが、見渡す限り、いらかの波がつづいている。かつてヨーロッパへの発信を一手に引き受けたという二百五十メートルの大無線塔も、下までまる見えだったというが、今はすっかり住宅にさえぎられてしまった。

そういえば刈谷は、昔は城下町だったが、大正十一年（一九二二）に豊田紡織機工場ができてから豊田系の工場を中心にたくさんの工場が進出、工業都市としても古い歴史を持っている。昭和三十年代後半から始まった高度成長期に、駅の周囲も発展していったのだろう。

内田百閒が、どうせ落ちるものなら二、三秒前、いやせめて一、二秒前だったら水田だったのに、そうすれば助かったかもしれないのにと悔《くや》んだその水田は、跡形もなく姿を消し、駐車場になっていた。これもまた、時の流れのなせる業《わざ》なのだろう。

山下さんと、そこここと歩きまわりながら、鉄道というものの存在の不可思議さに改めて感じ入ったことであった。

刈谷駅で流れた宮城道雄の曲

内田百閒は、『東海道刈谷駅』の終章、つまり第七章を、刈谷訪問の後日談にあてた。

宮城は奇禍に遭ったのである。刈谷は遭難の地である。しかし歳月の流れは急行「銀河」よりも速い。「ほんに昔の昔の事よ」となるのはすぐである。天才は生きられないものときまっているなら仕方がない。もう過ぎた事として、彼がその地で眠った刈谷をゆかりの駅とし、豊後竹田の「荒城の月」に倣《なら》って、通り過ぎる旅客に宮城道雄の琴の音を聴かせたいと思い立った。

刈谷を通る汽車がホームに停まったら、拡声機を使って彼の作曲を放送する。短かい停車時間を利用するのだから、一つの曲を初めから仕舞までと云う事は因難であり、又その必要もない。名曲とか傑作代表作を選ぶ必要もない。寧ろ人の聴き馴れた、耳に馴染みのある曲の方がいい。或は宮城の作曲でなくてもいい。「六段の調」「千鳥の曲」の様なよく人が知っている物を宮城が自分で演奏しているのでもいい。

亡き友宮城道雄を偲ぶよすがとして、ゆかりの刈谷駅で宮城の曲や演奏を流そうということを、百閒は思い立ったのである。

それで、東京へもどると、さっそく国鉄本社の旅客課へ申し入れをした。国鉄からは次のような答えが返ってくる。かねて必要以外のことは放送するなと指示してあるので本社から伝えるわけにはいかない、知らなかったことにするから現地へ直接、話をしてほしい……。

これを聞いた百閒は、好意ある本社のはからいと解して、近々、名古屋の管理局へ顔を出そうと考えたのである。

ところが、百閒のこの思惑がマスコミを通じて流布されたため、名古屋のほうでは事前にすらすらとこの話が進行し、実施にうつされることとなった。結果的に百閒が名古屋に出向いたのはお礼参りという形になってしまったのである。げんに、例によって〈西海〉で行ったのだが刈谷に着いたらもう宮城道雄の琴の音はすでにホームに流れていた。

刈谷駅で、宮城道雄の曲や演奏を列車が着くごとに放送しはじめたのは、昭和三十四年（一九五九）四月からである。

森島さんの話によると、それ以前から近所のレコード屋さんの寄贈を受けたりして〝歌のない歌謡曲〟、つまり今のカラオケのはしりみたいなものや、ウインナワルツを中心にしたクラシックを暇をみては流していたとのことで、下地は十分にできていたわけである。当時は七十八回転のSPレコードが主体で、曲がかかっている間に大急ぎで掃除をすませるなど、けっこういそがしい思いをしたという。

内田百閒に同行した平山三郎さんからお便りをいただき、テープレコーダーを東京から刈谷へとどけたことを教えていただいた。そのメッセンジャーは、当時車掌だった、本誌でもおなじみの作家、檀上完爾さんに頼んだとも書き添えてあった。さっそく檀上さんにお会いして確認したが、残念ながら全く記憶にないとのこと。もし、そうだとしたらたぶん乗務のさいに平山さんから頼まれて、軽く引き受けてしまったため印象に残らなかったのだろうとのお話であった。

しかし、この放送は内田百閒や関係者の努力にもかかわらず、五年ほどで打ち切られてしまったという。客車が減り電車が増えてドアの開閉が早くなり車内に音がとどかなくなった、列車の発着本数が増えていそがしくなった、人が交替するうちに熱心だった当事者がいなくなってしまったなど、さまざまの要因がからんでのことである。

元祖豊後竹田の駅では、今もこの地出身の滝廉太郎を偲んで「荒城の月」を流しているという。やはり、列車の本数も少ない山間の駅と、大幹線の中堅駅とでは立地が全然異なるということだろう。残念ながらやむをえないと思う。地下の内田百閒と宮城道雄は、このことをどんなふうに語り合っているだろうか。

刈谷駅――時の流れにつつまれて

刈谷駅が創設されたのは、明治二十一年（一八八八）の九月一日のことである。それから十カ月後の二十二年（一八八九）七月一日に新橋―神戸間、東海道本線は全通した。複線化されたのは四十一年（一九〇八）一月一日から三月二十八日にかけてで、その後、大正三年（一九一四）二月五日に三河鉄道（現名古屋鉄道）刈谷―大浜港間が開通、翌年十月二十日にこれが知立まで延伸した。名鉄三河線のガードが東海道本線をまたいだのはこのときである。

刈谷が町から市に昇格したのは昭和二十五年（一九五〇）四月一日のことだったが、その年の十一月一日からは〈大和〉〈雲仙〉の二本の急行が停車するようになった。そして、二十八年（一九五三）三月三十一日に現在の駅舎が完成、七月二十一日には電化も行なわれた。

中部地方における中堅の駅として順調に発展したが、昭和三十九年（一九六四）十月一日に新幹線が開通するにおよんで他の駅同様、相対的に地位が低下、その後のモータリゼーションがそれに拍車をかけた。

しかし、今も通勤通学の要として重要な駅であることに変わりはない。一日の乗降客数約三万三〇〇〇人、そのうちの三分の二が定期客という数字がそのことを裏づけている。売り上げは約二百万円。職員数は九十四名、宮城道雄の事故当時は百五十名もいたというから、三分の二に減ったわけである。現駅長の三輪末松さんは四十六代目、去年の三月に赴任した。ちなみに、昭和三十一年（一九五六）当時の駅長は三十二代で、中村秀一という人だった。三十三年（一九五八）には三十三代平林信之という人に変わった。内田百閒を供養塔や現場に案内したのはこの人である。

駅には今も、事故当時の記録が残っている。発生年月日、場所、概況などが詳しく記されたものだが、これまでの記述を補足する形でいくつか拾ってみよう。

1189の貨物列車に乗務していて〝轢死体〟を発見した機関士は、稲沢第二機関区所属の田中二三という人で、その連絡で現場に駆けつけた時間は午前三時五十六分であった。山下さんや森島さんが語るところによると、鉄道マンは何かというとすぐ時計を見るクセがあるので、この発見時刻は正確なものと断言していいのだろう。記録の中には、「輸血者　駅手森島英夫」という記述もある。

宮城道雄を乗せた急行〈銀河〉をこの日牽引していた機関車は、東京機関区所属のＥＦ58形64号機であった。そのＥＦ58にもすでに引退の〝時〟が迫った。これもまた、時の流れのしからしめるところであろう。

（『旅と鉄道』No. 49〈'83秋の号〉／No. 50〈'84冬の号〉）

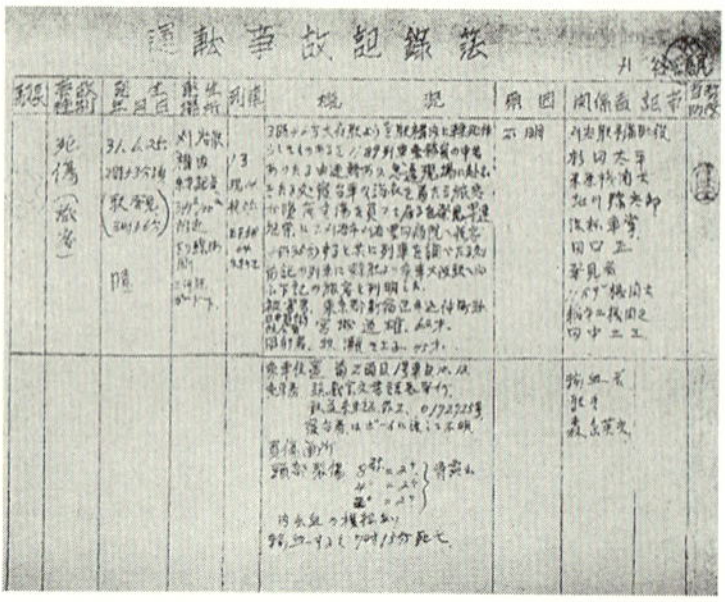

❾

❿

❾刈谷駅に残る事故の記録
❿当時の水田も駐車場に変わってしまった

内田百閒については、本編の冒頭でも触れたように一連の『阿房列車』シリーズを抜きにしては語ることができない。昭和二十五年（一九五〇）の『特別阿房列車』から三十年（一九五五）の『列車寝台の猿（不知火阿房列車）』までのおよそ五年間に及ぶシリーズは紀行文として白眉というだけでなく、図らずもこの時代の鉄道史の一側面を浮き彫りにしているという意味で重要である。第二次世界大戦で壊滅的な被害を蒙った日本と国鉄が、悪性のインフレに悩まされながらもようやく復興への手がかりを摑みかけた時代の鉄道事情がじつに正確かつ精細に書き込まれている。ちなみに、昭和二十五年という年は昭和二十四年六月一日に新生国鉄が誕生、その三カ月後の九月十五日に戦争で消滅した東海道特急がその名も〈へいわ〉という愛称で蘇った直後のことである。そして、二十五年一月一日にこの〈へいわ〉が戦前の超特急〈燕〉を受け継ぐ〈つばめ〉と改称、五月十一日には姉妹列車の〈はと〉もデビューした。百閒が最初に乗車した「特別阿房列車」というのは、この〈はと〉であった。

宮城道雄の奇禍は昭和三十一年（一九五六）に起きたが、宮城が乗った東京と神戸を結ぶ夜行急行〈銀河〉が誕生したのは昭和二十四年九月十一日のことで、この時は13・14列車という列車番号が振られただけだったが、翌二十五年十月一日からこの列車に〈銀河〉の愛称がつけられた。特急に初めて愛称がつけられたのは昭和四年（一九二九）九月十五日の〈富士〉と〈櫻〉を嚆矢とするが、急行にも愛称がつけられたのはこの〈銀河〉が初めてであった。

〈銀河〉でもう一つ特筆すべきことは、経路が東京—大阪間になる、車両が更新されるなどの変遷はあったが、現在もなお急行のままで健在だということである。なぜこれが特筆ものかというと、昭和四十

⓫

⓫現在の刈谷駅
いまだに昭和中期の面影をとどめているが
出改札口は橋上化され
南北通路が設けられるなど
駅舎の周囲はかなり雰囲気が変わった

三年（一九六八）十月一日の白紙大改正をピークに、急行の多くが特急に昇格したり消滅していったなかで、超然として孤高を保っているからである。東海道新幹線が東京―新大阪間を二時間三十分台で走破する今日、〈銀河〉は東京―大阪間を八時間以上もかけてのんびりと走っている。これは、寝台列車の存亡が危ぶまれるなかにあって、今なお根強い需要と人気を有していることを示している。

最後に、宮城道雄の転落死のことについて少し触れておきたい。なにしろ有名人の不慮の死だけに、当時この死については事故死説のほかに、自殺説、他殺説もあった。本編では書かなかったが、私がインタビューした森島英夫さんは、自殺説、他殺説を明快に否定していた。というのは、駆けつけた時、宮城道雄は暗渠に腰掛けており、「私は列車から落ちたのでしょうか」と問いかけ、誰かに落とされたとか、自死を企てたといったことは一言もいわなかったからである。現在では、単なる転落死、つまり事故死ということで落ち着いているが、それはこの森島さんの証言でもわかることである。

尾崎一雄の身辺小説

梅香る単線の小駅

御殿場線
下曽我駅

文筆活動六十年――旺盛な創作意欲と一貫したタッチ

『暢気《のんき》眼鏡《めがね》』という、風変わりな題の短編小説集で、昭和十二年（一九三七）上半期、第五回の芥川賞を受賞したとき、尾崎一雄はもうすでに三十七歳になっていた。当時の芥川賞は、まだスタートしたばかりで、今ほどポピュラーでもなければ、騒がれもしなかったようだが、それでも、亡き親友・芥川龍之介を偲《しの》んで菊池寛がこの賞を設けた背景には、明らかに、新人の登竜門にしたいという動機があった。

自分のことを〝新人〟ではなく〝中堅作家〟だと思い込んでいた尾崎一雄にとって、だからこの受賞は必ずしも手放しで喜べるようなものでなく、内心憮然たる思いはあったらしい。それでも、表題作の『暢気眼鏡』をはじめ『猫』『芳兵衛』など、受賞作の中に描かれているとおり（まさか全部を額面どおり受け取ることはできないが）、当時の尾崎一雄は貧窮の極にあったから、賞金の五百円は大いに有難かったらしく、それまで積もりに積もっていた借金をきれいさっぱり返済し、そのうえ、質に入っていた松枝夫人の着物も取り戻すことができたという。もっとも、受賞の記念ともいうべき、正賞のロンジンの懐中時計は、ほどなく質草になったというから、一気に生計を立て直すというわけにはいかなかったのだろう……。

❶

❶老いてかくしゃくたる尾崎一雄

これまでにも数回、映画化されたり、テレビドラマになったりで『暢気眼鏡』といえば尾崎一雄、尾崎一雄といえば『暢気眼鏡』といった具合に、後年〝芳兵衛もの〟と総称されるようになる一連の作品は、いうまでもなく、尾崎一雄の声望を決定的にした代表作である。

金沢の女学校を出るとすぐに、友人を頼って上京した松枝夫人と、偶然の出会いから一緒になり、彼女をモデルにして「芳枝＝芳兵衛」という女性を創出、売れない作家（いや当時は書けない作家というべきか）との貧乏生活を、深刻に堕《だ》すことなく、ユーモラスなタッチで描写した〝芳兵衛もの〟には、確かに尾崎一雄独自の文学観に裏打ちされた、したたかな魅力が横溢《おういつ》している。

だが、明治三十二年（一八九九）生まれの今年七十八歳、文筆活動六十年になんなんとする尾崎一雄の代表作は、なにもこれだけではない。昭和十九年（一九四四）病気のため郷里に引っ込んでからも、闘病生活を経て、次々と作品を発表、心境小説とか身辺小説とかいわれる分野に多くの名作を残してきた。戦後まもなく書かれたものでは、『虫のいろいろ』『美しい墓地からの眺め』などの短編があり、このタッチは現在にいたるまで一貫して引き継がれている。中編では、昭和三十六年（一九六一）の『まぼろしの記』があり、これは第十五回の野間文芸賞となった。最近では、小説ではないが、昭和四十五年から『群像』に連載をはじめた文学的自叙伝『あの日この日』という大長編があって、これも第二十八回野間文芸賞を受賞した名著であり、今なお『続あの日この日』として執筆が続けられている。

里見弴、滝井孝作、井伏鱒二などとともに今や文壇でも長老格となったこの人の、年齢を感じさせない旺盛な執筆意欲には、ただただ脱帽のほかはない。

樹木に囲まれて静かにたたずむ尾崎家

その尾崎一雄は、今なお父祖の地・下曽我に住む。正確には、神奈川県小田原市曽我谷津《そがやつ》という所である。

昭和十九年以降ずっとこの地にあって、心境小説、身辺小説を手がけてきた尾崎さん（大長老に対して「さん」などと気軽に呼べたものではないのだが、「氏」では堅いし、「先生」だと、口に出していうときはいいが文字で書くと今一つピンとこないので、あえてこう書く）の作品には、だから当然、この下曽我を舞台にしたものが多い。御殿場線下曽我駅も舞台の一部としてしばしば登場する。

七月上旬、許しを得て、編集部S氏同道のうえ、尾崎家を訪問した。もちろん、駅の取材も兼ねてである。

この尾崎家への道筋やたたずまいは、なにも私が書く必要はない。尾崎さんの著作中に十分、書き込まれているからである。

御殿場線に乗り換えて、国府津から第一番目、汽車で走行六分のところに、下曽我駅があり、下車して、山側に約七分歩くと、陋屋があるわけだ。曽我山という、全山殆《ほと》んど蜜柑《みかん》畑の低山の麓《ふもと》の台地に、拙宅はある。相模湾《さがみわん》へは、直径で三キロ、海上十里の南に、伊豆大島が浮ぶ。東は、曽我山の尾根が低くつらなって、国府津で海に落ち込んでいる。西は、北の方から云って、丹沢、足柄、箱根と千五百メートル前後の山々が連なり、足柄、箱根を前衛として、富士山が大きくそびえている。足柄、箱根の麓までは、直径一里強、その間は酒匂川《さかわがわ》流域の肥沃《ひよく》な平野で、下流には小田原市をふくみ、これが足柄下郡の主域をなす。

箱根は南へ南へとのび、謂《い》うところの富士箱根火山帯、伊豆半島となって、相模湾と駿河湾《するがわん》とをくぎる。半島から枝のように出た真鶴岬《まなづるみさき》が突端に初島をくっつけて、私のところからよく見える。

（昭和二十五年『小鳥の声』）

日本一の富士山を配した、堂々たるスケールの眺望を持った所、これが下曽我の地である。これが書かれた当時は、まだ小田原市に編入されてなくて、足柄下郡下曽我村谷津といった。そのためか、友人・知己の中には、ものすごい山奥の寒村と思い込んでいた人もあったらしい。もちろん、市に編入されたとはいっても、田舎であることに変わりはないが、少なくとも山奥ではない。ただ残念ながらこの日は、晴れてはいたが見通しが悪く、この景観を実感することはできなかった。

国鉄東海道本線で西行すると、約一時間半で国府津《こうづ》に着く。ここで御殿場《ごてんば》線に乗りかえると、走行五分、直ぐ次が下曽我《しもそが》だ。見すぼらしい田舎の小駅である。

（昭和三十七年『夕顔』）

私の現住地は、小田原市曽我谷津というので、地方都市の一部だが、これは十五年ほど前の市町村合併によるもので、それまでは神奈川県足柄下郡下曽我村谷津と称ばれる農村であった。現在でも、御殿場線下曽我駅につづく一画が小さな商店街の形をしているだけで、私の住むあたりは昔の農村風と殆んど変っていない。

（昭和四十四年『木草の匂い』）

これからさらに九年たった今も、下曽我の雰囲気は、それこそ「殆んど変っていない」。

国府津から走行五分で下曽我駅に着く。ここで降りて北にある曽我山という低山に向って十分ほど歩くと、もう山麓の台地で、私の陋屋はそこにある。つまり私は、この下曽我駅の乗降客の一人なのである。

（昭和四十八年『単線の駅』）

❷

❸

❷関東大震災以後に建て直されたままの
姿を留める御殿場線下曽我駅
❸尾崎一雄の小説に登場する
下曽我駅近くの踏切
複線の名残りを
橋の鉄板に見ることができる

下曽我駅を降りて北東へ三、四分歩くと商店街を出はずれて、国府津・松田間を走る県道にぶつかる。車の往来が割りに多いこの道をつっきると、市道は二つに別れる。東へ辿れば、曽我五郎・十郎兄弟の養父曽我祐信の館址（そこには城前寺という浄土宗の寺がある）に至り、鳥居をくぐって北への真直ぐな坂道を登ると宗我神社につき当る。（昭和四十九年『井戸がえをしなければ――』）

これらの著述に誘《いざな》われて道筋を辿って行ったら、尾崎家は、この宗我《そが》神社の右手前五十メートルほどの位置にあった。梅をはじめ、いろいろな樹木にこんもりと囲まれた、尾崎さんの作品に書かれているとおりの、平家建ての家である。一家をなした人の家にありがちな、豪邸というイメージとはほど遠いが、いかにも住んでいる人の人柄をしのばせる、緑豊かな環境の家であり、都会の団地住まいの身からみて、こういう所に住みたいなと思わせる〝優しい〟雰囲気に包まれた家である。

御殿場線が複線の東海道本線だったころ

執筆が忙しいのと、このところちょっと健康を害されたのとで、この二カ月ほど東京へ出るのもやめ、面会も断わっていたという尾崎さんは、それでも短時間ならということで、いろいろ資料を準備して待っていてくださった。写真は何枚か見ていたが、ほぼ想像どおりの、おのれの信念にしたがって、一筋の道を歩きとおした人の完成された姿が、そこにあった。

残念ながら、松枝夫人が不在のためお会いできなかったが、二女の圭子さんが男のお孫さんを連れてたまたま一晩だけの里帰り中とあって、甲斐甲斐しく応対していただいた。

縁側のテーブルを囲んで、よく風が通って涼しい中、ゆったりくつろいだ状態で、和服姿の尾崎さんから、駅のこと、近くの踏切のこと、いやそれだけでなく文学のことも含めて、いろいろ話を伺うことができたのは望外の幸せであった。この会談の内容はこれから随所に織り込むこととして、作家・尾崎一雄と下曽我駅とのかかわりを、作品を通して探ってみることにしよう。

尾崎一雄の生まれは明治三十二年（一八九九）十二月二十五日、三重県の宇治山田であって、下曽我ではない。尾崎家は代々、宗我神社の神官という家柄だったが、父・八束が、東京帝大を出るとすぐに、在学中に結婚した母・タイをともなって、伊勢の神宮皇学館の教官となって任地に行ったため、そこで生まれたのである。

その後、明治四十一年（一九〇八）九歳のときに下曽我に落ち着くまでに、宇治山田、下曽我、宇治山田、母の実家・沼津と、数回の転地を経験している。

先日、秋晴れの良い午後だったので、散歩ながら自分で煙草《たばこ》を買いに出かけたが、ことのついでにと、御殿場《ごてんば》線の踏切まで行ってみた。下曽我《しもそが》駅の直ぐ東にあって、家からは普通に歩いて十分位の距離である。

（中略）

私は、明治四十二年四月、母の実家のある沼津から郷里下曽我へ戻り、転校生として千代小学校の三年に入った。それから六年を終えるまでの四年間、毎日この踏切を越えて通学したわけだ。当時はこれが東海道本線だったから、列車の往来が頻繁《ひんぱん》だった。下曽我などという駅はなく、隣の上大井駅も無かった。私が小学校五年の頃、下曽我信号所というのが出来、やがて大正十一年、それが駅に昇格したのである。

（昭和二十七年『踏切』）

記録によると、下曽我駅の開駅は大正十一年（一九二二）五月十五日、尾崎一雄二十二歳のときであるが、これについては後述する。ここでは、尾崎一雄の幼年時代には、下曽我村に線路は走っていたが、駅などというものはまだなかったことを知っておいてもらえばいい。

父・八束はその後も一人で伊勢に滞在したため、別居生活は余儀なくされたものの、休みのときにはもちろん一緒に暮らした。駅ではないが、この父に関して面白いエピソードがあるから、少し長いが次に引用してみよう。

私の父は、西の方のある専門学校の教師をしていた。春夏冬の休みの外は、任地にいた。ある時、休暇が終って任地に発った父が、忘れ物をした。時計だったと思う。父は国府津まで人力車で行き、そこで下りの汽車に乗る。下りだから、下曽我の踏切を通るわけだ。私を初め子供たちは、この踏切で父を見送るのが慣わしだった。

祖母は、父の時計を紙に包み、それを物干竿の先にひっかけて、私共に交って踏切で父の汽車を待ちうけた。祖母の企らみを危ぶんだ母もついて来た。母は、お止《よ》しになったら、と留《と》めたのだが、一度言い出した祖母は、きかなかったのだ。若かった母は、「物干竿を持ってつづけ」と祖母に命ぜられ、仕方なく言う通りにしたが、内心ハラハラしているのだ。踏切のあたりは、西に向って少し登りになっているので、西行の汽車はいくらか徐行になる。祖母はその虚に乗じて、忘れ物を父に渡そうと企らんだわけだが、母にしてみれば、老人の祖母がそんなことをやるのが第一に危険だし、次には、子供たちの見送りにこたえようと車窓から首を出した父が、妙な羽目《はめ》に陥るだろうことを思って閉口したのである。

やがて国府津の方から、父の乗った汽車がやって来た。父の顔が窓から出た。それに向って、祖母は物干竿をつき出した。父は、いけません、というふうに手を左右に振り、一寸《ちよつと》頭を下げた。汽車は行ってしまった。

（『踏切』）

今の時代には想像もできないような光景である。確かに危険には違いないのだが、どこか間延びのしたのどかさがある。だが、尾崎一雄はもう一つ〝怖い〟思い出もこの踏切には持っている。

子供の頃、下曽我を通る鉄道線路は、東海道本線だった。列車の往来は頻繁であった。小学校が線路の向う側にあったから、学校への往復には踏切を越える。この踏切では、時々事故があった。その事故の一つを目撃したこともある。それが、私に汽車への恐怖感を植えつけたものらしい。

汽車の夢は――私が踏切に立っていると、向うから汽車がやって来る。汽車に気づかれぬよう、出来るだけ何気ないふうで立っているのだが、どうもいけない。汽車が追っかけて来そうなのだ。身を翻《ひるが》えして逃げ出す。すると汽車は、踏切をすっと曲って、私を追っかけ始める。やっぱりだと膏汗《あぶらあせ》を出しながら逃げる。もう少しで家の中へ逃げ込めるのだが、足が思うように動かない。突差《とつさ》の智恵で、道端の溝《みぞ》に飛び込み、頭をかくして、息を殺している。もう宜《よ》かろう、と、やり過ごしたつもりで、そっと首を擡《もた》げると、汽車が、両手の握《にぎり》こぶしを腰にあて、薄笑いをうかべてそこに立っている。ああ、万事休した、と思って目を覚ます。――この夢を度々見た。（昭和二十七年『毛虫について』）

よっぽど印象の強い思い出とみえて、この話は『踏切』の中でも繰り返し語られている。まさかこのせいではあるまいが、尾崎さんは汽車が大嫌いだったそうである。父について任地に行くとき、病弱だったこともあって、客車のニスの匂いと、乗客の煙草の煙、それに煤煙のため必ず気分が悪くなり、沼津で一泊したとのことだ。

丹那トンネル開通――やがて単線に

ところで、この当時の東海道本線は、国府津から、松田、山北、御殿場と、足柄・箱根越えをして沼津へ出ていた。今の御殿場線がそうだが、これはまだ丹那トンネルが開通していなかったことによる。だから、尾崎一雄の父は、わざわざ人力車で国府津へ出、そこで汽車に乗ってふたたび下曽我を通過して西下したのである。

東海道本線の国府津《こうづ》から、御殿場線というのが派生している。松田、山北、御殿場、裾野《すその》等を経て沼津で再び東海道本線に合流する一ローカル線だが、もとは、これが東海道本線であった。大正末年丹那《たんな》トンネル開通と共に、没落したのである。戦争中、レールを半分とられて単線となり、一日、上り下り各十本という運転回数に減らされ、しかも、貨物列車の間に一二台の客車が挟まれて走るという状態になった。かつては、一二等急行以下、何十本という列車が昼夜を分たず上下していた頃を知る私には、感慨の深いものあるのは自然であろう。

(『小鳥の声』)

ここで「大正末年丹那トンネル開通」とあるのは、作者の記憶違いである。開駅と混同したとのことであった。その後、昭和三十四年(一九五九)に書かれた『丸い月』という短編でもこの誤りが引き継がれたため、読者で父が丹那トンネルの工事に半生をささげたという人から指摘があって、同年の『丹那トンネル』という随筆で訂正された。

その国府津駅から御殿場線というローカル線が出ているが、これはもと、東海道本線の一部だったのが、昭和九年、丹那トンネル開通と共に本線を現在の線に譲り、はかないローカル線に転落した。しかも戦争中複線の一方を外され、単線にされてしまった。（『単線の駅』）

丹那トンネルが貫通したのは昭和八年（一九三三）八月二十五日、開通したのが昭和九年（一九三四）十二月一日のことである。本線がローカル線に転落した例はほかにもいくつかあるが、複線が単線になった、というのはない。もともとが単線だったからだ。尾崎一雄が「単線」「単線」と書くとき、その沿線に住む者として、ある屈折した思いが潜《ひそ》んでいることは否めない。

話は前後するが、ここで下曽我駅の開駅についてみてみよう。具体的に書いてあるのは先に引用した『踏切』の部分があるが、次のような記述もある。

私たちが中学を出てから、国府津・小田原間に汽車が通じ、それは更に熱海まで延びた。間もなく、私の住む下曽我にも駅が出来た。下曽我は、東海道線（当時の）に沿っていながら、それまで駅が無かったので、われわれが汽車に乗るためには、国府津まで行かねばならなかったのである。

上の妹は、小田原の女学校（現城内高）へ歩いて通ったが、下の妹は下曽我駅が出来たおかげで汽車通学になった。大正十年か十一年のことだったと思う。（昭和三十四年『丹那トンネル』）

正確には大正十一年の五月十五日ということを前述したが、このへんの記述があいまいなのは、当時、尾崎さんが東京にいたため、開駅の記憶が全くないためという。

大正から昭和へ――揺れ動く時代のなかで

下曽我駅が開業した翌年の大正十二年（一九二三）という年は、尾崎一雄にとって一大エポックとなった年である。

これより先、大正五年（一九一六）、近所の土蔵で見つけた一冊の古雑誌（『中央公論』第二十七年第九号秋期大附録号）によって、後年の尾崎一雄の進路が決定したことは有名な話だ。

志賀直哉との邂逅《かいこう》、である。

ここで発見した志賀直哉の『大津順吉』という小説によって、尾崎一雄は文学開眼《かいげん》をし、自分も作家になるべく決意する。それから七年後の大正十二年、著作を通してすっかり虜《とりこ》になってしまった尾崎一雄は、当時、京都にあった志賀直哉を夏休みに友人の紹介でたずね、初対面を果たし、すっかり感激して帰郷した。

ちなみにいうと、尾崎さんは志賀直哉の一番弟子だそうである。

「滝井孝作さん？　ありゃちがうよ。われわれとは格がちがうよ。あの人は、志賀さんの弟分だよ。だから、僕からみると、叔父貴にあたるんだ」とのことであった。

大正十二年は、もう一つ大きな事件の起きた年である。

山村家の茶の間に坐り込んだ時分、下曽我駅に向って松田方面からやってくる汽車の音が、バカに大きいことに気づいた。松田方面から来るのはつまり上り列車だが、下曽我あたりまでは線路が降《くだ》り勾配なので、いつも威勢よく走ってくる。音も割に大きい。西風のあるときは、列車音も風に乗ってさらに大きくなる。

しかし、それにしても、と私は首をひねった。余程重い荷を積んだ貨物列車に違いないが、松田から来て下曽我に停り、発車後もあんな大きな音を立てやがる、珍らしいことだ――などと考えているうち、政治氏がバタやジャムをつけた食パンを皿に盛った。

それに手を出そうとしたとき、ミシリ、ガタガタと来たので、顔を見合しているとドカンと突き上げられ、二人共あぐらのまま飛び上った。つづいて、横ざまに薙ぎ倒された。畳が生きもののように動き、部屋中の物が一度に倒れてきた。

「でかいぞ！」

「地震だ！」

（昭和五十年『あの日この日』）

今さらいうまでもあるまい。大正十二年九月一日の正午に発生した関東大震災である。この時、下曽我村も大きな被害を受けた。記録によると戸数三百四十戸のうち全壊三百二十戸、半壊十五戸。死者二十七名、行方不明二名、傷者四百八十名という惨状であった。前年にできたばかりの下曽我駅とて、当然、無傷ではない。

下曽我駅もつぶれた。この九月一日をもって開通したホームへの地下道も壊れ、ホームが落ち込んでいた。ホームの簡単な上屋が、どうした加減か、木の柱を空に向け、傘をひっくり返したように仰向けになっていた。線路の堤防がそれ自体の重みで半分ぐらい沈下し、両側の田圃がふっくらとせり上っていた。（この地震では、いろいろ思いがけぬことに出会ったが、下曽我駅の上屋の宙返りには全く驚いた。どうした拍子だったのか。）

（『あの日この日』）

大正十二年九月一日、下曽我駅に、地下道が出来た。妹は、それを開通第一日にくぐって、学校へ行った。二階の裁縫室でミシンを踏んでいるとき、あの関東大震災に逢った。校舎はつぶれたが、幸に怪我もせず、酒匂川の鉄橋（鉄道の方の）がこわれて、レールと枕木が辛うじてかかっているのを、這って渡って帰ってきた。

うちでは、家屋全壊、私と母が小負傷をした。

（『丹那トンネル』）

関東全域にわたって大被害をもたらした地震は、下曽我村というちっぽけな農村とても、その例外にはしなかったのである。

時代は下って昭和二十年（一九四五）、今度は下曽我村に人災が襲いかかってくる。米軍機による空襲である。前年の九月、胃潰瘍《いかいよう》による大出血から、一家をあげて下曽我に引き上げてきて、郷里で病床に臥せっていた尾崎一雄の頭上にも敵機は容赦なく飛来した。

昭和二十年、敗戦の年、末娘は三つだった。相模湾上空から侵入した敵艦載機グラマンの編隊が、裏の曽我山の頂上あたりで反転すると、麓にある私ども民家や駅を逆落《さかおと》しに銃撃した。敵操縦士が首に巻いた白いマフラーの、一直線になびくのを見た。銃弾や空薬莢《からやっきょう》が、庭石に当って鋭い音を立て、はねかえるのを見た。その時、末娘の挙げた「こわいッ」という悲鳴。

（昭和三十九年『退職の願い』）

七月下旬、私方から歩いて十分位の国鉄の駅が、グラマン艦載機の銃撃を受けた。駅の倉庫にあった松根油《しょうこんゆ》に火がつき、それによる火災で、隣りの倉庫に集積されてあった野砲弾が爆発を起こした。十五糎《センチ》ぐらいの砲弾が、つぎつぎと誘発して、その破片が部落全体に亘って飛び散った。私方にも五、六個落ちたが、被害は無かった。近所では三人ほど怪我人が出たし、駅附近では、火災が起こり、何人かの死傷者があった。誘発は何秒かの間隔をおいて一時間近くつづいた。

（昭和三十六年『まぼろしの記』）

下曽我のあたりが敵機から受けた被害は、前月号で記した通り艦載機グラマンの銃撃によるものだ。何度かやられたが、中で一番危なかったのが、下曽我駅倉庫に加えられた銃撃であった。曽我山で造られ、駅の倉庫に溜められた松根油が火を発し、つづいてそれに隣って収積された弾が誘発を起した。松根油や砲弾がどの程度倉庫に溜ったかを、調べ上げての攻撃だったに違いない。七月下旬のことだったろう。

駅から半径七、八百米の範囲に、砲弾の破片が飛び散った。駅に近い商店など数戸が火災を起こし、何人かの死傷者が出た。私方の向い側の農家では、破片がトタン葺きの屋根を貫き、畳を貫いて床下に落ちたが、怪我人は無かった。私方の敷地内にも五、六個落ちたが、家中無事だった。

（昭和五十三年『続あの日この日』）

つまり米軍は、駅の倉庫にあった野砲弾を狙って下曽我村を襲ったわけである。「七月下旬」というのは尾崎さんの記憶違いで、駅の記録によると、というより昭和十九年からこの駅に勤務しているという（途中六年ほど他へ転じていたが）内田浩一さん（四十九）の記憶によると、グラマンが飛来したのは、八月に入ってからは三日、五日、七日の隔日で、米軍が思いをとげたのは七日のことだったという。

❹

❺

❹下曽我駅の倉庫に格納されていた野砲弾のうちの不発弾のひとつ
❺下曽我駅の板壁や天井には今なお米軍の銃撃で打ち抜かれたときの穴がそのまま残っている

駅舎にももちろん弾が打ち込まれ、何発も貫通したが、奇跡的に焼けずにすんだ。三十三年たった今も、弾の跡は紙を貼って補い、部分的に改修された以外、当時の、ということは大震災後に建て直されて以来、そのままの姿で使用されている。下曽我駅に関する限り、戦後はまだ終わっていないともいえそうだ。

花の香りに包まれて旧型電車は今日も……

現在の下曽我駅は、二十三代の島津経義駅長以下十一名。この日の勤務は今年の三月に沼津から来たばかりの米山靖二助役、営業管理係の前述した内田さん、営業係の香川恒夫さん、運転係の岩沢辰幸さんの四名である。

一日平均の乗降客は、定期を入れて約三〇〇〇名。収入は十七万五〇〇〇円になるという。年間の目標は六六六三万円だそうだ。

今の下曽我駅には二つの顔がある。小田原、平塚方面への通勤圏（東京へ通う人も多いという）にあるということが一つ。今一つは、仇討ち物語のヒーローとして有名な曽我兄弟の墓所のある土地であり、梅の名所でもあるという観光地の駅としてである。蜜柑《みかん》の樹も多い。春先の梅まつりのときは、一本だが急行も停まり、すごい人出になるという。

この下曽我地区では、梅林や各戸ごとのを合せると約二万本の梅といわれる。花ざかりのころ、どこか二、三泊の小旅行ののち下曽我駅に降り立つと、ふだんは慣れっこになっている私の鼻にも、ほのかなにおいが来る。その季節に東京あたりから来た客の、「匂いますなア」というのも無理はない。

（昭和四十二年『梅の節句』）

茗荷の匂いは、私にとって特殊なつながりがあるので先ずこれを挙げたが、この地には、季節によって誰にも直ぐそれと感じられる匂いがある。その第一は、二月から三月にかけての梅である。国府津から下曽我を経て上大井に至る国鉄御殿場線の北側に連なる曽我山という低山の麓には、五万本の梅樹がある。これから採れる梅の実は、小田原梅干の原料になるが、その主産地は下曽我で、梅の花盛りの頃、下曽我駅に降り立った人は、そこはかとない梅の香りに気づくだろう。（『木草の匂い』）

尾崎さんは、ここ梅の名所・下曽我を永住の地と定め、この土地に深い愛着を抱いている。前述したように、昭和十九年、戦局の深化と大病とで、心ならずも東京からほうほうの体《てい》で逃げ帰ったのではあったが、いざ住んでみると、豊かな自然に恵まれた美しい景観と、澄みきった空気がすっかり気に入ってしまい、二度とふたたび東京へ出ようとはしなかった。文壇の会合などで、よく東京へは出るのだが、用がすむとさっさと帰って来てしまうとのことだ。

私は、東京の空気を吸えば吸っただけ損なような気がして、用が済めばさっさと田舎へ逃げ帰る。ローカル線の小駅下曽我駅に降り立つと、梅のさかりの頃なら、梅花の匂いが鼻にくる。蜜柑の花のさかりにはその匂い。

（『退職の願い』）

その尾崎さんが、昭和三十五年（一九六〇）ごろ、俳句を一句作った。

梅白し単線の駅汽車発す

当時はまだ、蒸気機関車が全盛時代であった。いくら汽車嫌いの尾崎さんでも、こればかりは「汽車」でないと趣《おもむき》がない。

今、下曽我駅を発着しているのは、ブルーとクリーム塗装の、73系旧型電車である。

（『旅と鉄道』No.29〈'78秋の号〉）

…………………………

尾崎一雄さんを、神奈川県小田原市曽我谷津の地に編集者と二人で訪ねたのは、昭和五十三年（一九七八）八月上旬の昼過ぎのことだった。松枝夫人が留守だったこともあり、ご本人がわざわざ玄関先で出迎えてくれたのに恐縮したが、さらりと着物を着こなして、それがいかにも寛いだ感じで、文豪との初対面でいささか緊張していたこちらの気分が一気にほぐれたのを記憶している。実際、気さくな人だった。

風通しのよい縁側に通され、そこで話は始まった。最初はこちらの質問に答えるかたちで話は進んだが、途中から脱線がちになり、そのなかからテーマに関係した部分を拾うという展開になった。本編でも触れたが、尾崎さんより先に志賀直哉に入門を果たした滝井孝作のことを、敬愛の念を込めて志賀直哉の弟分だと話してくれたのも、この雑談のなかでのことである。昭和三十九年（一九六四）に六十六歳で亡くなった『人生劇場』の尾崎士郎にも話が及び、「じつはあいつが死んだ時、俺のことと間違えられたんだよ。あいつは頑健だったし、俺はいつ死んでもおかしくない体だったからな。尾崎一雄もついにくたばったかと、仲間うちでそんな噂が流れたもので、お悔やみの言葉を随分もらったよ」と、楽

❻

❼

❻平成に入って
蔵造り風の瀟洒な駅舎に変身した下曽我駅
梅の花が香る季節になると
たくさんの人がこの駅から降り立つ
❼下曽我駅からゆるやかな上り勾配が続く
その左手には今も
かつて御殿場線が東海道本線だった時代の
複線の名残りが見られる

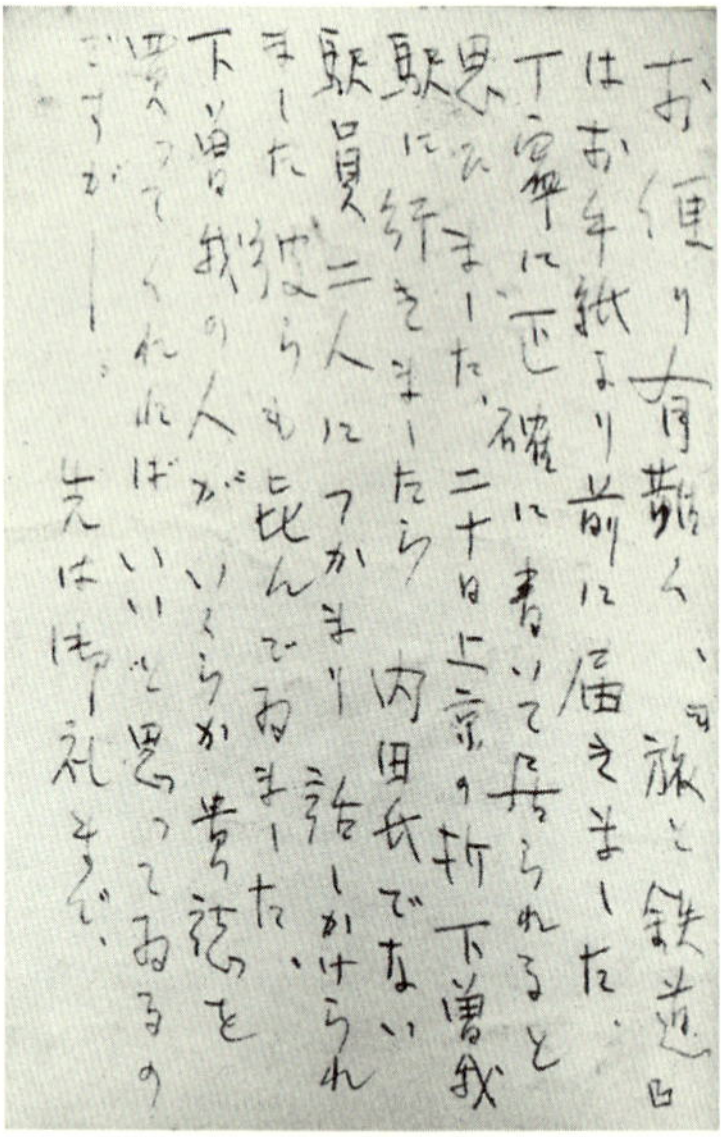
お便り有難く、『旅と鉄道』
はお手紙より前に届きました。
丁寧に正確に書いて居られると
思いました。二十日上京の折下曽我
駅に行きましたら、内田氏でない
駅員二人につかまり話しかけられ
ました。彼らも読んで居りました。
下曽我の人がいくらか誇りを
持ってくれればいいと思って居るの
ですが――。先は御礼まで。

❽

❽掲載誌を受け取ったことと
下曽我駅を訪ねたことを知らせてくれた
尾崎一雄さんからの便り

しそうに話してくれた。

談半ば、下曽我駅が米軍の襲撃を受けた話になった時、被弾した日が昭和二十年の「七月下旬」ではなくて八月七日だったのではと質したところ、尾崎さんは否定も肯定もせず、「なにしろ昔のことだからなあ」とつぶやいただけだった。

三時間近く話を伺った後辞去したのだが、この時『あの日この日』を一冊借り受けた。その時点で私がこの本を入手できていなかったからである。「なくすなよ。大事なやつだからな」といって渡されたのだが、それは出版界で「訂正原本」と呼ぶ、赤字がびっしり書き込まれたものだった。再版に備えて、修正・加筆・削除といった推敲を重ねた、まさにその原本なのだった。こんな大切なものを、初対面の人間にいたって気軽に貸してくれたことにも驚かされたが、書き込まれた赤字から、一つの著作に傾ける作家の真摯な姿勢を読み取って私は深く感動した。

これには後日談がある。原稿を書き終えた後、この本を一人で返しに行った。一週間ほど後の八月十二日のことであった。ご本人がいなくても家人に託せばいいことだと、事前に連絡せずに訪ねたのだが、松枝夫人が出迎えてくれ、玄関脇の小部屋に案内してくれた。電気もつけないでテレビに見入っている尾崎さんがそこにいた。

「おー、来たか」

「はい。大切なものですので一刻も早くお返ししなくてはと。すみません、お盆の日に来てしまいまして」

「あっはっは。関係ないよ。我が家は神官の家系だから、仏さんには縁がないんだ」

といったやり取りがあり、

「今、高校野球を見てるんだよ。横浜高校がやってるんでな。やっぱり神奈川県人としては気になるんだ。君は千葉県だから関係ないが、まあ俺につきあって見てゆけよ」となって、結局最後まで観戦した。試合は二回戦で、横浜高校が徳島商業に十対二で快勝した。尾崎さんもご機嫌だった。話の合間、尾崎さんが「じつはあの後、俺も下曽我駅に行って確認したよ。君のいうとおり、やっぱり米軍にやられたのは八月七日だった。俺の勘違いだ。思い込みって怖いもんだな。気をつけなくちゃな。次には修正するよ」とつぶやいた。

このことがあってから二カ月半後の十一月三日、尾崎さんは文化人として至高の栄誉である文化勲章を受章した。そして、四年半後の昭和五十八年(一九八三)三月三十一日に亡くなった。八十三歳だった。

なお、尾崎さんの著作に頻繁に登場した下曽我駅は、平成二年(一九九〇)四月十日に現在の蔵造り風の駅舎に改築された。この時点で、戦争の傷跡をとどめた由緒ある? 駅舎は消滅した。

白柳秀湖の『駅夫日記』
環状線に明治を求めて

時の流れの中に駅を求めて

文学の中に登場する鉄道シーンを訪ねて、全国各地を歩きまわっていると、ふと、「時間というのはいったいなんなんだろう？」と考え込んでしまうことがある。

何も鉄道に限ってのことでなく、人間をはじめ生きとし生けるもの、山、谷、川といった自然、民家、寺社といった人工の建造物にいたる総《すべ》てのものに、時間というものは深くかかわっている。同じ一定の時間でありながら、そのかかわり方によって、ものそのものがさまざまに変化する、ときには全く変化しない。

時間を横軸とすれば、縦軸にくるのはいったいなんなのか。場所とか地域とかいった物理的なものなのか、それとももっと抽象的ななんかなのか。そのへんのところがどうもよくわからない。ただたんに二面的なものでなく、もう一つなんらかの力学によって付加された要素があるような気もするが、さっぱりはっきりしない。

はっきりしないながらも、もう一つの要素というのは人間ではないかと、このごろ考えるようになった。ときに、地震、火山の爆発、台風といった超自然の現象によって完膚なきまでにたたきのめされることもあるが、人間と場所とが密接に絡《から》み合ってもののたたずまいを規定していく、それが時間というものなのかもしれない。

前置きが長くなってしまったが、こんなことを書いたのはほかでもない、駅とてもこうした現象と無縁ではありえないからである。

これまでに訪ね歩いた駅を振り返ってみると、開駅以来ほとんど変わらないところもあれば、全くかつての面影を留めないほどに変貌してしまったところもあるしで、その都度こちらの受ける印象というか、感懐もまた微妙に変化する。土地の古老などが「わしらの小さいころとちっとも変わっとりゃせんよ」などといおうものなら、たちまちタイムマシンに乗って時間を遡行したような気分になるし、都会の真中に立って「昔はこの辺り、草茫々《ぼうぼう》の原っぱだったがねえ」と聞かされると、今と昔の落差に驚き、ここへいたるまでの時の流れがものすごい重さでのしかかってくる。それとともに、どこがどう変わったのか、そんな中でも変わらない部分があるのかないのか、その原因はいったいなんなのかといったことが俄然知りたくなってくるから妙なものだ。


今回登場するのは、山手線《やまのて》の目黒駅——。

東京という、世界でも有数の大都会の環状線として今や、通勤通学を中心とする旅客輸送に大活躍する山手線の、文字通り山手側の駅の一つである。

時間との絡みでいうと、都会地の駅はほとんどがそうだが、この駅も開業から今日までのあいだにさまざまの人為的な変貌を遂げてきた。

目黒駅を取り上げたのは、昔のこの駅とその周辺が実によく書き込まれた小説と出会ったからにほかならない。数年前に読んだときから気になっていたものだが、今度思い立って目黒駅を取材してみた。

この小説の題名は『駅夫日記』、作者は白柳秀湖《しらやなぎしゅうこ》という人である。

社会主義文学の先駆白柳秀湖とは……

『駅夫日記』といっても、白柳秀湖と聞いても、今の人は多分ピンとこないだろう。実のところ私もその一人である。この人の書いた他の作品にいたっては、どういうのがあるのかよく知らないし、読んだこともない。

ただ、文学史などの本を拾い読みしてみると白柳秀湖の名はこの『駅夫日記』でのみ登場するといってもいいくらいで、しかも中年以降は文学からはなれて評論のほうでおもに活躍したというから、白柳秀湖＝『駅夫日記』という図式で理解しておけばいいのかもしれない。

さて、それではこのさして長くもない『駅夫日記』が文学史的にどう位置づけられているかということになるが、それがなかなかどうして大変なものである。小説として成功しているかどうかという点では評価の分かれるところだが、のちの社会主義文学の先駆という意味で重要視されているのである。

『駅夫日記』は明治四十年（一九〇七）十二月に『新小説』に発表されたが、白柳秀湖自身は、その前年に発表されて大きな反響を呼んだ島崎藤村の『破戒』に刺激されて書く気になったものらしい。『破戒』が新平民という、当時における社会から疎外された階層出身の青年教師を主人公としたのに対し、『駅夫日記』のほうは駅夫という底辺労働者を主人公に据えているのである。『駅夫日記』の詮索に入る前に、このへんで白柳秀湖の略歴をざっと眺めてみよう。

白柳秀湖は本名を武司といい、明治十七年（一八八四）一月に、静岡県の気賀町に生まれた。二俣線の沿線で、遠江二俣と東海道本線新所原のほぼ中間にあたるところである。『駅夫日記』の主人公は秀湖自身がモデルではないが、出身地を文中でこう紹介している。

私の父は静岡の者で、母はもと彦根の町のさる町家の娘で、まだ振分髪の時分から井伊家に仕《つか》えてかの桜田事件の時にはやっと十八歳の春であったということ、それから時世が変って、廃藩置県の行われたころには井伊の老臣の石黒某なるものに従うて、遠州浜松へ来た。

（中略）

母はここで縁があって父と結婚して、長い御殿奉公を止めて父と静岡にかなりの店を開いて、幸福に暮していた。母の幸福な生活というのはじつはこの十年ばかりの夢にすぎなかったので、私は想うて母の身の上に及ぶと、世に婦人の薄命というけれど、私の母ばかり不幸な人は多くあるまいと思わぬこととてないのである。

これだと生まれは静岡ということになるが、多少は潤色があるだろうから、案外秀湖自身の両親のことを書いてあるのかもしれない。

明治三十二年（一八九九）に上京、同三十四年（一九〇一）早稲田大学の哲学科に入学。このころから社会主義への傾斜を深め、三十六年（一九〇三）には平民社の幸徳秋水、堺枯川、木下尚江らのもとに出入りするようになった。

三十八年（一九〇五）、仲間と火鞭会というのを組織し『火鞭』を発行、トルストイやツルゲーネフの紹介に努めたとある。

そして明治四十年（一九〇七）に早稲田を卒業し、目黒にあった上司小剣の家に下宿しながら隆文館という出版社に通《かよ》った。押しつまった十二月、麻布の三連隊に入隊、日本最初の社会主義兵として話題を呼んだという。

『駅夫日記』が発表されたのもこの月のことである。

以後は評論集『鉄火石火』を出したり、除隊後に小品集『新秋』や『秀湖小品』を出すが、大逆事件を契機に文学から遠のき、社会評論の分野で活躍、昭和二十五年（一九五〇）十一月に六十六歳で没したというのがおおよその経歴である。

嫉みと羨望の渦中で……

さてそれでは、いよいよ『駅夫日記』の中の目黒駅ということになるが、まずはこの小説のあらすじをざっと紹介しよう。

私は十八歳、人ならば一生の春というこの若い盛りを、これはまた何として情ない姿だろう。項垂《うなだ》れてジッと考えながら、多摩川砂利の敷いてある線路を、プラットホームの方へ歩いたが、今さらのように自分の着ている小倉の洋服の脂垢《あぶらあか》に見る影もなく穢《よご》れたのが眼につく。私は今遠方シグナルの信号灯《ランターン》を懸けに行ってその戻りである。

出だしからして何とも嘆息調だが、それはともかく、この「私」は藤岡という姓で、日本鉄道山の手線目黒駅の駅夫である。

その「私」が、朝夕この駅を乗り降りする一人の令嬢に恋をした。身分不相応と一度は否定するがこればかりはどうにもならない。煩悶は募《つの》る一方である。

定期客の中に二十歳ばかりの、新宿の美術研究所に通う大槻芳雄という画学生がいて、「私」は事あるごとにこの色白の美青年とわが身を引き比べて、嫉《ねた》ましい気分に陥ってしまう。自分だって小学校時代はずっと首席で、将来はきっと偉くなるだろうと嘱望されたのに、貧しい母子家庭に育ったばっかりに……。


「君！　僕一つ君におもしろいことを尋ねてみようか」

「え……」

「軌道《レール》なしに走る汽車があるだろうか」

「そんな汽車ができたのですか」

「日本にあるのさ」

「どこに」

「東京から青森まで行く間にちょうど、一里十六町ばかり、軌道なしで走る処があるね」と言いきったが香の高い巻煙草の煙をフッと吹いた。

私は何だか自分がひどくばかにされたような気がして憤然《むっ》とした。


（中略）


「君怒ったのか、よし、君がそんなことで怒るくらいならば僕も君に怒るぞ。もし青森までに軌道なしで走る処が一里十六町あったらどうするか」声はやや高かった。

「そんなことがありますか！」私は眼を視張《みはっ》て息をはずませた。

「いいか、君！　軌道と軌道の接続点《つなぎめ》におよそ二分ばかりの間隙《すき》があるだろう。この間下壇《した》の待合室で、あの工夫の頭《かしら》に聞いたら一マイルにあれがおよそ五十ばかりあるとね、それを青森までのマイル数に当ててみたまえちょうど一里十六町になるよ、つまり一里十六町は汽車が軌道なしで走るわけじゃあないか」

私はあまりの事に口もきけなかった。大槻が笑いながら何か言おうとした刹那《せつな》、開塞《かいさく》の信号がけたたましく鳴りだした。

大槻との間はこんな調子で、客と駅夫という立場を別にしても、「私」には育ちのせいか気分に余裕がなく、どうも分《ぶ》が悪い。

嫉みから階級意識へ……

当然のことながら、この大槻は「私」にとって強烈な恋敵である。とはいっても、美少女・高谷《たかや》千代子への思慕はたんに一方的なものに過ぎないが――。この千代子は横浜の有名な貿易商の妾腹で、今は乳母とともに目黒の大鳥神社の近くに住んで、渋谷の女学校に通っている。

目黒駅には足立駅長、磯助役、出札掛の河合、駅夫の岡田、それに「私」の五人がいて、助役の磯とはどうも肌が合わないが、駅長の足立は評判の人望家で何かにつけてよくしてくれる。

ある日、「私」は一人の貧しい装《なり》をした孤児《みなしご》と知り合いになる。自分よりもさらに哀れな人間もいるのか!

秋になる。

今日は日曜で、乗客《のりて》が非常に多い。午後一時三十五分品川行の列車が汽笛を鳴らして運転を初めたころ、エビスビールあたりの帰りであろう面長の色の浅黒い会社員らしい立派な紳士が、眼のあたりにポッと微醺《びくん》を帯びて、ステッキを持った手に二等の青切符を摑んで階壇を飛び降りてきた。

（中略）

まさに紳士が走りだした汽車の窓に手を掛けようとした刹那《せつな》、私は紳士のインバネスの上から背後《うしろ》ざまに組みついた。

「な、な、何をするか！　失敬な‼　こいつ……」

「お止しなさい、危いです‼」

駅長も駆けつけた。

けれどもこの時紳士は男の力をこめて私を振り放したが、赫《かつ》として向き返ると私の胸を突き飛ばした。私は突かれるとそのまま仰向に倒れたので、アッという間もなく、柱の角に後頭部をしたたか打つけた。

この男は、蘆《ろ》鉦次郎という東京市街鉄道会社の技師をしている工学士、いわば当時のエリートで、助けようとした「私」や駅長にかえって噛みついてくる。

怪我《けが》をした「私」は駅長の社宅に身を寄せて、皮肉にもライバル大槻芳雄の父で軍医上がりの延貴の治療を受けることになるが、この事件で蘆工学士を蹴倒した小林という工夫頭を知る。小林は駅長と同郷の旧家の長男だったが、評判の変わり者で、義理の弟に家督を譲って家を飛び出し、行方をくらましてしまったという人。そして足立が大宮駅で偶然に再会したときは、工夫から叩き上げて日本鉄道の労働者の指導者になっていた。

「私」が十九歳になった春、山の手線の複線化工事がはじまり、小林はその工夫頭として腕を奮《ふる》う。そんな小林に「私」はだんだん魅《ひ》かれていく。

冬に入って工事があらかた終わったころ、大崎寄りのトンネルが霜のためにくずれて、たまたま身寄りのない例の少年がその犠牲になってしまう。

小林の啓蒙もあり、そんなこんなで「私」も徐々に階級意識に目覚めていく。工事が終わったあと九州鉄道と水谷造船所の労働組合を支援するために九州へ行くという小林について行くことにして、「私」は駅を辞《や》める。時あたかも二十歳の春である。

最後は、高谷千代子が大槻芳雄でなく、意外にも蘆鉦次郎と結婚、この蘆が偶然にも水谷造船所の技師長として長崎へ行くのにともない、里帰りを兼ねた新婚旅行に旅立つことを新聞で知った「私」が、小林とともに下関ゆき列車の三等に乗るべく品川駅に行くと、皮肉なことに蘆夫妻も同じ列車の二等室の客だったという落ちがつく。呉越同舟、水谷造船所では労使に分かれて闘うであろう「私」と蘆の将来が暗示された形でこの小説は終わる。

『駅夫日記』は鉄道に関する貴重な資料だ

ストーリー紹介が少し長くなってしまったが、これでも原作の味を十分に伝えることができたかどうか、疑問である。社会主義小説といっても、その先駆をなしただけあってまだそれほど主張が直截ではない。むしろ全編を通じて甘い感傷の漂った一種の青春小説といったほうがふさわしいほどである。そういえば、明治四十二年（一九〇九）に『黄昏《たそがれ》』という小説とともに単行本『黄昏』に収められたときは、抒情性の強いタッチで一世を風靡、今なお根強い人気を持つ画家・竹久夢二の口絵と挿絵がついていたという。作者自身も序文の中で「只明治三十八年代に於ける一部青年の生活を忠実に書いて見たというばかりで、他に何の意味はない」と書いているそうである。これは多少割り引いて考えねばなるまいが、もしも白柳秀湖自身が本格的な社会主義小説を書く気だったら、舞台が九州に移ってからのほうに重点をおいたことだったろう。

いい意味でも悪い意味でも、『駅夫日記』がプロレタリア文学の先駆という視点でのみ評価されて、小説としてのよしあしが云々されないのはこの辺に原因があるようだ。

しかし、『駅夫日記』は、鉄道に興味を持つわれわれには実に貴重な資料を期せずして提供してくれることになった。舞台が目黒だから、どうしても明治三十七年（一九〇四）ころから三十九年（一九〇六）にかけての目黒駅およびその周辺に限られるのはやむを得ないが、当時の目黒駅の状況が手にとるようによくわかるからありがたい。白柳秀湖自身、目黒に住んでいて、朝晩この駅を利用していたわけだし、登場人物やストーリーは作家の創造によるものとしても、駅や周辺の描写にはほとんどフィクションはないと考えてもいいだろう。

では、そうした点を踏まえてそろそろ『駅夫日記』の分析に入っていくことにしよう。

目黒を通る旅客列車は一日、上下三十八本だった

目黒の停車場《ステーション》は、行人坂《ぎょうにんざか》に近い夕日が岡を横に断ち切って、三田村から大崎村に出るまで狭い長い掘割になっている。見上げるような両側の崖からは、芒《すすき》と野萩が列車の窓を撫《な》でるばかりに生い茂って、薊《あざみ》や、姫紫苑《ひめしおん》や、蛍草《ほたるぐさ》や、草藤《ベッチ》の花が目さむるばかりに咲き乱れている。

これが当時の目黒駅のたたずまいである。開業したのは明治十八年（一八八五）三月十六日のことだが、その後五年ほどで今の場所に移り、それからでも十五年ほどが経過していたことになるが、ちっぽけな木造の駅舎といい、単線のホームといい、基本的にはほとんど変わってはいなかったことだろう。明治三十七年（一九〇四）の記録で、職員は駅長以下四人、乗降客は一日四百二十人、収入が二十四円

とある。『駅夫日記』では職員が五人だが、それよりさらに少なかったわけだ。

品川行の第二十七列車が出るまでにはまだ半時間余もある。日は沈んだけれども、容易に暮れようとはせぬ。洋灯《ランプ》は今しがた点《つ》けてしまったし、しばらく用事もないので開け放した窓に倚《よ》りかかって、それとはなしに深いもの思いに沈んだ。

山の手線はまだ単線で客車の運転はホンのわずかなので、私たちの労働《しごと》は外から見るほど忙しくはない。それに経営は私立会社ときているので、官線の駅夫らが嘗《なめ》るような規則攻めの苦しさは、私たちにないので、どっちかといえばマア気楽というほどであった。

❶

❷

❸

❶設立当時の目黒駅
❷昭和３年６月に改築された目黒駅
❸昭和43年６月に現在の駅ビルとなった

このころの山の手線は、まだ国有化前で日本鉄道が経営し、一日に目黒を通る旅客列車は上下それぞれ十九本あった。まだ環状線にはなってないで、新橋（今の汐留貨物駅）―品川間は官線を走り、大崎、目黒、渋谷、新宿、目白、池袋と停車しつつ、板橋、赤羽と行くルートと、大塚、巣鴨を経て田端へといたるルートとがあった。明治三十六年（一九〇三）七月十一日改正の時刻表を見ると四十分～六十分に一本という時間帯で運転されていることがわかる。まことにのんびりしたものだったろう。品川ゆき27列車というのがどれなのかはっきりしないが、いずれにしても品川止まりは一本もなく、全部新橋へ入っているから、正しくは品川方面ゆきということになろうか。複線化のなった明治三十九年（一九〇六）にもう一度時刻改正があって新しいダイヤが設定されたらしいが、そのときのダイヤにでもよったものだろうか。

日本鉄道は半官半民の会社とはいってもそこは私鉄だから、官鉄に比べれば規律などもおのずからゆるやかだったのだろう。そのへんの私鉄マンの往時の気質が描写されていて楽しい。

明治三十九年十一月一日日本鉄道は消滅した

そんな山の手線にも変革の波はひたひたと押し寄せてくる。

その春のくれ、夏の初から山の手線の複線工事が開始せられた。目黒停車場《ステーション》の掘割は全線を通じて最も大規模の難工事であった。（中略）

工事は真夏に入った。何しろ客車を運転しながら、溝《みぞ》のように狭い掘割の中で小山ほどもある崖を崩して行くので、仕事は容易に捗《はかど》らぬ、一隊の工夫は恵比須麦酒《えびすビール》の方から一隊の工夫は大崎の方から目黒停車場を中心として、だんだんと工事を進めてくる。

初めのうちは小さいトロッコで崖を崩して土を運搬していたのが、工事の進行につれて一台の機関車を用うることになった。たとえば熔炉《ようろ》の中で人を蒸し殺すばかりの暑さの日を、悪魔の群れたような土方の一団が、各自《てんで》に十字鍬や、ショーブルを持ちながら、苦しい汗を絞《しぼ》って、激烈な労働に服しているところを見ると、私は何となく悲壮な感にうたれる。恵比須停車場の新設地まで泥土を運搬して行った土工列車が、本線に沿うてわずかに敷設された仮設軌道《レール》の上を徐行してくる。（後略）

もの思う身に秋は早くも暮れて、櫟林《くぬぎばやし》に木枯しの寂しい冬は来た。昨日まで苦しい暑さを想いやった土方の仕事は、もう霜柱の冷たさをいたむ時となった。山の手線の複線工事もあらましすんで、案のとおり長峰の掘割が後に残った。（中略）

大崎村の方から工事を進めてきた土方の一隊は長峰の旧《もと》の隧道《トンネル》に平行して、さらに一個の隧道を穿《うが》とうとしている。（後略）

これが前後関係から推して明治三十八年（一九〇五）の夏から冬にかけての描写であると思われる。ちなみに、恵比寿駅の開業は明治三十九年（一九〇六）十月三十日、皮肉にもたったの二日後に鉄道国有化による買収で、日本鉄道は消滅した。

わからないのは大崎寄りにあったと思われるトンネルのことで、今はそんなものは影も形もない。複々線化のときにでも取り払ったものだろうか。旅客線と貨物線が分離されて線路が四本になったのは大正十四年（一九二五）四月のことである。

二十歳《はたち》の春は来た。

停車場《ステーション》もいつの間にか改築される、山の手線の複線工事もほぼできあがって、一月の十五日から客車の運転は従来《これまで》の三倍数になった。もはやこれまでのように気楽なこともできない。私たちの仕事は非常に忙しくなってきた。

鉄道国有案が議会を通過して、遠からず日鉄も官営になるという噂は、駅長の辞意をいよいよ固くした。

鉄道国有法が公布されたのが明治三十九年（一九〇六）三月三十一日、日本鉄道が買収されたのは前述したように、同年の十一月一日を期してのことであった。

地主の猛反対で太鼓橋付近に設立不可能となった目黒駅

話は前後するがもともと山手線は、官鉄の受け持つ東海道すじと、日本鉄道の担当した東北・上信越すじの貨物輸送を円滑にするために作られた線である。

当初は、日本鉄道の品川線として明治十七年（一八八四）一月に起工され、突貫工事によって品川―赤羽間が開通したのが翌十八年（一八八五）三月一日のことであった。目黒駅はそれより十五日遅れて十六日、目白駅とともに開駅した。何かの事情で準備に手間どったのだろう。

鉄道を通すにあたって、この界隈は必ずしも工事が順調にはいかなかったらしい。最初に駅が設けられたのは現在の位置ではなく、もう少し大崎寄りのところだったようだ。その後地元からの請願もあって五年後に現在地に移転するのだが、これも当初予定した場所ではなかった。行人坂を下りて目黒川にかかる太鼓橋の辺り、今雅叙園のある付近が候補地だったが地主の猛反対にあってしまった。田畑が荒らされるといった理由からである。

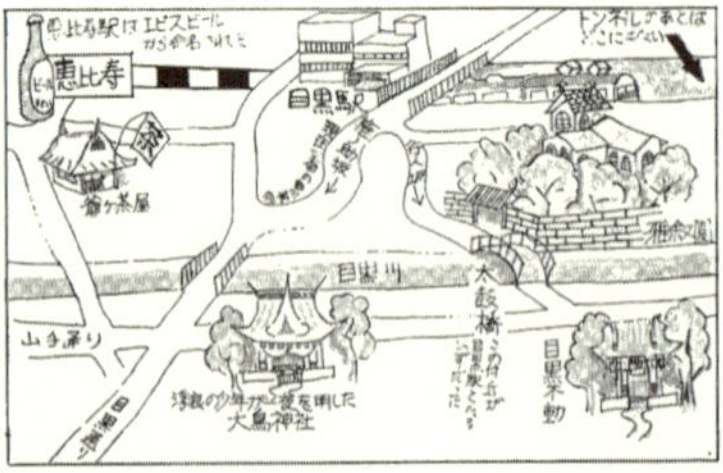

❹

❺

❹目黒駅周辺図
❺大崎寄りにあったというトンネルはその面影さえない

やむなく行人坂と権之《ごんの》助坂《すけざか》が合流するさびしい高地に作られたのが今の駅である。目黒駅追上げ事件という。そのせいで、目黒駅は目黒区にはない。品川区上大崎である。行人坂はあまりの急坂ゆえか、当時の面影を多分に残しているが、権之助坂はこの界隈随一の繁華街となって様相を変えた。運命とは皮肉なものである。

江戸時代は将軍家の鷹狩りの場でもあり、目黒不動参詣客や目黒渓谷にやってくる人々で賑わう郊外の観光地でもあった。有名な落語「目黒のサンマ」は鷹狩に来た将軍家光をもじったものだという。明治に入って付近一帯は筍《タケノコ》の栽培が盛んになり、目黒の筍として知られた。明治末から大正半ばごろが全盛だったというから『駅夫日記』が書かれたころにはさぞ竹林が多かったことだろう。

そんな目黒も今ではすっかり発展し、巨大なビルが林立、人々の往来もますます盛んで竹林などどこにもない。目黒駅自体もその後昭和三年（一九二八）六月に改築、さらには昭和四十三年（一九六八）

六月に全面的に改装されて駅ビルとなった。当時の面影は全くない。
職員総数五十七名、一日の乗降客は東急目蒲線からの乗り換え客八万人を入れて約二十一万人、収入は一〇五〇万円になるという。やや伸び悩んではいるというものの、山手線の中では中堅クラスの駅といえよう。現駅長の石嶋知次氏は四十三代目だそうである。
開駅以来九十余年、『駅夫日記』からでも七十余年――。往時茫々、必然の歩みだったとはいえ、明治は遠くなりにけり、である。

（『旅と鉄道』No. 34〈'80冬の号〉）

……………………………

『駅夫日記』が発表されたのは、明治四十年（一九〇七）年十二月のこと。それから今年で九十九年、ほぼ一世紀の歳月が流れた。前後の数年を除くと二十世紀の時代ということになるが、この世紀は激動と変革の時代であり、科学技術が著しく発展した時代でもあった。一九〇三年（明治三十六）十二月、アメリカのライト兄弟が初の有人飛行に成功して誕生した航空機は高速化と大型化の一途をたどり、さらに人類は宇宙空間にまで飛び出した。
鉄道もまた、目覚ましく発達した。なかでも、昭和三十九年（一九六四）十月一日に開業した、世界で初めて最高時速二百㎞の壁を突破した東海道新幹線は劇的に鉄道のたたずまいを変えた。この後、鉄道は高速化の時代に入り、電車と気動車が台頭して汽車、つまり蒸気機関車の牽く客車列車を絶滅に追い込んだ。こうして、鉄道の発展を支えた蒸気機関車は昭和四十年代に消滅、これに合わせて、駅もまた変化した。幹線を中心に、中どころの駅のおおかたがモダンな駅舎に建て替えられ、面目を一新した。

❻

❼

❻目黒駅は
昭和55年当時と同じ駅ビルが今も健在
ただ、この間に何回も化粧直しと
内装の改築などは行なわれたことだろう
❼目黒駅から太鼓橋へと下り込む行人坂は
四半世紀前とほとんど変わらない
だが、橋の畔にアルコタワーという
オフィスビルができたことで
ビジネスマンの往来が盛んになった

だが一方では、そんななかにあって本編を執筆した昭和五十年代当時とほとんど変化していない中堅の駅もないわけではない。

『駅夫日記』の舞台になった目黒駅もそうである。昭和五十五年（一九八〇）当時、この駅はすでに堂々たる駅ビルに変身していたが、この建物は現在もなお、かなり化粧直しされているものの健在である。このビルは、本編にも書いたように昭和四十三年（一九六八）六月に建て替えられた三代目だから、今年で三十八歳、まだ十分に機能を果たせるということなのだろう。逆にいうと、それだけ時代を先取りして建てられたということになろうか。

開業当初、目黒川に架かる太鼓橋と、目黒駅の建設が予定されていたその周辺は、やはりそれなりに変化した。太鼓橋は平成三年（一九九一）十一月に架け替えられ、その袂にある目黒雅叙園はアルコタワーという高層ビルに生まれ変わって、豊かな緑はその半分が姿を消した。だが、目黒駅から下り込む権之助坂と行人坂の地形は、当然ながら『駅夫日記』当時と全く同じである。なかでも太鼓橋へと下る行人坂は、中間に位置する石仏で知られる大円寺をはじめ、そんなに変化していないように思われる。アルコタワーができたことで人の往来は増えたが、今なおひっそりした雰囲気を保っている。

つまり、目黒駅もその周辺も昭和五十五年当時の面影を十分にとどめているのである。これは、東京というマンモス都市の、そのまた中心部という立地を考える時、奇跡に近いことかもしれない。

久々に目黒駅と周辺を歩いてみて、本編を執筆した当時のことを思い返しながら感慨を新たにしたことであった。

志賀直哉の『和解』

白樺派の里にその足跡を追って

〝北の鎌倉〟我孫子・手賀沼

千葉県我孫子市――。

茨城県との県境に位置する常磐線沿線のこの町は、今でこそ人口も十万人を超え、東京のベッドタウンとして着実に発展しているが、かつては、なんの変哲もないちっぽけな田舎町に過ぎなかった。

その我孫子が、大正年間に手賀沼周辺を中心にして多くの文人墨客を迎えて、〝北の鎌倉〟とか、〝東洋のベニス〟などと呼ばれて脚光を浴びたことは隠れもない事実である。

美術評論、民芸研究の分野で多大の業績を残した柳宗悦、その知人で陶芸家のバーナード・リーチ、柳の白樺派の仲間だった志賀直哉、武者小路実篤といった文豪、志賀に私淑した滝井孝作、さらには中勘助、ジャーナリズムの先覚者杉村広太郎（楚人冠）といったところがここに移り住み、さながら文化村の趣すらあった。

わけても志賀直哉は、七年半という長きにわたって手賀沼畔の弁天山に居を構え、この間に、『城の崎にて』『好人物の夫婦』『和解』『或る朝』『小僧の神様』、そして大作『暗夜行路』の前篇といった名作を次々に発表、文学史的に我孫子の存在を不動のものにした第一等の人物である。

今回はこの中から『和解』を取り上げ、当時の常磐線、特に我孫子駅の状況を浮き彫りにしてみようと思う。

その前に多少の煩《はん》を承知で、なぜ多くの文人、特に白樺派の人々が我孫子に住みつくようになったのか、その辺のところを明らかにしておこう。そうすることで、それまで全く無縁だった志賀直哉と我孫子との因果関係も自らはっきりするからである。

我孫子に初めて足跡を印し、ここに一家を構えたのは、実は柳宗悦であった。大正三年（一九一四）九月のことである。家はやはり手賀沼を見下ろす天神山にあったが、ここはもともと柳の長姉直枝の別荘で、二月に声楽家だった中島兼子と結婚したばかりの柳が転居したことから、手賀沼の文化がスタートすることになる。

さらにさかのぼると、柳の母勝子の兄がなんと講道館柔道の始祖嘉納治五郎で、この人が我孫子に土地を買って別荘を建てたのが、我孫子と白樺派を結びつけるきっかけをなしているというから、歴史というのは面白い。

志賀直哉が弁天山に家ぐるみ土地を買ったのは、大正四年（一九一五）七月のことで、これはもちろん、柳宗悦のすすめに応じたものである。前年の十二月に、親友武者小路実篤の従姉にあたる勘解由小路康子と結婚したばかりだった志賀は、ここに書斎その他を建て増して、九月二十七日に引っ越してきた。

その志賀直哉が今度は、武者小路実篤に声をかけ、それをうけて武者小路は当時富勢村といった根戸に家を建て、大正五年（一九一六）十二月に移り住む。もっとも、武者小路実篤は「新しき村」運動を起こし、同七年（一九一八）九月に九州へと旅立ったから、我孫子に滞在したのは二年弱にすぎなかったが。

❶

❷

滝井孝作の場合は、雑誌『改造』の記者として創作の依頼に大正九年（一九二〇）二月に志賀直哉を訪ねたのがそもそもで、二年後の同十一年二月に妻りんを失ったあと、五月に志賀直哉のすすめで我孫子に移住した。志賀直哉が十二年（一九二三）三月、我孫子から京都へと移るにおよんでこの人も五月に引き払ったから我孫子生活はたったの一年である。

中勘助は大正九年（一九二〇）十二月に我孫子に来て、十二年（一九二三）十二月までの三年間をここで過ごした。その間に志賀邸を二十三回訪問、志賀が中宅を十一回訪問したことが志賀直哉の日記からうかがわれる。

バーナード・リーチが我孫子に窯を設けて陶芸に勤《いそ》しんだのは、いうまでもなく柳宗悦の引きによるものだが、本稿のテーマと直接関係しないのでここでは触れない。杉村楚人冠は志賀が去ったあと移住してきたので詳細は割愛する。

❶市に一葉残された大正時代の駅舎
❷昭和46年に改築された現在の駅舎

いずれにしても、我孫子・手賀沼はこれらの人々によって世にその存在を知られるようになったわけである。なお、ここまでの記述は、『我孫子市史研究・4』の特集「旧我孫子町のあゆみ」中の、兵藤純二氏の論稿「大正期・我孫子在住の作家たち」に負うところが大きい。

十六年間の父との不和

名作『和解』は、志賀直哉が我孫子時代の大正六年（一九一七）十月に『黒潮』という雑誌に発表したものである。題名が示す通り、ずっと確執を続けてきた父親と和解していく過程を描いた、中編の私小説である。

明治三十四年（一九〇一）五月、著者が十八歳のときに父と衝突して以来十六年間の不和がこの年の八月に氷解、その喜びから一気に書き上げた作品だが、だからといって決して浮薄にも感傷的にも流れていない。あくまでも志賀文学に特有の、平明だが堅固な文体で綴られた、骨格のがっしりした小説である。

先に、「十六年間の不和」と書いたが、親と子が十六年間も反目するというのは、容易ならぬ事態である。それなのに、この小説には、なぜ不和になったのかその原因が一切明らかにされていない。不和がなければ、結果としての和解もないのだが、この間のことを作者は「あとがき」で次のように説明する。「私はただ、和解の喜びを動因として書いたので、そういう時に不和の原因を読者のためにくわしく書くという気持ちにはなれなかった。私自身では不和の原因を書かずに和解の喜びを現わせた点をむしろ満足している」

しかし、そうはいっても志賀文学の熱心な読者ならともかく、いきなり『和解』を読んだ読者なら気がかりなことでもあろうから、よく知られていることではあるがその原因を時系列でなぞってみる。

まず最初の衝突は、明治三十四年（一九〇一）のことで、渡良瀬川上流にある足尾銅山鉱毒事件を少年期にありがちな多感な心情から友人と視察に行こうとして父に反対されたことから不和になった。この間のことは、『和解』に続いて書かれた唯一の新聞小説『ある男、その姉の死』に説明されている。父が反対したのは、父の父がかつてこの銅山を開発した人でその後、経営権を古河に譲渡したという過去の経緯《いきさつ》を知っていたからである。父の父、つまり祖父は志賀直哉が最も尊敬する人のひとりだったというから皮肉なものである。もっとも志賀直哉は三歳のときからこの祖父と祖母のもとで育てられ、実父母以上になついていたというから、父との不和の心理的遠因は案外このあたりにあったのかもしれない。

明治四十年（一九〇七）、二十四歳のときに家の女中との結婚を決意し、これがまた父親の不興を買うことになった。この体験が翌年になって『大津順吉』という題で発表され、志賀直哉に初めての稿料をもたらすことになったのである。

次いで大正三年（一九一四）十二月、勘解由小路康子と結婚、これにまた父が反対して、このときついに除籍して分家、独立した。そして鎌倉にしばらく住んだあと、前述したように我孫子へと移り住むことを決心したのであった。だから、我孫子に来た当初は、父子双方、いわば最悪の状態にあったわけで、その余波で祖母、義母、小さい妹たちがいつも不安な思いをしていたという。

父との二年ぶりの対面

物語は、和解がなった大正六年（一九一七）八月末の一カ月前、七月三十一日からスタートする。この日は、生まれてわずか五十六日で亡くなった長女慧子《さとこ》の一周忌で、その墓参りのため我孫子から東京へ久しぶりに上京するのが発端である。

今では中距離電車をはじめ、快速、緩行電車が頻繁に発着し、上野との間がわずか三十五分で結ばれている我孫子も、このころは「上京」という言葉を使わねばならなかったほど都心から離れていたことが知られる。

もっとも、距離的には上野―我孫子間はたかだか三十三・五キロしかないから、時間的には一時間とちょっとしかかからなかったのだが、なにせ列車本数が少なかった。当時の時刻表によると、上下合わせて一日にたったの二十二本しかないのである。

上野から麻布の実家へ電話を入れると、義母が出て父が在宅していることを告げる。途端に「自分」は不快になる。墓参りのあと、どうしても祖母に会いたくなって結局は家に行くが、その目的を達すると、父に会わないうちにとそそくさと出てしまうという第一章で、まず父との不和が浮き彫りにされる。

それからしばらくは執筆のこともあって、「自分」は上京しない。

半月ほどして、ようやく原稿ができあがる。

十六日の朝自分はその原稿を持って自家《うち》を出た。郵便局に寄ってそれを頼んで九時何分かの汽車で、東京へ出て来た。

「九時何分かの汽車」は、正確には九時八分発の三番列車で、上野には十時二十分に到着する。会いたいと思っていた友達が不在のため今度は家に電話すると、父が妹達を連れて箱根に行っていることがわかる。もうすぐ帰ってくることはわかっていたが、強引に出かけて祖母と対面する。そこへ父がやってくる。

廊下から父が来た。自分はあぐらをかいていた足を、横すわりに直しながら、そのためともお辞儀ともつかぬ程度に少し頭を下げた。最初父はちょっと自分がわからないふうだった。二人はまる二年会わなかった。（もっとも一度その間に東京駅の横でむこうから俥《くるま》で来る父とすれ違った事があったが、道幅の広い所だったし、いっしょに歩いていた妻も気がつかずにいたくらいで、そう不自然でなく自分は知らん顔をした）その上自分は不精《ぶしょう》から一寸《すん》近くあごひげを延ばしていたから顔も少し変っていた。が、まもなく父は自分と認めると、言いようのない不愉快な顔をした。

気遣う祖母の面前で繰り展《ひろ》げられた、寒々とした父子対面の図である。

心身ともに疲れはて

しばらくして自分は麻布の家《うち》を出た。

からだがひどく大儀だ。病気かもしれないと思った。自分はすぐ我孫子へ帰る事にしたが、汽車の時間には少し間《ま》があった。

（中略）

上野の待合室でしばらく休んだ。汽車に乗ってからはウトウトとしていつか眠ってしまった。北小金《きたこがね》で目をさましてからは乗り越す恐れから、（四五たび前の上京の帰り乗り越しをしたので）眠らぬようにしていた。

自家《うち》まで俥《くるま》に乗ろうと思って停車場《ていしゃば》を出ると、一台しかない俥に今人が乗ろうとしているところだった。

その晩医者を呼んだ。
二日ほど寝た。

（中略）

引用が長くなるので略してしまったが、家に帰ってから、「自分」は妻に八つ当たりをする。だが、去年の死なした赤子のことを思い、今度の赤子（つまり次女）にもしものことがあってはと我慢するあたり、心身両面にわたって疲れ切った「自分」の煩悶《はんもん》ぶりが痛いほどに読者を打つシーンである。しかし、父子双方に和解の意志が全然なかったわけではない。それどころか、大いにあったのだ。にもかかわらず、父がきっかけをつくって歩み寄ってくると、「自分」はどうしても反発してしまう。

過去の京都でのそうしたエピソードが語られたあと、長女慧子が生まれてから死ぬまでの顚末が綿々と綴られる。『和解』全編を通じての最も緊迫した部分である。

我孫子には産婆がいないからということで、妻は東京の病院で出産をする。この病院も実は、間接的に父がすすめてくれた病院であった。その父も、初孫の顔を見るために一度はこの病院を訪ねるのだが、「自分」と顔を合わせることをいやがって二度とは来ない。皆もこの赤子が和解の縁になるように願っているのに、どうしてもすんなりいかないのである。

麻布の家《うち》の門番の子が二人続いて赤痢にかかったので予定より早く、ちょうど生後二十四日目に赤子は妻といっしょに我孫子に帰って来た。それは汽車に乗せるにはまだ少し早かった。その晩は頭に受けた刺激から興奮してよく眠れなかった。しかしそれは翌日はよくなっていた。

これに続いて、父が赤子を見たがっているから連れて来いという祖母の手紙、医者に問い合わせて反対、祖母の我孫子訪問、その帰りについに赤子を皆で東京へ連れて行くことが語られたあと、数日たって我孫子へ戻るシーン——

あらしの中を自分は終列車に乗るために叔父の家《うち》を出た。電車へ行くまでに自分はずぶぬれになった。

自分は電車の中で中川《なかがわ》の欄干のない鉄橋を思い出すと急に恐ろしくなった。ふだんでも欄干のない鉄橋は気持ちよくなかった。まして今晩のようなあらしにあの鉄橋の上から横倒しに吹き落とされたら、それっきりだという気がした。

（中略）

翌朝九時ごろ麻布の家《うち》へ人をやって、自分がまだ東京にいる事を妻に知らした。ところが妻はその朝早く赤子を連れて我孫子へ帰ったという母からの返事だった。

自分も午後の汽車で帰って来た。

「終列車」とあるから、多分午後九時ちょうど上野発の列車に乗るつもりだったのだろう。いくら当時とはいえ、まさか吹き降りのあらしで汽車が欄干のない鉄橋から落っこちるなどといったこともあるまいが、そういう恐怖におそわれるほど、「自分」の神経が病的になっていたということなのだろう。

駅は住民の精神的な支えでもあった

その夜、赤子の様子がおかしくなり、近くの病院に運び込む。

って来た。

自分も灌腸《かんちょう》の手伝いをした。すると氷を取りに行った使いがどこにも氷はありません、と言って帰って来た。

(中略)

「停車場《ていしゃば》前の菓子屋にあるがな。その自転車を借りて自分で行って来よう」と自分は言った。

自分は東京の医者も呼ばなければならぬと思った。自分は紙と筆を借りてその小児科の医者と麻布の家《うち》とへの電文を書くと医者の自転車で急いで停車場へ向かった。灯《あか》りなしで暗い町を急ぐ時、こういう時落ち着かないと衝突なぞをするぞ、というような事を考えた。

氷は菓子屋にもなかった。前日のあらしで沼向こうから来るはずのが来なかったから、きょうはどこにもありますまいと言った。自分は当惑した。

上野発は九時が終列車だった。で、自分は医者への電報に「赤子危篤、ここの医者は脳の刺激と言う、自動車にておいで願う」と書いておいたあとに「この地には氷なし」と加えて駅から打った。


「この地には氷なし」――こういう文章に接すると、まさに隔世の感、との思いが深くなる。今ならどこの家でも、冷凍庫で簡単につくれる氷が、このころは(特に夏場は)貴重品だったのである。また、郵便局が閉まったあとは、電話の普及しない当時、電報を打てる唯一の機関は駅だった。このころにあっては、駅、つまり停車場はたんに物理的に他の土地とをつなぐだけでなく、そこに住む人々の精神面をも下支えする、頼り甲斐のある存在だったことが右の文からもうかがい知れよう。

『和解』ではこのあとでも、二度目の出産のシーンで次のようなエピソードが挿入されている。

我孫子では時間外の電報を扱わない。自分は駅員の好意に頼《たよ》って規則外の電話を掛けてもらうよりしかたなかった。去年赤子の死んだあと、そのころいた助役の人が、急な場合には駅の電話をお使いくださいと親切に言ってくれた。その人は転任していなかったが、その後《ご》に来た助役の人に自分は電話を頼んだ。その人は快く承知してくれたが、上野の駅でなかなか出なかった。ようやく出たと思ってもなかなか用が通じなかった。そのうち下りの貨車が着いたので助役はタブレットを渡しにプラットフォームに出て行かねばならなかった。顔なじみのあるほかの駅員が代わって電話をかけてくれてようやく用が通じた。

「調和的な気分」の中で第二子の誕生

必死の手当ての甲斐もなく、結局赤子は息を引きとってしまうわけだが、そのせいもあって「自分」と妻とは、我孫子がすっかりいやになってしまう。その気分を救ってくれるのは、「自分」のすすめに応じて、肺を侵されていると思いこんでいたMとその妻が近くに引っ越してきてくれたことである。このMが武者小路実篤であることはいうまでもない。大正五年（一九一六）十二月二十日のことであった。それに先立つ八月二十日、つまり赤子を亡くした直後に、「自分」と妻とは気分を変えるために、友人の画家ＳＫ（つまり、木村荘八）家族が滞在していた信州上林温泉を訪ねる件《くだり》がある。

上野から信越線《しんえつせん》回り神戸《こうべ》行きの夜行に乗った。自分は汽車の中でその汽車が衝突しそうな気がしてしかたがなかった。自分は妻の灯心《とうしん》でできた帯揚げを借りてそれを板張りと頭の間にはさんでおいた。衝突した場合頭を板張りに打ちつける時いくらかいいだろうという気だった。人も込んだのでほとんど眠れなかったが、とにかく汽車は無事に済んだ。

（後略）

ずい分身勝手である。横にいる妻への配慮はまるでしていない。もし衝突したとしても自分だけが助かる算段である。まァ実際にはそれほどに打ちのめされていたということであろうが、先の、鉄橋から落っこちる想像といい、このことといい、よくもまァここまで汽車が悪役にされてしまったものだ。

それはともかく、近くにM夫婦が住むようになり、もちろんそれ以前からY夫婦（つまり、柳宗悦夫妻のこと）も住んでいるわけだが、我孫子もにぎやかになり、「自分」も妻も元気を回復していく。

仕事のほうも、それまで三年ほども停滞していたのが、久し振りで書く意欲が湧いてくる。志賀直哉は、そこのところを「調和的な気分」という言葉で表現している。そして、その「調和的な気分」が父との関係にも働きかけていったことを告白している。だからといって和解がすぐになるというのでもないが。

このころにはすでに、妻が第二子を懐妊していたわけだが、「自分」は今度は我孫子で産むことを決意する。しかしそのためには万全を期さなくてはならない。医者は我孫子の医者を頼むことにしたが、産婆も看護婦も東京から呼んだのである。

結局、産婆は間に合わず、看護婦と二人で出産を手伝うことになるのだが、このあたりの描写は、生命誕生の瞬間をあますところなく伝えて、実に感動的である。「自分」は、この子の命名を祖母に頼み、祖母は自分の名前の留女《るめ》を提案、それに子をつけて、留女子《るめこ》という名が次女につけられた。

ついに和解へと……

しばらく振りに芝居を見たくなって上京。そのほかにもあれこれあった用件を片づけているうち、ふと思い立って麻布の家に電話をかけてみると、義母が祖母の顎がはずれたことを伝えてくる。それで麻布を訪ねて祖母を見舞っていると父に呼ばれた義母が、今日はこれで帰ってくれという。せっかく「調和的な気分」になっていた「自分」はまた不愉快になってしまう。

自分は汽車が北千住を出るころから、Mの買って来たロダンの本のさし絵を見だした。最初は捕えられている自分の気分から、なかなかそれにひき込まれて行かなかった。しかししばらくするとだんだんにひき込まれて行った。自分はロダンの芸術の持つ永遠性をしみじみと感じた。自分は腹の底にわき上がって来る興奮を感じた。自分の気分は気持ちよく解放された。自分は自分の心がロダンの心を求め、それへ飛びついて行こうとしているように感じた。自分の心は不思議なほどに元気になった。

かくて、一時的な齟齬《そご》はあったが、ともかく「自分」の側の和解の気分は整った。で、翌日父へあて手紙を書いてみるが、どうしても「自分」の気持ちが正直に表現できなくてやめてしまい、直接話し合うことを決意する。

晩飯を食っている時、前日たずねた橋場のほうの友が用事かたがたたずねて来た。そして友が十時十二分の終列車で帰る時、自分は停車場《ていしゃば》まで送って行った。
上りの列車が少し遅れて、上野からの下り終列車が先に着いた。Yが出て来た。Yは電話で聞いた祖母の容態を詳しく話してくれた。自分はこのぶんなら前日感じた恐怖はいよいよ空《くう》なものになってくれるぞと思った。上りが出てから自分はYといっしょに帰って来た。

案じていた祖母の容態が快方に向かったことも、「自分」の心を明るくしてくれる。
こうして八月三十日、上京して麻布の家を訪ねた「自分」は、父と対面し、しばらく話すうちに感動の和解が成立したのである。

美しい我孫子駅での見送りのシーン

大団円は、父の発案で家族皆で、料理屋で夕食をともにするシーンだが、その前に父が、妹たちを連れて我孫子を訪ねるシーンが挿入される。

翌朝自分は一人で停車場《ていしゃば》に迎いに行った。妻も行きたがったが、赤子が妙にからだをピクッピクッとさしていたので、自分は来させなかった。
汽車が着いた。隆子がいちばん先に降りて、禄子、昌子がそれに続いた。次に父が降りて来た。自分はお辞儀した。父はなんの表情もない顔をして、
「ああ」と言って軽く頭を下げた。
自分は停車場を出るまで父とあまり口をきかなかった。お互いに多少窮屈な感じがあった。自分はこの窮屈な感じはそのうちにとれてくれるだろうと思った。この窮屈を破ろうとして無い話を無理にするのはかえってよくないと思った。父も無理に口をきこうとはしなかった。

そして、その父が帰るとき。

父は少し疲れたかのように見えた。しばらくして汽車が着いた。みんなは乗り込んだ。父は自分の

いるプラットフォームとは反対の窓のわきに腰をおろした。妹たちはこっち側の窓に重なり合って顔を並べていた。

笛が鳴ると、みんなは「さよなら」と言った。自分は帽子に手をかけてこっちを見ている父の目を見ながらお辞儀をした。父は、「ああ」と言って少し首を下げたが、それだけでは自分はなんだか足りなかった。自分はしかめ面《つら》とも泣き面ともつかぬ妙な表情をしながら、なお父の目を見た。すると突然父の目にはある表情が現われた。それが自分の求めているものだった。意識せずに求めていたものだった。自分は心と心の触れ合う快感と興奮とでますますしかめ面とも泣き面ともつかぬ顔をした。汽車は動きだした。妹たちがいつまでもいつまでも手を振っていた。長いプラットフォームを出はずれて右へ弓なりに反《そ》ってこっちが見えなくなるまで、手を振っていた。自分はだれもいないプラットフォームに一人立っていつまでも洋傘《こうもり》を上げている自分を見いだした。自分は停車場《ていしゃば》を出ると急いで帰って来た。なぜ急ぐのかわからなかった。自分は父との和解も今度こそ決して破れる事はないと思った。自分は今は心から父に対し愛情を感じていた。そして過去のさまざまな悪い感情がすべてその中に溶け込んで行くのを自分は感じた。

実に美しい見送りのシーンである。駅での別れはそれだけである種の情緒を湛えているものだが、文章の達人にかかるとそれがいっそう増幅される、これはその好例である。

常磐線・我孫子駅我孫子周辺

物語の展開につれて鉄道シーンを描出しているうちに、すっかり紙数を使いはたしてしまった。

大急ぎで、当時の常磐線、それに我孫子市（当時は町）と今のそれとを比べて、時代の推移を眺めてみることにしよう。

天気は抜けるほどよかったが、冷たい風の吹き荒れる厳冬の一日、我孫子を訪ねて、我孫子駅の長井重春四十一代駅長、我孫子市社会教育課の山根雄二氏、市史編纂《へんさん》室の安斎秀夫室長、旧志賀家の書斎にお住まいの津田尚氏の四氏にお会いし、いろいろとお話をうかがうことができた。

まず、我孫子駅。

この駅が開業したのは、明治二十九年（一八九六）十二月二十五日のことである。この日はたまたま、常磐線（当時の日本鉄道）が土浦まで開通した日でもある。だから、我孫子駅の歩みは常磐線の歩みでもあるわけだ。当初、起点は田端だった。その後、明治三十八年（一九〇五）四月一日に、日暮里—三河島間が開通し、現在のルートとなった。翌三十九年（一九〇六）十一月一日、国有化により常磐線となる。余談になるが、当時も今も、常磐線列車はすべて上野から出るが、起点はあくまでも日暮里である。

残念ながら、大正年間の我孫子駅については、駅にはほとんど資料が残されていない。

市のほうに、わずかに一葉、いつかははっきりしないがともかく大正時代の我孫子駅の写真が保存されていて、志賀直哉が乗り降りしていたころをしのぶよすがを提供してくれる。

現在の駅舎は、今からちょうど十年前の昭和四十六年（一九七一）四月二十日、営団地下鉄千代田線開通乗り入れにより、快速と緩行の分離運転が実現した際に、鉄筋の橋上駅に建て替えられたものだが、それまでの駅舎がはたして初代だったのかどうかははっきりしない。

我孫子駅は、常磐線最初の交通の要衝であるが、それは成田線の起点だからである。当時成田鉄道といったこの線は、佐倉のほうから延伸してきて、明治三十四年（一九〇一）四月一日に我孫子とつながった。いうまでもなく、成田山新勝寺の参詣客がここを経由して成田へと向かった。安斎市史編纂室長

❸

❹

❸弁天山の奥に移築された書斎
その昔屋根は萱葺だったという
❹手賀沼に沈む夕陽だけが
往時を物語っている

によると、総武線のほうは両国が起点で、そこまで出るのが不便でこちらへまわったのだろうとのことだ。ずっと不和を続けた志賀直哉の父は、その総武鉄道の重役でもあったから、皮肉なものである。

かつては正月ともなると頻繁に仕立てられた参詣列車は、今年は一月八日から二月十一日までに二十本を数えるだけになってしまった。それもほとんどが水戸方面から入ってくるという。この面での使命は終わったとみていい。

我孫子駅はいまや、通勤通学の拠点である。快速が一日に百八十本、緩行が二百二十七本、それに〝赤電〟と呼ばれる中距離が五十三本、成田線が五十三本、それに急行二十一本が発着する。通過列車八十一本、成田線貨物列車八本を加えて、一日六百二十三本が六十四名の職員によってさばかれている。一日平均乗降客は、普通客が約一万二〇〇〇人、定期客が約四万人、収入は普通が約百八十五万円、定期が約百八十七万円である。他に、隣りの天王台駅も我孫子駅の管理下にある。

我孫子市は、町村合併によって明治二十二年（一八八九）四月に町になったが、大正八年（一九一九）当時で人口が四三九八人だったという。千代田村といった現在の柏市が五八九九人である。現在、我孫子市は人口十万人を超えたが、これはその後に合併した、湖北、布佐両地区のぶんも含まれている。大正八年（一九一九）にはこれを合わせて一万二百九十六人、六十年ちょっとでほぼ十倍になった。

山根氏の案内で、手賀沼周辺の史跡を歩いたが、沼辺にマンションや住宅がびっしり立ち並んでいる景観にまず驚かされた。開発の波がここまで押し寄せ、沼の小波ぐらいでは対抗できないかのようである。当然沼は今、汚染の危機にもさらされている。

弁天山の旧志賀邸跡は、土地はそのままだが、家はもうない。つい前が沼辺だったというのに、ここにも家が建て込んだ。

幸い、書斎が近くに移築されて、現在も使われている。尚石と称する書家津田尚氏の書斎としてである。防火の関係で屋根だけは萱《かや》から瓦に変わったが、室内はほとんど当時のままで、津田さんは、「普請もしっかりしているし、使い勝手も悪くありません。ある意味では今どき最高のぜいたくと思っています」とまだまだ住む気がまえだ。旧志賀直哉書斎は、後継者にまことに人を得たというべきだろう。

山根氏とあらかた歩きまわって沼辺の手賀沼公園に出てみたら、おりしも大きな太陽が湖面から姿を落とすところだった。瞬間、この風情だけは、大正時代と変わっていない、と思った。

（『旅と鉄道』No.39〈'81春の号〉）

❺

❻

『和解』の舞台になった我孫子市は、千葉県の北部に位置し、利根川を挟んで茨城県の取手市と隣り合う。西には千葉県で人口が第五位の柏市、第三位の松戸市が連なり、この三市で千葉県内の常磐線沿線のベッドタウンを形成している。本編を執筆した昭和五十六年（一九八一）当時、市の人口は十万人を少し超えていたが、現在は三万人ほど増えて十三万人余といったところ。人口規模では、千葉県で第九位の都市である。

我孫子駅は、上野駅と取手駅を結ぶ常磐線の中距離電車や快速の停車駅であり、また東京メトロ千代田線と相互乗り入れをしている緩行電車の始発・終着駅でもある。さらに、ここからは成田線が分岐する。上野駅とは快速で三十四、五分で結ばれており、朝方は都心へと通うサラリーマンやOL、学生で混雑する。こうした鉄道上の立地は、本編を執筆した当時とほとんど変わらない。現在の一日の利用客は三万人を少し超えている。

❺我孫子駅
エスカレーターとエレベーター乗り場が増設され
カラフルに塗装されたことで
駅舎はかつてのままだが随分雰囲気が変わった
❻手賀沼の畔にある志賀直哉邸跡は
ほとんど昔のままだが
昭和56年当時はなかった離れが
同じ場所に移築されている
すぐ近くには「白樺文学館」も開館した

このほど、この解題を書くべく、「白樺派の里」がどのように変貌したのか知りたくて久々に訪ねてみた。

まず我孫子駅だが、昭和四十六年（一九七一）四月に全面的に建て替えられて橋上駅になったが、その後現在に至るもこの駅舎が使用されている。ただ、昭和五十六年当時と異なるのは、平成十二年（二〇〇〇）三月にエスカレーターとエレベーターの乗り場が南に迫り出す形で設置されたことである。前年の平成十一年三月には駅前も整備されてロータリーも造られており、これによって駅も駅前もすっかり様相が変わり、いかにもベッドタウンの玄関口にふさわしい垢抜けた装いになった。また、平成十五年（二〇〇三）五月には有志の手により、駅前に明治時代に我孫子駅の開設に尽力した飯泉喜雄の顕彰碑が建てられた。

手賀沼の畔にある志賀直哉邸跡は、昭和五十六年当時とほぼ同じ空き地の状態で保たれている。ただし、大きな違いが一つある。それは、かつて志賀直哉が使用した離れの書斎が同じ場所に再び戻されていることである。これは、本編でも触れた当時の持ち主、書家の津田尚石さんから昭和六十二年に寄贈されたものである。なお、母屋は現在も津田さんが住んでおられるという。

また、この手賀沼畔の志賀邸跡近くにもその後大きな動きがあった。それは、跡地の五十メートルほど手前に、平成十三年（二〇〇一）一月に「白樺文学館」が開館したことである。文字どおり、志賀直哉を始めとする白樺派の作家たちの草稿その他の資料を集めた博物館である。

手賀沼の畔は、きれいに整備されたが、昭和五十六年（一九八一）当時と雰囲気に大きな変化はない。今も昔も、市民の憩いの場として親しまれているようである。

山本有三の『路傍の石』

鉄橋に思いを込めて

両毛線
栃木駅

巴波《うずま》川と栃木

栃木県の県都は宇都宮である。県名と県庁所在地の都市名が異なる例はほかにもたくさんあるから、別に珍しいことではない。ただ、このことで栃木県が他とほんの少し変わっている点があるとすれば、県名の由来となった市を持っているということである。もちろん、その名は栃木である。こんな例は、たとえば町なら岩手、群馬などがあるが、あとは山梨ぐらいしかない。

もともと栃木県は、明治維新後の廃藩置県当時は宇都宮県と栃木県の二つに分かれていた。それが、二年後の明治六年（一八七三）に宇都宮県が栃木県に合併されて栃木県一県に統一されたという。このころは、だから、栃木市（当時は町）が県都だったわけである。

ところが、明治十七年（一八八四）になって、突如、県庁が宇都宮に移されてしまった。当時の県令（今の県知事）と土地の有力者の間に対立が生じたためである。だれひとり、このことに反対する者はなかったという。以後、栃木は急速に宇都宮に差をつけられていくことになる。

今一つ、栃木の発展を阻害した原因をあげるとすれば、日本鉄道株式会社が東北線を通すことになったさい栃木を停車駅の一つとして線上においたことに反対したことだろう。渡良瀬川の支流である巴波川が街中を貫流し、この水運によって東京と結ばれ、そのことで財を成していた豪商が多かっただけに、鉄道は商売の邪魔になるとでも考えたのだろうか。代わりに選ばれたのが小山であった。

栃木県全般の県民性は、おだやかでかなり保守的だといわれている。平坦部が多く、したがって農産物の収穫も多く、極度の窮乏に見舞われることが少ないことによるという。そんな中にあって、穏健の方はともかく、輪をかけて保守性の強い土地柄が、栃木市だそうである。

変わることを欲しない気質が、今日もなお「蔵の街」といわれるほどに昔の街並みを保存し、その面影をとどめていることに貢献している反面、時代の波に乗りそこねて大きく取り残されてしまったことも否《いな》めない。宇都宮が早くも明治二十九年（一八九六）に市制を施《し》いて、県都としての貫禄を整えたのに対し、栃木はそれに遅れること四十一年、やっと昭和十二年（一九三七）に市になったというから、むべなるかなである。

ちなみに栃木の人口は現在約八万六〇〇〇人、宇都宮が約三十六万人というから、ざっと四分の一の規模ということになる。足利、小山に次いで県下第四位、五位の鹿沼の猛追を受けているというのが現状である。

いい意味でも悪い意味でも、さして川幅の広くない巴波川の存在が、栃木という街を形成してきたことを、こうした事実は端的に物語っている。

帝大独文科入学は有三二十五歳のときだった

『路傍の石』で知られる山本有三は、この栃木の出身である。

もと宇都宮藩の下級武士で明治維新後は裁判所の書記を経てそのころは小さな呉服商を営んでいた山本元吉と、隣り町の壬生《みぶ》から嫁いできた鈴木なかとの間に出来た子で、生年月日は明治二十年（一八八七）七月二十七日、本名を勇造といった。

『路傍の石』は、山本有三の作品の中でもっとも自伝的要素の濃い作品だといわれている。今回はこの『路傍の石』に出てくる駅や鉄橋を追求するわけだが、そのためにも、多少煩瑣《はんさ》になるのを承知のうえで、山本有三の前半生をざっと眺めわたしてみることにしよう。

元吉となかの間には、勇造の前に女児が誕生したがすぐに死亡したため、勇造は一人っ子として育てられた。

明治二十七年（一八九四）といえば、日清戦争が始まった年だが、勇造はこの年七歳で栃木尋常小学校に入学した。成績は以後ずっと優等だったという。尋常小学校を経て高等小学校を卒業したのは、明治三十五年（一九〇二）三月、勇造が十四歳のときである。

ここまではよかったが、山本有三の苦難が始まったのはこのあとからだった。小学校を卒業して一カ月ほどで、東京・浅草にあった伊勢福という呉服店に丁稚《でっち》奉公に出されてしまったのである。父元吉は元武士だっただけに、決して子供の教育に不熱心だったわけではないが、いくつかの屈折を経て商人に転じた身だけに、やはり「士族の商法」的気質が抜けきれず、自身のそうした経験から商人に教育は不要と考えたのであろう。加えて、栃木人特有の保守性も作用したに相違ない。

山本有三は後年になってからも、父親を通してこうした栃木の気質を眺め、きらっていたという。

向学の志を断たれ奉公には出たものの、この生活がいやでいやでたった一年で勇造は伊勢福を逃げ出し、郷里に帰ってしまう。しかしどうしても父から学問を許してもらえず、家業の手伝いをさせられたが、母のとりなしで、明治三十八年（一九〇五）一月、十七歳のときにようやく東京・神田の正則英語学校に入ることができた。

明治三十九年（一九〇六）、補欠試験に合格、東京中学校の五年に編入。翌四十年（一九〇七）同校卒業。七月には見事に岡山の第六高等学校に合格した。父元吉はここで初めて息子のこの首尾を喜んでくれたという。しかしその父がまもなく五十六歳の若さで急死したため、せっかくの入学も取り消さねばならなくなってしまう。

明治四十一年（一九〇八）七月、再度受験。今度は第一高等学校を狙い、学科では合格したものの、風邪のため身体検査で不合格になってしまった。勇造はすでに二十一歳、このあたり運命はどこまでも苛酷である。

しかし勇造は負けない。翌四十二年（一九〇九）七月、ついに一高の文科への入学を果たす。二十二歳という年齢でである。しかし翌年には減点法による採点のためドイツ語に失敗、落第するなどのアクシデントもあり、山本有三が東京帝国大学独文科に入学するのは明治四十五年（一九一二）すでに二十五歳になってからだった。普通なら卒業している年齢である。このあたり、いかにも負けん気の強い山本有三の性格が、端的に浮き彫りにされているようだ。

ここから先は、東大時代から大正時代いっぱいにかけて戯曲の創作と評論、昭和に入ってからは小説、戦後は国語の民主化運動を主とした参議院議員といった分野での活躍が続くが、これについては割愛する。

山本有三が、創作だけでなくあらゆる面に多大の業績を残して、長い生涯を閉じたのは昭和四十九年（一九七四）一月十一日、熱海の国立病院であった。享年八十六歳だった。

時局に左右された『路傍の石』

さてそこで、『路傍の石』――。

大抵の人が、『路傍の石』というと、ずっと昔、少年のころに読んでいて「あっ、吾一という少年が鉄橋にぶら下がるヤツだな」という返事がかえってくる。細かいストーリーは忘れていても、「吾一」という主人公の名前と、鉄橋にぶら下がるシーンだけは、奇妙に鮮烈に覚えているものらしい。『路傍の石』自体は決して児童文学ではなく、立派に大人の文学なのだが、今でも少年少女文学全集という類の全集には、『真実一路』とともにたいてい収録されていて、児童文学としても通用している。

山本有三は、大学時代ドイツ文学を学んだせいで、その影響を強く受けたといわれる。ドイツ文学といえば、その国民性を反映して「教養小説」とか「発展小説」といったものがもっとも正統的なものとされているが、山本有三の作品にもこうしたものが多い。『路傍の石』は、わけても、「教養」と「発展」を併せもった小説ということができる。そして、順調にいけば吾一がだんだんに成長して大人になっていくはずが、あとに述べるような理由で、大人になる前に中断されてしまった。ということは、それだけでももう児童文学といってもいいのだが、おまけにこの作家の文章が実に平明で読みやすく、子供たちにも読まれる理由はこんなところにあるのかもしれない。また山本有三は実際にも子供を愛する念が人一倍強く、三鷹の自宅を開放して「三鷹少国民文庫」を設けてみたり、みずから小学校の国語教科書の編集に携わったりしたほどである。

話が少し横にそれてしまったが、『路傍の石』は最初、『朝日新聞』に昭和十二年（一九三七）一月一日から六月十八日まで連載されたものである。今では旧稿とされているが、このときは、「第一部終り」という形で終わっている。健康上の理由で一度完結させ、しばらく休養したのち「第二部」を続けるつもりだったが、二・二六事件に象徴されるように時局が切迫したため、今度は朝日が連載を渋るようになった。右翼思想が台頭した時期に少しでも左翼のことにふれたものはまずいという判断が働いたためらしい。

それを受けて、『真実一路』を前年まで連載して実績のあった主婦之友社が『主婦之友』での連載を名乗りでた。しかしこのとき、山本有三の胸中は心境の変化をきたし、また、旧稿のなかにいろいろ不満な点を見出した。結局『主婦之友』誌上に連載を始めたのは、「第一部」を書き改めたものである。今日ではこれが新編と呼ばれている。こちらは昭和十三年（一九三八）十一月号からスタートした。しかし、連載中に内務省の事前検閲があり、削除を命じられたりしたことから、意に反したものをこのまま書き続けることが苦しくなり、こちらもついに昭和十五年（一九四〇）七月号で中断のやむなきにいたるのである。

そして作者は、翌八月号に、有名な「ペンを折る」と題するあと書きを書くことになる。言外に痛恨の念《おも》いのこもった文章である。結局、新編は旧稿の部分にまでもいたらなかった。

その後『路傍の石』は、昭和十六年（一九四一）二月、岩波書店から単行本として発行されるが、今日では『主婦之友』に発表した部分から中途半端に終わった最後の数章を削除して、きりのいいところで終わっている。発展小説としては未完に終わったが、児童文学としては完結したといった形である。

『路傍の石』はなぜ山本有三の自伝的小説といわれるのか

先に、『路傍の石』は作者の自伝的要素の濃い小説だと書いた。しかし、山本有三の経歴と『路傍の石』とでは、むしろ合致しない部分が多く、自伝的な部分を探すほうが困難なほどである。この小説は、もっとも人口に膾炙《かいしゃ》されている作品の一つでもあり、今ここで梗概《こうがい》をなぞることはやめるが、事実とくいちがう部分をいくつかあげてみよう。

まず、『路傍の石』の中ではほとんど家に寄りつかず、自由民権思想にかぶれ、大言壮語をしては地道に働くことを拒否する父親の愛川庄吾。実際の父元吉は、武士から転じて商人になり、ほとんど栃木をはなれなかったほど保守的だったから、庄吾とは大違いである。

袋貼りや縫い物の内職で家計を支え、その過労が原因で吾一が奉公に出ている間に病いに倒れ、やがては息をひきとる母親のおれんも、また異なる。芝居が好きで、勇造も小さいころによく手をひかれて連れて行ってもらったという実際の母なかは、昭和十六年（一九四一）、つまり、『路傍の石』が発表されたあとまで健在だった。

吾一は、同じ町の、それもすぐ家の近くにある「いせ屋」という呉服屋に、借金のかたとして奉公に出されるが、山本有三が奉公に出たのは東京・浅草の呉服屋「伊勢福」で、それも断じて借金のかたなどでなく、いわば実習のためだった。

このほか、細かいところまであげればきりがないほどだが、これだけでも『路傍の石』が作者の自伝でないことは明らかであろう。にもかかわらず、「自伝的」といわれるのはなぜか。

一つには、場所やシチュエーションこそ異なるが、「伊勢福」の体験がかなりリアリスティックに「いせ屋」に投影されているからだろう。山本有三にとって、奉公は体質的にどうしても合わなかったのだ。

向学の念たちがたく、苦労しながら学校へ通うようになる点も、実際とは違うが、作者の心象面では多分に重なっているフシがある。

それよりなにより、これでもかこれでもかと苛烈な運命に見舞われながらも、生来の負けじ魂によって逆境を乗り越えていくという、『路傍の石』のモチーフそのものが、山本有三の体験を連想させるため、自伝的要素が濃いといわれる所以《ゆえん》であろう。そういえば、どの解説書を見ても、「自伝的」とはなっていても「自伝」とはなっていないのである。

そしてもう一つ、このことを裏づける大事な要素が『路傍の石』にはひそんでいる。

それは、前半の、吾一が生まれ育った街の描写である。『路傍の石』では、それがどこだという具体的な書き込みは全くない。それどころか、土地柄についても、街のたたずまいについても、作者はきわめて素っ気ない書き方しかしていない。

にもかかわらず、この街は栃木なのである。山本有三自身が、このことを生前、肯定したか否定したかは知らないが、栃木が下敷きになっているということはほぼ断言していいと思う。作家がこういう場合、かりに意図的に変えて書こうとしても、どうしても原風景はにじみ出るものだから当然といえば当然なのだが、こうしたことも「自伝的要素」の一つに数えられているのだろう。現に栃木市ではこのことを既得権として、『路傍の石』の碑を郊外の大平山の謙信平と、栃木の駅前、それに、第一小学校々庭などに建てて、本場たることを主張している。

心に残る劇的な鉄道シーン（その一）

『路傍の石』では、栃木駅を思わせる駅が前後三回出てくる。

最初は有名な鉄橋ぶら下がりシーンのあと、駅に運び込まれ、ここで駅長から母や友だちの京造が訓告を受けるという場面である。二度目は、「いせ屋」に奉公中、小荷物を出しに使いに出され、ちょうど恩師の次野先生が学校をやめて作家になるべく上京するのに出会わすというシーン。三度目は、「いせ屋」を逃げ出し、ほとんど身一つで今度は吾一自身が汽車に乗るというシーンである。

そのいずれもが、かなり劇的なのだが、しかし『路傍の石』では、なんといっても鉄橋にぶら下がるシーンが圧巻である。たんに鉄道シーン中の圧巻というだけでなく、『路傍の石』全編を通してのハイライトといってもいいほどだ。負けん気の強い吾一と、面倒見のよい親分肌の京造、出来の悪いいせ屋のあととり秋太郎とその妹で利発なおきぬ、それに作次といった子供たちの性格が実にうまく描写され

❶

❷

❶有三が出た市立第一小学校
❷吾一少年がぶらさがった
鉄橋のモデルといわれる巴波川の鉄橋

ていて、感動的ですらある。

「なにしろ、吾一ちゃんは、中学へ行くんだから、おれたちのようなバカなまねはしやしねえやなあ。」

「そ、そんなことはねえよ。」

吾一は引きずられるように言った。

「だって、おめえには、橋のランカンなんか渡れねえだろう。」

「そりゃ、おれにはランカンは渡れねえさ。そんなものは渡れねえけれど、おれにだって、少しぐれえ冒険はできるよ。」

「冒険って、どんな冒険。」

「吾一ちゃん、およしよ、そんな話。――」

おきぬは、吾一の筒そでを軽く引っぱった。しかし、ここまで来てしまうと、もう吾一は、あとへは引けなかった。第一、おきぬの見ている前で、作次なんかに負けるのは、どうしたっていやだった。

「おめえはランカンを渡ったって言うが、おれはね、――おれは鉄橋にぶらさがったんだ。汽車がゴーって来た時、鉄橋のまくら木にぶらさがっていたんだ。」

「うへえ！――」

うしろのほうの者が、うなるように言った。

「本当かい。」

作次はドカーンと打ちのめされた形で、のどの奥のほうから、しゃがれた声を出した。

このあたり、引っ込みのつかなくなった、少年に特有の強がりの心理が巧みに描出されていて見事である。山本有三は最初、劇作からスタートしただけに、こうした会話体の文章が実にうまく、ドラマは流れるように進行していく。

場所はヤマダ橋の川しもの鉄橋がいいだろうと言う者もあったが、そこはあまりに町に近く、人どおりが多いので、川はばはずっと狭いけれども、ウチダ川の鉄橋ということになった。そこは停車場から、八、九丁、離れた所で、田んぼのまん中だった。

（中略）

「吾一ちゃん、大丈夫。」

途中、おきぬは心配して、のぞきこむように彼に言った。

吾一はなんにも言わなかった。ただ黙々として、ウチダ川のほうへ歩いていた。

やがて、彼らは軒の続いた町を離れて、田んぼ道に出た。

（中略）

ウチダ川の鉄橋の近くまで行った時だった。向こうのクヌギ林の中から、黒い煙りを吐いて、汽車がやって来た。

「あっ、汽車だ。」

「ばんざあい！」

みんな手をあげて叫んだ。「ばんざい。」と言わなかったのは、吾一だけだった。


しかし、この汽車は、彼らがやっと鉄橋にたどり着いたときには通り過ぎてしまう。作者は、いきなり吾一にぶら下がることをさせず、一本通過させて吾一や他の子供の心理を不安な状態に追い込むといった細かい描写をしたのである。


「惜しいことをしたなあ。」

作次は恨めしそうに、停車場のほうへ行った汽車のあとをにらめていた。

「もう少し早く、来るとよかったんだな。」

「ううん、そんなことはねえよ。今にきっとのぼりがやってくるよ。すれちがいだもの。」

京造はそう言いながら、土手の上にあがっていった。そして背のびをして停車場のほうに、遠く目を放った。

線路がひと筋、途中で少し曲がってはいるけれど、向こうにずっとのびているだけで、中間には、目をさえぎる物は何もなかった。葉をふるい落とした、小さい林の向こうに、プラットフォームのトタンやねが、水たまりのように白く光っていた。もうそのかげにはいってしまったのか、今、行った汽車の姿も見えなかった。

そして、やがてのぼり列車が駅に入る。おきぬはこの間に逃げて行ってしまう。

心に残る劇的な鉄道シーン（その二）

吾一はすっかり焼けくそになってしまう。

畜生、死んだって、どうしたって、かまうもんか。――だれも彼も、みんな死んじまえ。大火事が起こって、この町そっくり焼けっちまえ。

（中略）

「おい、汽車が来るぞ。」

作次の鋭い声が飛んできたら、吾一は反射的に、すっと立ちあがった。立ちあがった拍子に、「精神一到」という、古い格言がいなずまのように、彼の頭の中を通り過ぎた。彼は大きく目を開いて、まぶたをぱちっとやった。彼は突っ立ったまま、遠くの山を見つめていた。あい色の連山の向こうに、雪をかぶった山が、背のびをして、こっちをのぞいていた。吾一はその白い山を見ていたら、ひとりでにお辞儀がしたくなって、お辞儀をした。

（中略）

太いヘビが二匹ならんでいるような、無気味な線路のあいだを通って、吾一は鉄橋のほうに歩いていった。そしてまくら木を三つ四つ、またいだら、下からふわっと、冷たい風が吹きあげてきた。

彼はいやあな気もちになった。彼はそのまま、まくら木の上にしゃがんでしまった。

（中略）

突然、サラサラと、静かな響きが、どこからか聞こえてきた。川の音だった。

二間か、せいぜい二間半の小さい川だが、鉄橋の両はしの、堅固なレンガの壁に反響して、流れの音がのぼってくるのだった。

（中略）

しかし、目をつぶったまま、できるだけ気を落ちつけてから、両手でしっかりとまくら木につかまりながら、彼は同じまくら木の上に、そうっと腹んばいになった。腹んばいになってから、かた一方ずつ、足をおろそうという考えなのだ。

彼はからだをいくらか斜めにして、まず、左の足のほうを動かし始めた。太いまくら木にぴったりとまたをこすりつけながら、ずるっ、ずるっと、少しずつ下へおろしていった。そのとたんに、

パチャーン！

と、いう音がした。

「しまった！」

吾一は思った。ぬげそうになっていた板ゾウリが、足をおろす拍子に、落っこちたのである。

彼の心臓は、一ぺんに凍ってしまった。

（中略）

「おい、どうしたんだ。ゾウリを落っことしたんか。」

横から作次に声をかけられたら、たちまち、対抗意識が、ぐいと頭をもちゃげた。

「ゾウリなんか、どうだっていいやい。」

彼はぶらさげた足を上に戻して、鉄橋の上にあぐらをかくと、残っていた、もう一つの板ゾウリを、やにわに川の中に投げ捨ててしまった。

（中略）

それから今度は、前とは向きを変えて、――前には停車場のほうに顔を向けて、ぶらさがったのだが、今度は反対に、停車場のほうに背なかを向けて、まくら木の上に腹ばいになった。そして、かた足ずつ、そろそろおろしていった。

が、腕でぶらさがるほどに、ぐっと足をさげなかった。それではとても、つるさがりきれないし、第一、まくら木がふと過ぎて、彼の小さい指では、しっかりと、つかめなかった。だから、できるだけ首をさげ、両うでで木材をつかみながら、胸からさきをぴたっとまくら木に押しつけて、腰から下だけ、川のほうにたらしていた。なんのことはない。大工（ダイク）のかね尺のような格好をして、ぶらさがったのである。


こうして、とうとう吾一は鉄橋にぶら下がる羽目となり、観念してしまう。

心に残る劇的な鉄道シーン（その三）
しかし、汽車はなかなかやって来ない。そのうち、吾一の手はだんだん苦しくなってくる。吾一は夢中で母を呼ぶ。そのとき、汽車のゴーッという響きがレールを伝ってやってくる。

まくら木にぶらさがっていた吾一は、停車場のほうに背なかを向けていたから、汽車の突進してくるさまは見えなかった。いや、停車場のほうを向いていたところで、なんでそんな恐ろしいものを見ることができよう。

ヴォーム！

レールがまくら木の上でうなっていた。

うなりは刻々、激しくなってきた。

と、それがまくら木に伝わって、太い材木まで、かすかな声を立て始めた。

声だけではない。太いまくら木がぶるぶるふるえだした。その震動が指のさきに、腕に、胸に、……からだ全体に、びりびり感じてきた。

ああ、もう、おしまいだ！

彼はただ、ケムシのように、まくら木にしがみついていた。へばりついていた。いや、いや、しがみついているの、へばりついているのなんて、知覚さえも、感覚さえも、なくなっていた。

ポォーッ！

ポッ、ポォーッ！

非常警笛が絶えまなく鳴っていたが、もうそんなものは彼の鼓膜を驚かさなかった。鼓膜には響いていても、彼はなんにも感じなかった。

やがて、頭が眠たくなるように、しびれてきた。

ジョリ、ジョリ、ジョリッ！

サトウ屋の大きなシャベルで、ザラメをしゃくうような音がしたと思った瞬間に、彼は全く意識を失ってしまった。

途中をかなりはしょりつつ、そしてそのことで原作の格調を壊しはせぬかとおそれながら、それでもすっかり長い引用になってしまった。

吾一は要するに、まくら木にしがみついたまま失神。汽車は、機関士の機転で鉄橋の手前五、六間のところで急停車する。「ジョリ、ジョリ、ジョリッ！」というのがそれである。子供達は皆逃げ散ってしまうが、ひとり京造だけが残って、罪を一身にかぶる。この京造と吾一が、お互いにかばい合って泣きじゃくるエピソードを残して、鉄橋ぶら下がり事件は終わりを告げるのである。

市民のあつい尊敬を集めて

実は、この鉄橋のシーンは、山本有三の著作物の中で初めて登場するわけではない。大正九年（一九二〇）に発表された戯曲『生命《いのち》の冠《かんむり》』という三幕物の一幕目に、主人公の性格を浮き彫りにするエピソードとして、形を変えてすでに使われているのである。今ここに、それを引用する余裕を失ってしまったが、それだけ作家が気に入っていたシーンだったのだろう。

そうだとすれば、これはもしかしたら作者の実体験ではなかろうか。

誰しもそう考えたくなるところだが、実はそうではない。

生前の山本有三と深いかかわりのあった高橋健二氏が、新潮社版全集で次のように解説している。

> だが、吾一は有三ではない。試練に耐えぬいて、ただひとりしかない自分をひたむきに生かし通そうとした点で、吾一は有三のおもかげを多分に持っている。だが、「路傍の石」は文学であり、フィクションである。小説の中で最も興味を持たれる、鉄橋にぶらさがる場面も、有三の体験ではなく、フィクションである。吾一を有三と同一視するような興味から自由に、「路傍の石」を作品として味

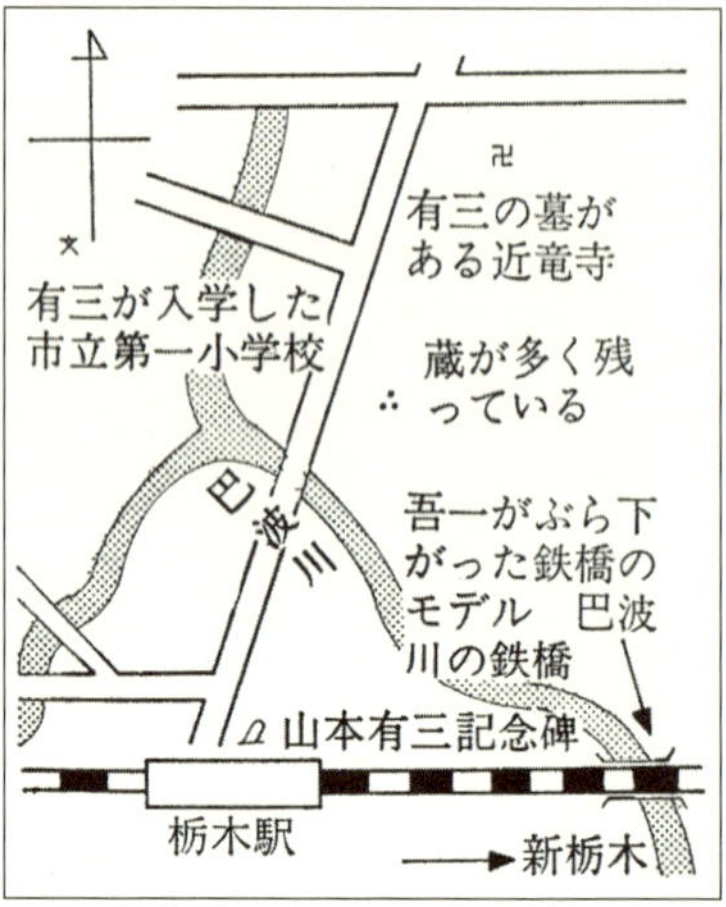

❸栃木駅周辺

わわなければならない。　　（傍点筆者）

しかし、そうはいってもこの鉄橋がどこの鉄橋かは気になるところである。確かにフィクションには違いないが、栃木駅の近くに、モデルになった鉄橋が存在しはすまいか。

こう考えたらもう矢も盾もたまらない。かくて私は厳冬の一日、栃木を訪ねてみたのである。私はそれでも、はやる気持ちを抑えて、最初にまず市の教育委員会へと直行した。鉄道をはなれて、栃木における山本有三というものをなるべく正確に詳細に理解しようと思ったからである。

社会教育課の遊座さんという若い主事が応待してくれた。遊座さんによると、山本有三は、栃木の生んだ第一等の人物だそうで、街の誇りとして今も大切に扱われているという。山本有三は、当時は街の中心部にあった万町に生まれたが、現在生家は残っていない。しかし、墓はすぐ近くにある近竜寺という寺にあり、訪れる人も多いという。両親もともにここに眠っているが、友人の土屋文明の筆になる墓碑は、まさしく文学碑といってもいいほどに、知的雰囲気に満ち満ちている。

文学碑が大平山と駅、それに山本有三の出た小学校にあることは先述したが、誰に会っても「山本有三」と呼び捨てにすることをせず、「山本先生」と、尊敬と親しみのこもった呼び方をするのに、私は強い印象を受けた。

最後に遊座さんに、問題の鉄橋のことを問うたら、彼は事もなげに、さも当たり前といった表情でこう答えたものである。

「ああ、それは巴波川の鉄橋ですよ」

問題の鉄橋は……

これを受けて、私がその巴波川の鉄橋に急行したことはいうまでもない。もちろん、栃木に行く前に、市街図で見当をつけていたのだが、それを栃木の人が裏づけてくれたから私は勇気百倍したわけである。巴波川の鉄橋は、両毛線栃木駅の、向かって左、ということは思川《おもいがわ》、小山方向五百メートルほどのところにある。『路傍の石』では最初「田川の鉄橋」となっていたのが、のちに「ウチダ川の鉄橋」と改められ、この語感が素直に巴波川を連想させてくれるが、実際と小説とではいくつかの点で異なっている。

まず、小説では、「そこは停車場から、八、九丁……」と書いてあり、一丁は百九メートルだから約一キロのところにあたるはずが、実際には五百メートルしかない点。次に、駅を出るのはのぼり列車だが、実際は下り方向である。川はばが「二間か、せいぜい二間半の小さい川」なのに、実際は十メートル近くある。線路が途中で少し曲がっていると書いてあるのに、駅からほとんど一直線といったことなどが描写と符合しないのである。

鉄橋の側に一時間もたたずんで、あれこれ思案をめぐらせてみたが、さっぱり要領を得ない。今は周囲も結構家屋が立て込んではいるが、昔は多分「田んぼのまん中」だったろうことだけは納得できた。

あきらめて、今度は線路沿いに駅へ向かったら、途中にそれこそ、「二間か、せいぜい二間半」の川があったが、まさかこれが「ヤマダ橋の川しも」ではあるまい。こっちが川はばは広いはずなのだから。


駅では、藤野さんという助役にお会いした。藤野さんは昭和十四年に国鉄入りをし、両毛線沿いに勤務を続けたが、この春定年を迎えるため、郷里の栃木に戻ってきたという人で、栃木駅勤務は通算すると十五年ほどだという。

しかし、生っ粋の栃木っ子の藤野さんにも、『路傍の石』の「ウチダ川の鉄橋」がどこかは分からなかった。他の職員も加わって、ときには案内に立ってくれたりして、実地検証をしたが、構内の左右にあるいくつかの小さな鉄橋を含めて、決定的な鉄橋がどうしても見つからないのである。ただし、ここでは昔の駅舎が今の位置でなく、向かって左手前の、現在の貨物ホームにあったことが分かり、途中で少し曲がり、あとは一直線という描写だけは疑問が氷解した。東京へ戻って、当時は小山方向が下りでなく上りだったということも分かったが、何かしら釈然としない。

釈然としないながらも結論をいえば、私はやはりモデルになったのは巴波川の橋りょうだと思う。

昭和十二年（一九三七）の時点で、明治三十年（一八九七）当時を回想し、しかも栃木をはなれて東京でこの作が書かれたことを思うとき、駅からの距離や川はばに少々の誤差が入り込むのはやむをえないことだろう。ましてやフィクションであれば、何も実景を忠実に描写することなど、さらさら必要ないのだから……。

強いていえば、鉄橋ぶら下がりが、山本有三にとって架空体験だったことも含めて、この鉄橋は作者の脳裏に生まれた心象風景だったのかもしれない。そのとき、その原風景として巴波川の鉄橋が作者の頭に浮かんだか、どうかを知ることは、作者が亡くなった今、もはや不可能である。

思川の駅舎が昔の栃木駅？

栃木駅が開駅したのは、明治二十一年（一八八八）五月二十二日である。山本有三の生まれた年より一年ほどあとになる。日本鉄道系列の両毛鉄道株式会社の駅としてスタートをきった。その後、明治三十年（一八九七）に日本鉄道に合併されたから、『路傍の石』当時はその移行期にあたる。残念ながらこのころの記録はほとんど栃木駅に残っていない。

駅舎は明治四十三年（一九一〇）に現在の位置に移築され、それがさらに昭和三年（一九二八）三月

❹

❺

❻

❹昔の栃木駅だという噂のある思川駅舎
❺明治30年ごろの栃木駅
❻現駅舎は昭和３年に改築されたもの

十五日に建て換えられた。現駅舎はだから三代目である。現駅長井岡幸治氏は三十六代目。現在の栃木駅は東武鉄道と同居しているが、国鉄だけで職員四十三名、乗客は一日平均四五〇八人、収入は二百四十二万五〇〇〇円といった中堅の駅である。

栃木駅を辞去するにあたって、かねて思川という名前に魅かれていて今日こそは隣りの駅を訪ねますと藤野助役に話したところ、思いがけない返事がかえってきた。

「そういえば、思川の駅舎が昔の栃木駅だったという噂があるんですよ」

私はハッとした。もしそうだとすれば、それこそが『路傍の石』に描写してある駅舎ということになるではないか。話はにわかに実感を帯びてきた。いかにもありそうな話である。私は早々に下り列車に飛び乗った。

しかし、思川に着いたときはもうすでに真っ暗だった。私は眼を皿にして、駅舎のあちこちを眺めまわしてみた。「フムフム……」私の耳には、「そうだよ。そうなんだよ。これこそが、吾一少年が小さいころに遊んだり、汽車に乗ったりした駅なんだよ」と、そんな声がどこからともなく聞こえてきた。暗くて、周囲がなにも見えず、ちっぽけな思川の駅舎だけが、ぽつんと浮かびあがって見えるだけに、明治三十年代の栃木駅といってもおかしくないほどの雰囲気が、そこには濃厚に漂っていたのである。

鉄橋で肩すかしをくわせたその見返りに、地下の山本有三がせめてもの償いに引き合わせてくれたと考えるのは、不遜なことだろうか。

（『旅と鉄道』No.35〈'80春の号〉）

栃木の町からは、ここ十年ほど足が遠のいている。昨平成十七年（二〇〇五）九月、新前橋から小山までの全線、両毛線に乗る機会があったが、この時は残念ながら栃木駅で下車することができなかった。十年ほど前に訪ねたのはゴールデンウィークのことで、行楽が目的だったが雨に降られ、おまけにこの季節らしくもなく寒々とした陽気だったので、駅前から巴波川沿いに整備された遊歩道を歩いただけで帰ってきた。

最近になって、栃木駅には大きな変化があった。平成十五年（二〇〇三）四月四日からこの付近の両毛線が高架化され、栃木駅も高架ホームになったのである。さて、こうなると気になるのが昭和三年（一九二八）以来親しまれてきた洋風の駅舎だが、昨年九月にこの駅を通過した時には、高架ホームの様子は車中から観察できたが、駅舎のことはさっぱりわからないままに終わってしまった。

高架化されたことでもう一つ気になったのが、『路傍の石』で「ウチダ川の鉄橋」として登場する吾一少年がぶら下がった巴波川の鉄橋のことである。電車の先頭に陣取って凝視したが、巴波川のあたりも高架になっており、その下を眺めることはできなかった。栃木駅から一キロほどのところで電車は高架から降りて思川駅へと進んだが、残念ながら『路傍の石』時代の栃木駅舎だったのではと推察されていた駅舎は跡形もなく、モダンな駅舎に建て替えられていた。

以下は、栃木市商工観光課、昭和六十一年（一九八六）に設立された山本有三記念会、インターネットなどを通じて知りえたことである。

まず、本編を書いた昭和五十五年（一九八〇）当時とほとんど変わっていないのは、当然のことながら山本有三のお墓である。近竜寺というお寺にあるが、これは場所も墓碑にも変化はないという。もう一つ、山本有三の母校栃木第一小学校と文学碑もそのままらしい。

大きく変わったのは、なんといっても栃木駅だろう。高架化によって新しい駅舎に生まれ変わったが、嬉しいことに旧駅舎は市の北方にある総合運動公園の西側に、駅前にあった文学碑とともにそのまま移築されて保存されていた。なんでも、取り壊しの危機に直面したが、「JR栃木駅舎と吾一の鉄橋の保存を考える会」という市民団体が結成されて保存運動が展開され、その結果市内の病院の理事長が費用のほとんどを負担して実現したという。おまけに、巴波川の鉄橋までもが「吾一の鉄橋」として保存されていた。なにはともあれ、喜ばしい話である。現在、駅舎は改札口の内部が「スポーツカー・ミュージアム」という博物館として利用されているという。

もう一つ、嬉しいことは平成九年（一九九七）十一月一日に「山本有三ふるさと記念館」が開館した

❼

❽

❼市民の保存運動が実って
総合運動公園にそのまま移築・保存された
旧栃木駅舎
（写真提供／栃木市）
❽新しい栃木駅舎の前に立てられた文学碑
山本有三の肖像が嵌め込まれているのが嬉しい
（写真提供／栃木市）

こと。山本有三記念会が江戸時代末期の店蔵を改修して設立した。近竜寺の近くにある。山本有三直筆の原稿や遺品、その他の資料が展示されているとのことである。

また、栃木駅の駅舎は建て替えられたものの、駅前には以前と同じ「たったひとりしかない自分を、……」のフレーズと山本有三の肖像を刻んだ新しい文学碑が建てられ、さらに構内にも山本有三の訳詩「心に太陽を持て」のタイトルをモチーフにしたレリーフが壁面に嵌め込まれたという。

こうしたことを通じてわかったことは、栃木市では今なお山本有三とその事績を大切な宝物として持ち続けているということだった。この町は「蔵の街」として人気を博しているが、山本有三もこれに劣らず町おこしに貢献していることがみてとれた。

芥川龍之介の『庭』

その真実と虚構の間で……

物語の発端――明治のすえ　荒れゆく旧家の「庭」

「言葉の魔術師」といわれ「短編小説の名手」とも呼ばれる芥川龍之介は、三十六歳五カ月という短い生涯、しかも、著作生活わずか十三年のあいだに百五十編もの短編小説を残した。大正期を代表する作家の一人として「芥川賞」にその名を留めるだけでなく、これらの作品群は、今なお幅広い層に読まれ続けている。

初期に多く手懸けた『今昔物語』『宇治拾遺物語』といった古典に材を採り、それを当世ふうに換骨奪胎した王朝物を始めとして、切支丹《キリシタン》もの、江戸時代もの、明治開化期ものなどの一連の歴史小説、後期に多くみられる身辺に取材した現代物と、作品の幅も広く、変化に富んでいて読む人をあきさせない。豊かな創造力、多彩な表現力で天才の名をほしいままにしたが、あまりにも先のことが見え過ぎるうえに、数々の心労が重なって、昭和二年（一九二七）、自ら生命を絶ってしまった。

残された作品群の中に、鉄道物と呼ばれ得るほどのジャンルはもちろんない。だが『トロッコ』『蜜柑』といった、鉄道から材を得たり、鉄道を舞台にした名作もあるし、点景的に鉄道をあしらった作品となると、かなり見受けられる。

そんな中で、大正十一年（一九二二）に発表された『庭』は、特に私の関心を引いた作品の一つである。時代は明治のすえ、ある旧家の広大な庭が年々荒廃してゆき、ついにその家が没落しきったところで鉄道が敷設され、庭の跡に停車場が建つという話だが、庭という旧時代の名残《なご》りを、停車場（駅）という新時代の象徴と対比させて、人の世の移ろいを淡々と描いた味わいの深い作品だ。

本来なら長編のテーマを、そこは短編の名手らしく、芥川は、上・中・下の三段に圧縮した形で、見事に短編小説としてまとめあげてしまった。一字一句の無駄もなく、気負いもてらいもさらになく、淡々とした筆致で、人世の有為転変を直截にではなく、『庭』という空間の変遷に仮託して表現したあたりに、いかにも芥川らしい面目の感じられる小品ということができよう。

「庭」の復原に立ち上がる年とった廃人と一人ぼっちの少年

上段は、こういう書き出しで始まる。

それはこの宿《しゅく》の本陣に当たる、中村という旧家の庭だった。

岩波版の全集では、最初の部分が「昔はこの宿《しゅく》の本陣だった」となっており、初出はこうだったと思われるが、あとになってこのように改めたものであろう。

「瓢箪《ひょうたん》なりの池」を持ったこの庭は、本陣にふさわしく、築山《つきやま》には松がしだれ、いくつかの四阿《あずまや》とか石灯籠も配された、そして裏山の崖からは白々と滝も落ちるという、名庭である。この庭に荒廃が忍び寄り始めたころ、この家には伝法肌の老人と頭瘡《ずそう》を病んだ老妻の隠居夫婦、当主を継いだ長男、そして従妹で嫁に入った新妻の四人が住まっていた。ほかに次男と三男がいたが、次男は親戚に養子に行き、三男は遠くの町の酒屋に勤めていて、二人とも申し合わせたように家には寄りつかない。癇癪《かんしゃく》持ちの長男と、気が合わないからだ。庭はしだいに荒れてゆき、やがて老人が頓死する。その翌年には次男が養家のカネをさらって酌婦と駆け落ちをしてしまう。当主の妻が男の子を産んだころの庭はもう荒れ放題である。離れを借りた小学校の校長が当主を説いて果樹を植えたため、趣《おもむき》がすっかり壊れたかと思うと、裏山が火事になって滝が落ちなくなったりする。そのうちに、結核を病んだ長男も死んでしまう。一周忌が終わって、主家の末娘と結婚した三男が移り住むと、間もなく当主の妻も一粒種の廉一《れんいち》少年を残して息を引きとる。

もう一度春がめぐって来た時、庭はただ濁った池のほとりに、洗心亭の茅屋根《かややね》を残した、雑木原《ぞうきばら》の木の芽に変わったのである。

中段は、駆け落ちから十年たって、次男がこの家に戻ってくるところから始まる。道楽者の末路といってしまえばそれまでだが、この次男は体を害していて、仏間に閉じこもったきりの、廃人に近い日々を送ることになる。

春が来る。茶の間で母が三味線に合わせて唄い出した大津絵節に刺激されて、この次男は、荒れ果てた庭を復原しようと思い立つ。弱った体に鞭《むち》打って何日も何日も鍬《くわ》を揮《ふる》うのだが、三男夫婦の見る眼は冷ややかだ。ただ一人、廉一だけが次男に接近する。

「おれにも今日から手伝わせておくりゃ」「うん、手伝ってくりゃ」

こうして、年とった廃人と、一人ぼっちの少年との間に奇妙な、それでいて暖かい交流が生まれる。仕事の合間に、廉一はこの叔父から海だの東京だの、鉄道だのといった未知の話を聞かされて眼を輝かす。作業はなかなか進まない。ようやく秋に入ったころ、名園といわれた昔の面影はどこにもないが、庭は完成する。それを最後の幸福として、秋の終わりに、この次男は静かにその生涯を閉じていく。

それはこの宿《しゅく》の本陣に当たる、中村という旧家の庭だった。それが旧に復したのち、まだ十年とたたないうちに、今度は家ぐるみ破壊された。破壊された跡には停車場《ていしゃば》が建ち、停車場の前には小料理屋ができた。

中村の本家はもうそのころ、誰も残っていなかった。母はもちろんとうの昔、亡い人の数にはいっていた。三男は事業に失敗したあげく、大阪へ行ったとかいうことだった。汽車は毎日停車場へ来ては、また停車場を去って行った。停車場には若い駅長が一人、大きい机に向かっていた。彼は閑散な事務の合い間に、青い山々を眺めやったり、土地ものの駅員と話したりした。しかしその話の中にも、中村家の噂は上らなかった。いわんや彼らのいるところに、築山《つきやま》の四阿《あずまや》のあったことは、誰一人考えもしないのだった。

上段の出だしをそのまま下段に持ってきたあたり、いかにも芥川らしい才知だが、話はこのあと、東京で貧しい画学生となった廉一が、制作に疲れたとき、きまって叔父のことを思い出し、それを励みに油絵の画架に立ち向かう姿が描かれて、終わる。

主人公の廉一は実在――では『庭』の舞台も……

読み終えて、この作品がどこを舞台にしたものか知りたいという思いが募《つの》った。小説づくりの名人のことだから、全くのフィクションかとも考えたが、それにしてはリアリティがありすぎる。作者の本意には反することかもしれないが、詮索するだけの価値はありそうだ。

解説を当たってみたら、一人の人物が浮かび上がってきた。芥川の本の装幀のほとんどを手がけ、公私にわたって芥川が終生の友とした画家の小穴《おあな》隆一がその人である。

筑摩書房版「芥川龍之介全集」にある吉田精一の解説にはこう書いてある。

この文中のみなし子で、後に油絵を描いている廉一という青年は小穴隆一その人であり、この作品は小穴の少青年期の環境をそのまま写したのかも知れない。

角川文庫で、三好行雄は次のように解説している。

友人の画家・小穴隆一の直話にもとづいて構想されたもので、事実関係でいえば、旧家の命運からただひとりのがれでた廉一が小穴にあたる。

芥川の諸作の中では代表作とされるには至らないせいか、全集には入っても選集となると入ったり入らなかったりで、したがって、『庭』を解説したものも、私の知る限り、この二つしかない。しかし、二人とも芥川研究の第一人者であり権威者だ。この解説は信頼性が高いと考えられる。とすれば、小穴隆一の出身地がわかれば「庭」の場所、つまりは駅の名前は自動的に判明する。しかも、作中にヒントとなる記述がかなり散見される。まず、どうみても全体の雰囲気は信州、つまり長野県を指向している。文中に「和《かず》の宮様《みやさま》ご下向《げこう》の時」とあるが、和の宮が中山道を通って下向したことはまさに歴史的事実である。また、「乞食《こじき》宗匠《そうしょう》の井月《せいげつ》」という人物が登場するが、これも信州各地を放浪して回った実在の俳人である。

　さてそれでは、信州のどこか？　筑摩版全集の注では、ここを諏訪市と推定している。とすれば、上諏訪駅か下諏訪駅が庭のあった場所ということになる。だが、これは俄《にわか》には信じ難い。「このたび諏訪の戦いに……」と唄う廉一の祖母の大津絵節の文句から連想したものだろうか。芥川は大正九年（一九二〇）に、菊池寛、久米正雄、宇野浩二らと京阪に旅行し、帰途、宇野に連れられて下諏訪に立ち寄っている。解説者の頭にそのことが先入観としてあったのかも知れない。だが、芥川にも、宇野にも、下諏訪と小穴とを結びつけて書いたものは何もないのである。むしろ小穴は、諏訪の出身でない可能性が強い。

　半信半疑のまま、文化人名録、美術家名鑑といったところを数冊あたってみた。戦死した芥川の次男・多加志の名は、小穴隆一の隆に因《ちな》んだもので、単に作家と画家というだけでなく公私を超えて芥川が信頼した人だし、洋画家としても一家をなした人だ、簡単にわかるだろうと思ったのが、意外に難航してしまった。わかったのは所属の美術団体が春陽会だったことと、芥川より二年後の明治二十七年（一八九四）に生まれ、昭和四十一年（一九六六）に七十二歳で亡くなったということぐらいである。肝心の出身地は、長野とあったり長崎とあったりで一定しない。長崎はたぶん誤植だろうと考えたが、それ以上の記述は全くないのだ。第一段階はほとんど徒労に終わった。

　すぐに遺族を調べればよかったのだが、そろそろ焦《あせ》りが見え出したころ、思わぬ幸運に出会った。小穴の実姉と遠縁にあたる人が、私のごく身近なところにいたのだ。小説では一粒種となっていたため、兄弟がいることには全く思いが至らなかったのだが、縋《すが》る思いで、その身近な人に、浦和に住むという小穴の実姉・青木千枝さんに、電話で問い合わせてもらった。

結果は大成功、千枝さんから明確な返答があった。

中央西線の洗馬《せば》駅がそうです、と――。

これが小穴隆一の出身地、つまり、芥川の『庭』の舞台であった。当時は、東筑摩郡宗賀村、現在は塩尻市に編入されていて、塩尻から一つ木曽寄りの駅がそうである。

洗馬駅からの即答――庭は残っている!

このとき、私はすぐに千枝さんを訪ねるべきだったかも知れない。しかし高齢でもう十年も寝込まれていると聞いては、訪問ははばかられたし、洗馬駅だとわかっただけで、私はすっかり満足してしまった。いつか洗馬へ行こう、行きさえすればなにもかもわかると思いつつ、果たせないでいるうち、この千枝さんも去年、九十歳で他界された。

今年に入ってようやく『庭』の跡を訪ねたいという気持ちが勃然《ぼつぜん》と湧き起こった。芥川が『庭』を書いてからでも、もう五十六年、小穴隆一の幼少年時代ということだと七十年以上も昔の話だ、なんの面影もとどめてはいないだろうとは思ったが、それならそれでもよい、ともかく行こうと決心した。洗馬については「せんば」でなく「せば」と読むこと、その昔、今井兼平という武将が、この地で木曽義仲と出会い、疲れをいやそうと義仲の馬を洗ったことが地名の起こりだという以外、何の知識もないまま洗馬駅長あてに『庭』についてこれまでに調べのついたことを認《したた》め、訪問したい旨、書き送ったのである。

並行して、美術家連盟を通じて、小穴隆一の未亡人・美さんが東京・杉並区にお住まいだということがわかった。先に美夫人にお会いし、それから洗馬というのが私の立てたプランである。

しかし、予想外の早さで洗馬から返事がきた。洗馬駅職員の平林と名のる人から、突然電話が入ったのは、手紙を投函してからわずか三日後の夜である。電話の内容は驚くべきことだった。郷土史家で公民館長の武居才吉さんという人の考証でも『庭』の舞台は間違いなく洗馬で、原作の中村家というのは小穴家でなく志村家という脇本陣であること、そして、庭の一部が今なお十分に面影を伝えた形で残っているというのである。なお詳しくは武居さんとお会いしてから、ということで電話を切ったが、私の頭は混乱した。ないと思い込んでいた庭が一部残っている！　これは大変なことだ、早く洗馬へ行かなくては……と、私の気持ちは焦りに焦った。

洗馬に降り立つ——春まだ浅い寒村の小駅

春まだき三月の下旬、私の乗った下り829Mは定刻の十一時四十一分、ゆっくり洗馬駅ホームに進入した。降り立ったのは私一人だけ。どうやら思った以上に閑散としたところらしい。ここが問題の庭の跡か！　とうとう来た——胸裡を諄々《じゅんじゅん》とした感動がよぎる。

いつまでも改札口を出ようとしない客に不審気な眼を向けていた駅員に、私は名のりを上げた。この人が平林さんでないことは、前夜泊まった松本からの電話で確認してある。平林さんとの約束では、私は十四時十三分の上りの電車で着くことになっている。しかし、私はそれまで待てなかった。松本を九時五十分に出て一度はここを通過、木曽平沢でうるしを見て時間をつぶしてきたのである。ようやく疑問の解けた職員、上田栄次郎さんは、気持ちよく私を事務室に招じ入れてくれた。

私は、この上田さんを通して、現在の洗馬駅の状況をまず知ることにした。

この駅は今は、隣りの塩尻駅の管理駅で、したがって駅長は塩尻駅長が兼務している。職員は五十二

❶

❷

❶❷洗馬駅

歳になる土地っ子の平林喜弘さん、上田さん、それに三十を出たばかりの塩原克幸さんの三人で、朝の八時から翌朝八時までの二十四時間一人勤務だそうである。一日平均の乗降客は、塩尻、松本へ通勤する定期客を入れて三、四百人、収入は四万円から五万円といったところで、ほかに団体旅行の収入を加えて月平均二百万円の売り上げがある。まずは典型的な、寒村の小駅といったたたずまいである。

開業は明治四十二年（一九〇九）十二月一日。中央西線の中では比較的遅いほうだ。時間的には、小穴の少年時代とぴったり符号する。駅舎は、部分的に手が加えられた以外は、ほとんどその当時のままだという。

破壊されて「停車場」になったはずの「庭」をこの目で……

話を聞きながら、窓の外にちらちら眼を向けてみるが、どこにも庭とか池らしいものが見当たらない。

駅の位置は、近くの民家より一段高く、たぶん坂をおりた民家の向こうに中山道が線路と並行に延びているはずだが、それもよくわからない。

「庭ですか。すぐわかりますよ。ここを出て左手の、ほれ、あそこにある建物、以前の鉄道官舎ですが、あの向こうにあります」

小説では、庭が駅になったのだから、一部残っているとしても駅のすぐ側にあるべきはずが、上田さんが教えてくれたのは、どうみてもここから五、六十メートルは離れている。変だな、とは思ったが、ともかくもそこに行ってみることにした。

朝のうち肌寒さを覚えたのが、ようやく陽が頭上に達したせいか、ほおをなぶる風は心地よいほどだ。久しぶりに、さくさくと踏みしめる土の感触もまた得もいえぬ快感を全身に伝えてくる。決定的瞬間を目前にして、胸は高鳴るばかり……。

だが、庭はどこにもなかった。ここと覚しきあたりをうろうろと徘徊《はいかい》したが、どうしても見つからない。誰かに尋ねようにも人ッ子一人いない。いつの間にか、私は中山道まで出てしまっていたのである。ときおりクルマが通る程度で、ここにも人気《ひとけ》はほとんどない。かつては殷賑《いんしん》をきわめたであろう洗馬宿の面影はもはやない。

食堂もなく、やむなく食品店で弁当を買って、線路際の枯草に坐って食べ終えたところに、ようやく人が現われた。私の話を聞いてすぐには納得できなかった、六十前後の男の人は、志村家の庭と聞いてすぐに反応を示した。

「ああ、それなら百瀬さんちの庭でしょう」

とうとう私は、目ざす「庭」に辿り着いた。だが、これから会うはずの武居さんと同姓で、親戚筋だというこの武居亮一さんに案内されて、百瀬家の裏庭に立った私の眼前に展開された景色は、あまりに

❸

❹

❸かつて洗馬宿は
中山道の宿場町として賑わったという
❹ついに見つけあてた「庭」の跡
画面の中央に
松がしだれていたという築山の跡
手前に瓢箪なりの池の跡が見られる

も私の想像とは違っている。およそ五十坪もあろうか、いやその広さはともかく、現実の「庭」と小説の中の「庭」とが、私の頭の中で一つに重なり合わないのだ。一部しか残っていないのだから無理もないのだが、てっきりあると思っていた池にしても、それらしい凹地はあるが、水など一滴だってありはしない。亮一さんの説明を受けて、確かにここが築山の跡だとはわかるものの、今一つピンとくるものがない。

　しかし、ここは間違いなく芥川の小説にある「庭」だった。破壊されて駅になったはずの、もうあるはずのない「庭」である。

　この謎は、もはや武居さんに聞くしかない。その武居さんと私とは、間もなく初対面の挨拶を、この「庭」で交わすことになる。

「今、駅に行ったら、もうとっくに着かれて先に庭を見に行かれたということで……」

六十二歳とは思えない若々しい風貌の、いかにも学究肌といった感じの武居さんの口から、私の疑問を解く言葉が次々と出はじめた。

しばらくしたところで平林さんも合流した。昭和十五年（一九四〇）に国鉄入りし、二十年（一九四五）から洗馬駅ひとすじ、という人だ。今日は朝八時に上田さんと交替、非番とのことで、くつろいだ私服姿である。

武居さんの考証——芥川のほどこした潤色

『庭』について、武居さんが考証された点を、筋にそって述べてみよう。

まず、文中の「中村という旧家」が志村家のことで、ここが脇本陣ということは前述した。本陣としたのは旧家をより強調するための配慮からであろう。志村家と隣り合う百瀬家というのが本陣で、こちらは今も存続している。現在、志村家跡にお住まいの百瀬さんもまた、このご一族だそうである。

志村家の庭は、『善光寺道名所図会』にも描かれているほどの、中山道きっての名園で、朝廷から遣わされた日光例幣使一行もここに滞在し「一遊亭」と名付けたほどだったとか。

「伝法肌の老人」というのは、諏訪の今井家から養子に入った人で、名前を巌といい、その名のごとく数々の逸話を残した豪傑だったらしい。そのせいか、当時は本陣よりも権勢があり、明治天皇巡幸のおりも志村家に滞在されたとの記録が残っている。明治二十二年（一八八九）から二十九年（一八九六）まで、この地の初代村長をも勤め上げたこの人には、六人の子供があった。長男を勘一といい、次男の名前は不明、三男が唯三郎という名だ。ほかに、ゆき、さち、ちえの三姉妹があり、いずれも他家に嫁いでいる。芥川の作中にこの姉妹が登場しないのは別に異とするに当たらないが、長男で当主たる勘一の子であるべき廉一少年、つまり小穴隆一は三男・唯三郎の長男だというあたりから、話はおかしくなる。隆一の下に純という弟もあり、この人はレンズ光学の権威として、東大教授からついこのあいだまで上智大教授を歴任した人だ。唯三郎は当時、次・三男に課せられていた兵役を免《まぬが》れるため、小穴家の養子に入ったとされているが、この小穴家についてはよくわからない。作中で重要な役割を果たす次男の名前がわからないのも気がかりである。それはともかく、芥川は『庭』を草するに当たり、思いきった潤色をほどこしたわけだ。

潤色といえばもう一つ、ここが肝心のところだが、先ほど見てきてわかったように「庭」は現在の駅の位置にはなく、少し離れたところ——ホームを出外れたあたりに広がっていたらしいということだ。それが小穴の示唆《しさ》によるものか、芥川がそうしたのか、今となっては知るよしもないが、「庭」は「停車場」になったとしたほうが、読者に与える印象が強くなることだけは確かである。

「庭」は「停車場」ではなかった! 私の思惑は見事にはずれたことになる。にもかかわらず、『庭』の舞台は洗馬だった……。

十五時五十四分、下り833Mで、私は武居さん、平林さん、上田さんに見送られつつ、感謝の念と複雑な思いを抱いて洗馬の地を去った。帰京した私に、さらに驚くことが待ち受けていようとは、そのときは夢にも思わなかった。

美夫人の口から——隆一は「みなし子」ではなかった

洗馬で取材したことの確認をとるべく、私は小穴隆一の未亡人・美さんに電話を入れ、会見の約束を取りつけるや、大雨の中を杉並のお宅まで駆けつけた。

小穴夫妻には子供がなく、一人暮らしではあったが、七十五歳になるという美夫人はまだ矍鑠《かくしゃく》たるものである。小穴純教授の子息が小穴家のルーツを探るのに目下懸命というタイミングもあって、私の会見にも快く応じてもらえた。そして私は、夫人の口から意外な新事実を聞かされることになったのである。

　志村家の長男の名前は勘一ではなく勘一郎だというあたりはいいとして、唯三郎は次男だったというのにまず驚いた。○次郎という次男がいたという話を夫人は生前の隆一画伯から聞いてはいない。とすると、作中の次男は、芥川が勝手につくり上げた人物か？　いや、そうではない。長男の勘一郎が放浪癖の強い遊び人で、そのために志村家を破綻《はたん》させたというが、隆一は落魄《らくはく》したこの伯父と奇妙にウマが合ったということだ。つまり、作中の「次男」は、長男の勘一郎だったことになる。

　もう一つは、小穴隆一は、長野の生まれではなく、長崎生まれだということ。小穴姓を名のった父・唯三郎は、日本郵船に勤務、その関係で船乗りではなかったが、港から港を渡り歩いた人だそうだ。隆一は長崎時代に生まれたという次第である。したがって、隆一は祖父母を訪ねて洗馬に行ったことはあるが、洗馬で暮らしたという経験は持っていない。吉田精一のいう「小穴の少青年期の環境をそのまま写した」というのは事実と相違することになるわけだ。

　解説者はもう一つミスを犯した。そしてそのことで小穴隆一は生前、ずいぶん憤慨もし悩みもしたらしい。解説で「みなし子」にされた小穴には、何と九人もの兄弟がいたのである。小穴の上に実姉が二人いる。次姉が昨年亡くなった千枝さんで、洗馬で武居さんが調べた系図で唯三郎の妹として登場する「ちえ」というのはこの人が混同されたものらしい。下に実弟が一人、純教授を含めて異母弟が三人、異母妹が三人、つまり十人兄弟の長男である。みなし子どころの話ではない。小穴が芥川にどう話し、芥川がそれをどう改変して『庭』に仕上げたのか、芥川の死後、小穴と結婚した美夫人にはわからない。しかし、芥川研究の第一人者から「みなし子」にされてしまった小穴は、そのことで人からとやかくいわれ、かなり辛い思いをしたそうだ。

このことで、もちろん芥川にはなんの罪もない。自然主義の作品ですら嘘は入る。ましてやフィクションを得意とした芥川が、数多くの事実の中から何を取捨し、なにをつけ加えようと全く自由である。だが、評論家は違う。代表作以外、とかくなおざりにされがちな小品の中にも、生身《なまみ》の人間にかかわる思わぬ真実が含まれていることを十分に心するべきである。

かくて『庭』は九分九厘、解明された。本当なら大きな充足感が、私の全身を包み込んでくれてもいいはずなのに、なぜか、気が重い。一介の鉄道ファンにしかすぎない私が、そこに駅が出てくるというだけで『庭』の舞台を探ろうと、単純に考えて始めたことが、思いもかけず、人世の深淵を垣間《かいま》見ることになってしまった。

私のしたことはなんだろう?

旅である。時間を遡行《そこう》する旅である。旅とは本来、こういうものかも知れない……そう考えて気を取り直し、美夫人に丁重に謝意を述べて、私は再び雨の中の人となった。

（『旅と鉄道』No.28〈'78夏の号〉）

……………………

本編は、私にとって格別に思い出の深い一編である。というのは、季刊誌『旅と鉄道』に「文学の中の駅」という表題で連載を始めた、その最初の一編だからである。この時、この連載が、途中から「鉄路の美学――文学と鉄道」と改題したが、それから七年余も続くことになろうとは自分でも全く予測していなかった。

改めて読み返してみると、初めての連載記事ということで気負いのようなものが全編を通して感じられ、微苦笑を禁じえない。もっとも、『庭』の舞台を追跡するにつれて事態が想像以上にドラマチックに展開したために、それでいささか興奮したという側面もある。ともあれ、私にとっては記念すべき一編になった。

洗馬、正確には長野県塩尻市大字宗賀の地を再訪したのはそれから二十年ほどが流れた六、七年ほど前のことである。それまで、中央西線には数え切れないほど乗っていながら、洗馬駅は心ならずも通過してしまうことが多かったから、感慨ひとしおのものがあった。ただ、この時は目的が全く別のところにあり、先を急いでもいたのでごく短い滞在に終わってしまった。この時、無人化されてがらんとなった駅を垣間見て無量の寂寥を感じさせられたことが印象に残っている。灰色の空の下、冷たい秋風が蕭条と駅舎に吹きつけており、それがいっそう寂しさを募らせたのかもしれない。誰にも会うことなく洗

❺

❻

❺昔と変わらない洗馬駅舎
だが当時は有人だった駅はその後無人化され
今は乗り降りする人も少なくなった
（写真提供／内山明彦氏）
❻中央西線を通して見た洗馬の街並み
すぐ右に駅がある
「庭」はこの写真の中央奥付近にある
（写真提供／内山明彦氏）

馬駅をあとにしたから、件の「庭」がどうなったものか、ついに知ることなく終わった。

この解題を書くにあたり、宗賀公民館に電話を入れてみた。本編にも登場する郷土史家の武居才吉さんが当時館長を務めていた公民館である。そして、歴史同好会という集まりがあることを知り、そのメンバーの一人である内山明彦さんを紹介してもらった。この会は、今から五、六年前に内山さんと長瀬忠公さんという方が中心になって設立されたもので、現在十二名の会員がいるという。この地の歴史を古老などから聞いて、それを記録にとどめておこうという動機が発端になって発足したとのことである。

以下は、内山さんから伺った話をまとめたものである。

まず問題の「庭」だが、どうやらこれは現存しているらしい。「らしい」というのは、内山さんもかつての脇本陣志村家と中山道を挟んで目の前に住んでいながら、長いこと目にしていない、いや、できないからである。当時の住人で、本陣の百瀬家と縁続きの百瀬さんが、神奈川の身内の家に越し、残された家は塀で遮断されてしまったとのことだった。幼時、内山家も所属した第七常会という隣り組で、よくこの庭で花見の宴を開いたりしたそうである。この頃には、すでに志村家はもうこの地を離れていた。残念だが、ここは「まだ庭はある」ということで納得するしかない。

私は、本編で「隆一は祖父母を訪ねて洗馬に行ったことはあるが、洗馬で暮らしたという経験は持っていない」と書いたが、内山さんの指摘によると小穴隆一の『鯨のお参り』という随筆集に、父が再婚した際、ほんのわずかの間だが志村家に養子に出されていたことが書かれているという。あるいはこの時代に、小穴隆一は「庭」の復原を進める勘一郎伯父を実際に手伝ったのかもしれない。

最後に、武居さんは現在九十歳でご健在とのこと。ただ、高齢のためにもうあまり出歩くこともないらしい。当時の駅員で、私と洗馬を結びつけてくれた平林喜弘さんは八十歳、今もなお元気だとのことだった。

本書の初校ゲラに赤字を入れて編集部に戻し、私の手を離れてほどなく、洗馬の内山さんから一通の書簡が届いた。開封してみたら、写真が十三枚同封されていた。しかもそれが、すべて問題の「庭」を写したものだった。内山さんの書状によると、ゴールデンウィーク中に神奈川に在住している現在の当主の百瀬さんがたまたま帰省したので頼んで見せてもらったとのことだった。

内山さんの記憶と付け合わせるとすっかり変わっており、面影をたどれなかったと記されていたが、これはこの間に長い時間が横たわっていることを思うと、無理からぬ話だろう。

だが、「庭」はまぎれもなく残っていた！　私にとって、これはまさに朗報であり、夢を掻き立てるものだった。簡単にいかないことは重々承知だが、このうえは当主の百瀬さんと歴史同好会の手で洗馬宿の由緒ある史跡として永久に保存してほしいと、心からそう願わずにはいられない。

❼

❽

❼まだ残っていた〝庭〟
往時の面影をたどるのは困難だが
どことなく雰囲気を漂わせている
（写真提供／内山明彦氏）
❽池の一部　明治時代のものという
とすれば、これこそが〝廉一〟少年と
その〝叔父〟が復原したものか
（写真提供／内山明彦氏）

堀辰雄の『風立ちぬ』『菜穂子』『斑雪《はだれ》』

憂愁を秘めた信州の高原駅

信越本線
信濃追分駅
小海線
野辺山駅
中央本線
富士見駅

堀辰雄の文学は高原の秋風だ

ごく大ざっぱにいって、堀辰雄の文学は青春の文学といってもいいと思う。取り上げているテーマは病気だったり、その延長にある死だったりと決して明るくはないのだが、それが少しも陰湿に感じられない。辰雄自身の人柄が十分に投影された文学的態度によるものだろう。作品の主人公はほとんどが女性で、つまり女性の立場に立った青春世界がメインのモチーフで、大方の場合悲劇的な結末を迎えるにもかかわらず、読み了《お》えての感想は不思議とさわやかである。このさわやかな感じは、高原を吹き渡る秋の風にもたとえられる類のものだ。ということは、大正十二年（一九二三）、十九歳のときに室生犀星を訪ねて初めて軽井沢を訪れて以来、亡くなるまで愛してやまなかった信州の高原のあの空気が、そのまま辰雄の文章の中に封じ込められたせいかも知れない。事実また、代表作と目される現代小説や紀行文は、軽井沢をはじめ、信濃追分、富士見といった信州の高原を舞台にしたものが多い。

特に軽井沢――ここに別荘を設けた文学者は多いが、この地を堀辰雄ほど書き込んだ人はいない。堀辰雄を語る上で、軽井沢という風土を無視することはできない。

しかし、それと同等に、もしくはそれ以上に重要な土地がもう二つある。ひとつは軽井沢に隣接した、というより今はもう軽井沢町に編入されてしまった、当時の追分村である。堀辰雄は戦後もずっとここに住みつき、昭和三十八年（一九六三）五月二十八日、ここでその生涯を閉じた。今ひとつは、辰雄自身が、あるいは婚約者の矢野綾子とともに、かつては不治の病とされた結核のため、療養に専念したサナトリュームのある高原・富士見町である。

駅に関していうなら、軽井沢駅よりも、この後二者にある信濃追分、富士見の駅のほうが辰雄の作品の中でははるかに精彩がある。信濃追分は長編の『菜穂子』と短編の『ふるさとびと』、富士見は同じく『菜穂子』ともう一つの代表作『風立ちぬ』の中で何度も登場する。

それともうひとつ忘れられないのが小海線の野辺山駅だ。今は、八ヶ岳への登山口として夏場にヤングが集って来て大賑わいすることで有名な、日本で一番高いところにある高原の駅である。『大和路・信濃路』という、昭和十八年（一九四三）に発表された紀行文の中でこの地を訪れたことが記されている。

信濃追分、富士見、野辺山——奇しくも三駅とも信州の高原の駅である。名前を聞いただけで、あるイメージが彷彿としてくる、という点でもこの三駅は共通している。

今回は、堀辰雄の作品中に記された駅の中から、この三駅をピックアップして、堀辰雄と駅とのかかわりを考察することとしよう。

堀辰雄と信濃追分

堀辰雄が初めて追分を訪ねたのは大正十四年（一九二五）の夏の終わりのことである。芥川龍之介と、その友人の松村みね子が一緒だった。このみね子と娘の宗瑛が、正確にはこの二人のキャラクターが、初期の短編『ルウベンスの偽画』『聖家族』、さらには長編の『菜穂子』に投影されている。

それはさておき、このときは訪ねただけに終わった追分に移り住むのはなんとそれから十一年後の昭和十一年（一九三六）である。この地が終息の地となろうとは、このときの堀辰雄は思いもしなかったに違いない。翌昭和十二年（一九三七）十一月までの長期間を油屋という旅館に滞在して『風立ちぬ』のほとんどをここで執筆した。

軽井沢もそうだが、追分村はもともと中山道筋にある宿場の一つで、その名の通り、中山道から北国街道が分岐する交通の要衝でもあった。余談だがこの分岐点を分去《わかさ》れといって、堀辰雄の作品中にもしばしば登場する。さらに余談だが、民謡の節回しのひとつに追分節というのがあって、なかでも北海道の江差追分は有名だが、そもそものルーツはここ信濃追分でうたわれていたものである。

油屋はもともと遊女もいて、かつて賑わった宿場の本陣だったという。だがその後は宿場自体も衰微し、鉄道が軽井沢から御代田まで素通りしたため、油屋もさらに家運が傾いてしまった。昭和十八年（一九四三）に発表された『ふるさとびと』というのが、この油屋とその家人をモデルにしたもので、作中では牡丹屋、そして主人公は女の子を連れてここに出戻ったおようである。これより二年早く昭和十六年（一九四一）に発表された『菜穂子』の中でも点景としてこの「牡丹屋」や「およう」は登場する。この油屋はその後、辰雄が用足しに上京している間の昭和十二年（一九三七）十一月に火事を出し、焼失してしまった。持ち込んでいた書籍やノート類も灰になってしまったという。

信濃追分の駅は『ふるさとびと』の中で次のように描写されている。

こちらの旧牡丹屋は、もうながいこと廃業同様になっていたが、おようたちが移って来てから、夏など人に頼まれて学生を二人三人預かっているうちに、それからそれへと聞きつたえて、夏休みになると学生たちが行李に一ぱい本を詰めて勉強に来だした。そのうち、村の南にある谷間に夏場だけの仮停車場ができ、使い古しの乗合馬車が一台きりで、松林の中を伐りひらいた道をとおり、そこと宿との間を往復するようになった。

もちろんこれは堀辰雄の実体験ではない。が、作中でも話し好きの老人として出てくるおようの父あたりから聞いた話だろうからこの描写に嘘はあるまい。

駅に残る記録によると、信濃追分駅が開業したのは大正十二年（一九二三）十月一日のことである。信越本線は、高崎─横川間が明治十八年（一八八五）十月十五日、軽井沢─直江津間が明治二十一年（一八八八）十二月一日に開通した。日本最急勾配の碓氷峠は当初馬車鉄道で通し、高崎─直江津間が完全に一本でつながるのはようやく明治二十六年（一八九三）四月一日になってからのことである。信濃追分駅の開業はそれからさらに三十年もたってのことだから、追分の宿場がいかにさびれていたか想像もつこうというものだ。

景観は変わっていなかったが……

明の乗った信越線《しんえつせん》の汽車が桑畑のおおい上州を過ぎて、いよいよ信州へはいると、急にまだ冬枯れたままの、山陰などには斑雪《まだらゆき》の残っている、いかにも山国らしい景色に変りだした。明はその夕方近く、雪解けあとの異様な赭肌《あかはだ》をした浅間山を近か近かと背にした、ある小さな谷間の停車場に下りた。

これは『菜穂子』の中で、今は人妻となった菜穂子の昔の恋人・都築明が、大学を出て銀座のある建築事務所に入ったものの気分がすぐれず、所長の好意で長期休暇をもらって旧知の追分・牡丹屋を訪れる件《くだり》である。堀辰雄が実見したころの景観はこんなものだっただろう。しかし、この景観は今もそう変わっていないようだが、どうだろう?

変わらないといえば、駅から油屋、つまり追分宿へといたる道すじもほとんど変わっていないようだ。折角だからこの後のシーンも序に引用してみよう。

明には停車場から村までの途中の、昔とほとんど変らない景色が何とも言えず寂《さび》しい気がした。それはそんな昔のままの景色に比べて彼だけがもう以前の自分ではなくなったような寂しい心もちにさせられたばかりではなく、その景色そのものも昔から寂しかったのだ。――停車場からの坂道、おりからの夕焼空を反射させている道端の残雪、森のかたわらに置き忘れられたように立っている一軒の廃屋《はいおく》にちかい小家、尽《つ》きない森、その森もやっと半分過ぎたことを知らせるある岐《わか》れ道(その一方は村へ、もう一方は明がそこで少年の夏の日を過した森の家へ通じていた……)、その森から出たとたん旅人の眼に印象深く入って来る火の山の裾野《すその》に一塊《かたま》りになって傾いている小さな村……

ここでいう岐れ道こそが旧中山道で、つまりは現在の国道十八号線である。現在はここを車が頻繁に往き交うため、駅から村へ入る道はガードで、この下を通している。変わった点といえば、こんなところぐらいだろうか。いや、油屋も変わった。夏場が中心だが、軽井沢の喧燥を嫌う避暑客や堀辰雄を慕う人々で結構な賑わいを見せる、今や高級ホテルである。

鉄道風景――それは格好の舞台装置だった

『菜穂子』の中では、信濃追分の駅と富士見の駅、それに前後の鉄道風景が、登場人物の心理を描写する上での大道具として実にうまく使われている。富士見のほうは、ヒロインの菜穂子とその夫・黒川圭介の心情を説明するために、そして、信濃追分のほうは、後輩で若死した立原道造がモデルだといわれている都築明の心境を叙述するために……。

　ある夕方、信州の奥から半病人の都築明を乗せた上り列車はだんだん上州との国境に近いO村に近づいて来た。

（中略）

深い林から林へと汽車は通り抜けて行った。すっかり葉の落ち尽した無数の唐松《からまつ》の間から、灰色に曇った空のなかに象嵌《ぞうがん》したような雪の浅間山が見えて来た。少しずつ噴き出している煙は風のためにちぎれちぎれになっていた。

先ほどから汽罐車《きかんしゃ》が急に喘《あえ》ぎだしているので、明はやっとO駅に近づいたことに気がついた。O村はこの山麓に家も畑も林もすべてが傾きながら立っているのだ。そしていま明の身体を急に熱でも出て来たようにがたがた震わせだしているこの汽罐車の喘ぎは、この春から夏にかけて日の暮近くに林の中などで彼がそれを耳にしては、ああ夕方の上りが村の停車場に近づいて来たなと何とも言えず人懐しく思った、あの印象深い汽罐車の音と同じものなのだ。

　谷陰の、小さな停車場に汽車が著《つ》くと、明は咳《せ》き込みそうなのをやっと耐えているような恰好《かっこう》で、外套《がいとう》の襟《えり》を立てながら降りた。彼の外には五六人の土地の者が下りただけだった。彼は下りたとたんに身体がふらふらとした。彼はそれを昇降口《しょうこうぐち》の戸をあけるためにしばらく左手で提《さ》げていた小さな鞄《かばん》のせいにするように、わざと邪険《じゃけん》そうにそれを右手に持ち変えた。改札口を出ると、彼の頭の上でぽつんとうす暗い電燈が点《とも》った。彼は待合室の汚れた硝子《ガラス》戸に自分の生気のない顔がちらっと映っただけで、すぐどこかへ吸い込まれるように消えたのを認めた。

春から夏にかけての折角の休養も空しく、東京に引き上げた明の身辺では、ふたたび明を沈鬱にさせるようなことが次々と起きる。そして、今は人妻となった菜穂子の身の上になにかが起きたのではないかと直感した明は、自らも激しい咳き込みに悩まされながら、またしても旅に出る。明が一番に訪ねたのは、富士見の療養所で病いの身をベッドに横たえた菜穂子だった。そして、今となってはもうどうにも戻らなくなってしまった二人の軽井沢での青春の日々を苦い思い出に包み込んで菜穂子と別れ、信州を旅してまわり、信濃追分にたどり着いたのが、先に引用したシーンである。

寒村の小駅の黄昏どきというのは、いつの世においてもわびしいものである。菜穂子に寄せる思慕をすっかり断たねばならなかった、傷心の明の心境を仮託して描写するのに、これほど恰好な舞台装置は、そうはないのかも知れない。

なお、ここに出て来る上り列車というのは、当時の時刻表からみて、新潟発十一時五分の上野ゆき334列車のことだろう。直江津経由で上野着は翌日の十一時四十五分というロングランだが、この列車が信濃追分を出るのが夕方の七時十分である（昭和十五年十月号の時刻表による）。

夏と冬とではその様相は一変する高原の駅

さて、信濃追分駅の現在はどうだろう？

大正十二年（一九二三）十月一日に開駅して以来、基本的にはほとんど変わっていないという駅舎は、いかにも高原にふさわしい瀟洒なたたずまいを見せている。ホームの中ほどからは、深く切れ込んだ谷間の真上に、この地を象徴する信仰の山・浅間山が褐色の地肌をむき出しにしてでんと居坐り貫禄を示している。浅間が一番よく見える場所、という触れ込みだ。開駅以来五十六年間、変わることのない景観でもあろう。

事務所で、須藤助役にいろいろ話を伺ったが、駅長はこの間に二十六人交代し、現在の高瀬重次駅長は二十六代目に当たるという。今年三月の異動で赴任してきたばかりである。職員は全部で六名のミニ駅だが、特急こそスイスイと駆け抜けてしまうが、シーズン中はちゃんと何本か急行が停車するから立派だ。

いかにも避暑地の駅らしく、夏場と冬場ではこの駅は極端にその様相が変化する。駅勢圏の人口がたかだか二〇〇〇名というから無理もない話だが、二月の厳寒の季節には、昨年の記録だと乗車客がたったの五六五一人、このうち定期の客が四一五四人だという。残りもほとんどが土地の人だろう。収入は百二十二万四八三〇円。

それが夏場の、七・八月に入るとどうだろう。やはり昨年の記録だが、七月の乗車客が一万二二六八人（うち定期客四七一二人）、収入が九百五十一万二四二〇円、八月が一万七二〇九人（同四五六〇人）、一四六三万三一四〇円となって、八月の収入はなんと二月の約十二倍にも達するのだ。定期を除いた乗車客のほとんどが東京方面へ帰る避暑客であることはいうまでもない。それでもこの数字は、隣りの駅の中軽井沢、そのまた隣りの軽井沢に比べると圧倒的に少ないことだろう。それも、ここ追分には東京方面の学校の寮が多いため、フリーの客が意外に少ないそうである。観光地としては今ひとつ、といった現在の状況をこれらの数字は明確に物語っているようだ。

だが、それだけに静かで、荒らされずにきたこの地にも観光開発の波はひたひたと押し寄せつつあるようだ。おそらく地元の意志ではなくて中央の資本によるものと思われるが、この追分周辺を西軽井沢と銘《めい》打って、別荘地として売り出しにかかっていることからも、おおよその察しがつく。確かに今は軽井沢町の一部だから西軽井沢でもおかしくはない道理だが、かつて沓掛《くつかけ》という、なんともいえない味をもった駅名が中軽井沢と変わって途端に情緒を失ってしまったように、信濃追分という由緒《ゆいしょ》正しい駅名までもが、味も素《そ》っ気もない駅名に変わらなければよいがと、ひそかに念じずにはおれない。

辰雄の描写は今も生きていた――

翌日。僕たちは朝はやく小諸《こもろ》まで往き、そこから八つが岳の裾野を斜に横切るガソリン・カアに乗り込んだ。もう冬休みになっていても、この山麓地方はあまりスポルティフではないので、乗客は僕たちのほかはみんな土地の人たちらしかった。

南佐久《みなみさく》の村々の間をはじめの一時間ばかりは何事もなく千曲《ちくま》川に沿ってゆくだけだが、そのうち川辺の風景が少しずつ変ってきて、白楊《はこやなぎ》や樺《かば》の木など多くなり、石を置いた板屋根の民家などが目立ちだした。そうしてそれらの枯木だの、家だのの向うに、すっかり晴れ切った冬空のなかに、真白な八つが岳の姿がくっきりと見えるようになって来た。

（中略）

そのうち、だんだん谷間のようなところにはいり出す。しばらくはもう山々ともお別れだ。そうして急に谷川らしくなりだした千曲川の流れのまん中に、いくつとなく大きな石がころがっているのばかり目に立ってくる。そんな谷の奥の、海の口《うんくち》という最後の村を過ぎてからも、ガソリン・カアはなおも千曲川にどこまでも沿ってゆくように走りつづけていたが、急に大きなカアブを描いて曲がりながら、楢林かなんぞのなかを抜けると、突然ぱあっと明かるい、広々とした高原に出た。そうしてまだ雪もかなり沢山残っているその草原の向うの一帯の森のうえに、真白な八つが岳――そのうちでも立派な赤岳と横岳とが並んで聳《そび》え立っていた。

「高原というのは、こうやってそこへ出た時の最初の瞬間がなんとも云えず印象的でいいな」僕はそういう目付をしてM君の方を見た。

これは、昭和十八年（一九四三）の『婦人公論』四月号に『野辺山原』という題で発表され、その後に『斑雪《はだれ》』と改題され『大和路・信濃路』の中に収められた紀行文の一節である。

信濃追分や後に出てくる富士見にくらべれば、野辺山は堀辰雄にとって馴染みの深い土地ではない。それどころか、昭和十六年（一九四一）の十二月にM君こと森達郎と訪ねたのが最初で最後の訪問である。このときの体験が『斑雪』として結晶した。

堀辰雄の風景描写は定評のあるところだが、冬ではなかったが私もまた久し振りに小諸側から小海線

❶

❷

❸

❶開駅いらい基本的には
ほとんど変わっていない信濃追分駅
❷「国鉄最高駅野辺山標高一、三四五米六七」の
標識が誇らしげに……
赤いポストだけが往時をしのばせている
❸今はない白亜の野辺山駅
（写真提供／野辺山駅）

に乗ってみて、そのスケッチの生き生きとした確かさには驚いた。驚いたとはいっても、なにせ四十年も前のことだから、かなりのところで変化があったのは当たり前なのだが、本質においては、ちっとも変わっていないように思えた。ただ「海《うん》の口《くち》という最後の村」というのが少し気にならないでもない。野辺山の一つ手前に信濃川上駅があり、この駅の周辺にはかなり民家がたてこんでいて、当時、全くなにもなかったとは思えないからである。土地の人にでも確かめればよかったのだが今回は野辺山へと急いでいたので、そのチャンスを失ってしまった。

辰雄の期待を裏切らなかった野辺山

小海線とか野辺山といえば今でこそ日本一の高原鉄道として、ハイカーだけでなく一般の人にもつと知られているが、堀辰雄が訪ねたころはもちろんそんなことはなかった。堀辰雄も別にハイキングに行ったわけではない。どういう意図があったか定かでないが、どうやら無意識のうちに野辺山という地名に魅《ひ》かれていたのかも知れない。引用を続けてみる。

やがて、野辺山駅に着いた。白い、小さな、瀟洒とした建物で、――いや、もうそんなことはどうでもいいことにしよう。――それよりか、僕はその小さな駅に下りかけて、横書きの「野辺山」という三文字が目に飛びこんできた途端に、なにかおもわずはっとした。いままではさほどにも思っていなかった「野辺山」という土地の名がいかにも美しい。まあ何んという素樸《そぼく》な呼びかたで、いい味があるのだろう。そうして此処まで来て、その三文字をなにげなく口にするとき、はじめてそのいい味の分かるような、それほどこの土地の一部になりきってしまっている純粋な名なんだなとおもった。

……

これで察するに、堀辰雄の頭の中に潜在的に秘《ひそ》んでいた「野辺山」という美しい地名が、ここへ行くことを促したように思える。そして「白い、小さな、瀟洒とした建物」を見て初めてしっかりした意識として定着した、とそう考えられないだろうか？　語感から勝手に想像していた野辺山の景観は、実際に訪れてみて、まず駅舎からして堀辰雄の期待を裏切らなかったわけである。

残念ながら、ここに書かれている駅舎は現在のそれではない。野辺山駅が開駅したのは昭和十年（一九三五）十一月二十九日のことだが、高原の駅としてふさわしく、曲線をうまく生かしたモダンな白亜の建物だった。今でも、あかぬけたセンスの駅として、旅人のロマンを十分にかきたてるに違いない。いつごろどういう理由で現在の駅舎に変わったかは不明である。今のそれもまた木造ながらそれなりの味を持っているが、ユニークな雰囲気を有するだけに惜しかったと思う。

ただ、場所が変わったわけではないので、当時の写真と今とを比較してみると、どうやら変わっていないのが一つだけありそうだ。それは、入口左手にチョコンと鎮座する赤いポストである。往時を知るのはこのポストだけ……そう思うほうが根掘り葉掘り考察するより、よほど趣があっていい――そう考えてこれ以上の追究はやめることにした。

野辺山駅はお山の大将

野辺山駅は、先に述べた信濃追分駅と性格的にとてもよく似ている。それは、やはり夏場だけの駅ということである。ふたたび二月と八月を比較してみよう。

二月の乗車客が四〇六四人（うち定期が二一三九人）、収入が百二十二万九五五九〇円に対し、八月のピーク時は二万四〇五七人（同二二六四〇人）、一三五五万六百四十円。極端な落差がある。ここもまた、東京を中心とする首都圏からの登山客（そう、ここは八ヶ岳の首峰・赤岳への登山口である）で夏に大にぎわいをみせる駅なのである。

二十二代の花石三男駅長以下職員五名というのも信濃追分と近い。ただひとつ、この駅が日本のどの駅と比較しても断然目立つことがある。駅の入口にも、上りホームにも下りホームにもそのことを表示する標識が誇らしく立っている。「国鉄最高駅野辺山標高一、三四五米六七」と――。これだけではまだ自慢しきれないとみえて、なんとこの駅の入場券には、その裏面にまでこのことを刷り込んであるから、文字どおり〝お山の大将〟もここにきわまったという感じではないか。

鉄道は登場人物の内面を表徴する

堀辰雄は前後二回、中央本線の富士見にある高原療養所に入院した。

最初は、昭和六年（一九三一）四月から六月までで二十七歳のときである。医者や看護婦のいうことを聞かない患者だったという。

二度目は昭和十年（一九三五）七月、三十一歳のときで、このときは自分の病状も思わしくなかったが婚約者・矢野綾子のほうがずっと重病人だった。十二月六日に綾子をここで失っている。

この二度の体験が、名作『風立ちぬ』『菜穂子』の二作を生むことになった。『風立ちぬ』のほうは、矢野綾子とともに暮らした二度目の経験をベースにして書かれ、『菜穂子』は、松村宗瑛をモデルにして菜穂子というヒロインを創出し、入院体験をさせる完全なフィクションである。

当然、富士見の駅が療養所下車駅として登場する。『風立ちぬ』では次のように描写されている。

私たちの乗った汽車が、何度となく山を攀《よ》じのぼったり、深い渓谷《けいこく》に沿って走ったり、またそれから急に打ち展《ひら》けた葡萄畑《ぶどうばたけ》の多い台地を長いことかかって横切ったりしたのち、やっと山岳地帯へと果てしのないような、執拗《しつよう》な登攀《とうはん》をつづけだしたころには、空はいっそう低くなり、いままではただ一面に鎖《と》ざしているように見えた真っ黒な雲が、いつの間にか離れ離れになって動きだし、それらが私たちの目の上にまで圧《お》しかぶさるようであった。

（中略）

まだ三時ごろだというのにもうすっかり薄暗くなった窓の外へ目を注いだ。ところどころに真っ黒な樅《もみ》をまじえながら、葉のない落葉松《からまつ》が無数に並びだしているのに、すでに私たちは八ガ岳の裾《すそ》を通っていることに気がついたが、まのあたりに見えるはずの山らしいものは影も形も見えなかった。

……

汽車は、いかにも山麓らしい、物置小屋とたいしてかわらない小さな駅に停車した。駅には、高原療養所の印のついた法被《はっぴ》を着た、年とった、小使が一人、私たちを迎えに来ていた。

例によってすぐれた写生力だが、これは、矢野綾子と二人で療養所へ入ったときの体験をそのまま書いたものであろう。

これが『菜穂子』になると、ぐっと趣が変わってくる。鉄道は、登場人物の内面を表徴するかのように、あるときは雨が激しく降りしきる中で、あるときは猛吹雪の中で取り扱われるのである。

菜穂子の夫の、商事会社に勤める黒川圭介が、その性格と母への気がねから一度も訪ねなかった療養所へ、急に菜穂子が死ぬのではないかという予感にとらわれて不安な気持ちで汽車に乗るときが「二百二十日前の荒れ模様の日」で「烈しい吹き降りの中」だった。

汽車が山間らしい外の駅と少しも変らない小さな駅に着《つ》いた後、危《あや》うく発車しようとする間ぎわになって、それが療養所のある駅であるのに気づいて、圭介は慌《あわ》てて吹き降りの中にびしょ濡《ぬ》れになりながら飛び下りた。


こうした描写の中に、圭介の心理が実にうまく浮き彫りにされている。

この圭介が、菜穂子との対面をはたし、ともかくもその無事を確かめ、だがすっかり冷えきった菜穂子との間を再確認した形で東京へ戻るときは嵐の中である。

季節が移って、冬——。結婚していらい音沙汰のなかった明の不意の訪問を受けたりしたことがあって、ある雪のひどく降る日、菜穂子は衝動的に療養所を抜け出してしまう。


雑木林を抜けて、裏街道を停車場のほうへ足を向けた菜穂子は、前方から吹きつける雪のために、ときどき身を捩《よ》じ曲げて立ち止まらなければならなかった。最初は、ただそうやって頭から雪を浴びながら歩いて来てみたくて、裏道を抜ければ五丁ほどしかない停車場の前あたりまで行ってすぐ戻って来るつもりだった。そのつもりで、けさ圭介の母から風邪《かぜ》気味で一週間ほども寝ていると言って寄こしたので、それへ書いた返事を駅の郵便函《ばこ》にでも投げて来ようと思って、外套の衣嚢《かくし》に入れて来た。

（中略）

北向きの吹きさらしな停車場は一方から猛烈に雪をふきつけられるので片側だけ真白になっていた。その建物の陰に駐《と》まっている一台の古自動車も、やはり片側だけ雪に埋っていた。


ここから先が実は『菜穂子』全編のクライマックスである。下り列車が着いて発車したあと、入れちがいに入って来る上り列車のことを考えて、菜穂子は動揺する。

　それまでストーヴを囲んでいた十数人の人たちが再びそこを離れだした。菜穂子はそれに気がつくと、急に出札口に近寄って、紙入れを出しながら窓口のほうへ身をかがめた。

「どこまで?」中から突慳貪《つっけんどん》な声がした。

「新宿。……」菜穂子はせき込むように答えた。

そして、菜穂子は上り列車の人となる。この、「片側だけ真白に雪のふきつけた列車」が、乗ってしまったことを後悔したり、かと思うと早く国境を越えてしまえばいいと思ったり、激しく揺れ動く菜穂子の心情そのままに、雪嵐の中を突き進んで行く描写は圧巻である。つまり菜穂子の胸中にも、この猛吹雪は舞い狂っていたのである。

　東京で圭介に会った菜穂子は、そのことからはこれといった話の進展はなく、すぐ療養所へ戻ることを決意するが、こうしたアクションを起こしたことによって、自分自身の新しい人生を探り当てたような気持ちになれる、というところでこの物語は終わる。その意味で駅に行き、列車に乗って東京へ出る件《くだり》はやはりクライマックスだったわけである。

駅は南西を向いていた

　富士見の駅で、三十三代大村勝芳駅長からいろいろと話を伺った。

『菜穂子』や『風立ちぬ』の舞台となった療養所は昭和四十八年（一九七三）に改築されて、今は公営の病院になっているという。結核が不治の病《やま》いでなくなり、療養所としての機能を必要としなくなった

❹開業当時の富士見駅（右端の建物）
❺『菜穂子』の舞台となった富士見駅は南西向きだった

からである。やはり時代が変わったということだろう。

富士見駅はこの間、どう変化しただろう？

開駅は明治三十七年（一九〇四）十二月二十一日で、くしくも堀辰雄が生まれたのはこの七日後の二十八日である。

堀辰雄が第一回目の入院をした昭和六年（一九三一）の乗車客は一日平均三百四十三人、収入は百五十八円六十銭、二回目の昭和十年（一九三五）は三百十一人で百九十九円四十七銭である。今はどうか。やはりここも二月と八月とでかなりの開きがあるが、二月の総乗車客が四万九五七四人（うち定期三万四四七〇人）、収入八百五十四万二七〇円、八月が六万三三六六人（同三万七三八六人）、一八九八万七六八〇円と、まさに隔世の感である。

現在の職員数は二十一名で、信濃追分、野辺山と較べてみていろいろな意味で一番大きい。

現在の木造平屋建ての駅舎がいつ改築されたか定かでないが、八ヶ岳を右斜め後方にすえての風情はなかなかのものである。

疑問なのは、堀辰雄が『菜穂子』の中で、「北向きの吹きさらしな停車場」と描写していることで、今もそうだが、昔の写真を見ても駅舎はその逆に南を向いているのである。正確には南西向きなのだが、それにしてもおかしい。とても錯覚したとは思えないから、どうやらドラマ効果をあげるために意図的にそうしたのであろう。そういえばどこにも富士見駅と書いてないから、別に北向きでもいいわけだが……。

堀辰雄は、昭和十七年（一九四二）に軽井沢から追分に別荘を移し、多恵子夫人とともに戦後ずっとここに住み闘病生活を続けたが、昭和二十八年（一九五三）五月二十八日、ついに没した。四十九歳だった。

（『旅と鉄道』No.33〈'79秋の号〉）

……………………

平成四年（一九九二）夏、十三年ぶりに軽井沢町追分の地を訪れた。長女が卒業した女子大の寮が油屋から少し北に入った林の中にあり、ここに一家五人で逗留して羽根を休めた。この時、信濃追分駅が昭和五十四年（一九七九）当時のままであることを確認した。堀辰雄も乗り降りした、大正十二年（一九二三）十月一日に開業した当時からのこぢんまりした木造の駅舎である。

残念ながら、それ以降今日に至るまで、信濃追分駅には降り立っていない。三年前の平成十五年（二

❻

❼

❻今も変わらない駅舎
無人化されて久しい時間が流れた後
ここに暮しの手帖社の雑誌
『あたらさん』の編集室が設けられた
（写真提供／暮しの手帖社）
❼堀辰雄夫妻がかつて住んでいた場所に
「堀辰雄記念文学館」が設立された
堀辰雄が新築して移り住み
終焉を迎えた家もこの中にある
（写真提供／軽井沢町）

〇〇三）夏、各駅停車の電車で通過したのが、その後の唯一のかかわりである。この時、駅舎を一瞥したが、変化はないようだった。

信濃追分駅は昔のままだが、この駅を取り巻く鉄道事情は昭和五十四年当時と比べて一変した。この地域の信越本線が国鉄からJR東日本へと移り、それがさらに第三セクター鉄道のしなの鉄道へと移管されたのである。平成九年（一九九七）十月一日、長野新幹線が開業した日のことであった。すでにこの頃には無人化されていたが、この駅にはさらに数奇な運命が待ち受けていた。なんと、昨平成十七年（二〇〇五）十月に東京の出版社、暮しの手帖社が新雑誌『あたらさん』を創刊するにあたって、その編集室をこの駅に設けたのである。その経緯については割愛するが、無人駅の駅舎が編集室になるなどと前代未聞のことで、かなり話題を呼んだから記憶にとどめているかたも多いことだろう。

かつての追分宿のあたりは、インターネットなどで確認する限り目立った変化はないようである。油屋もそのままだし、中山道から北国街道が分岐する分去れ付近にも変わりはない。唯一変わったとすれば、かつて堀辰雄が住まいし、そして亡くなった家を中心にして軽井沢町の手で「堀辰雄記念文学館」が平成五年（一九九三）四月一日に開館したことだろう。ここには直筆の原稿や遺品、それに未亡人から寄贈されたという膨大な蔵書が保存されている。堀辰雄死して半世紀余、堀辰雄は今もこの地で光芒を放ち続けているのである。

『斑雪《はだれ》』の舞台になった小海線の野辺山駅は、その後数回訪れた。昭和五十四年当時の駅舎は二代目で、すでに堀辰雄が訪ねた時代のものではなくなっていたが、ハイカーや登山客、行楽客に親しまれたこの駅舎は解体され、四年後の昭和五十八年（一九八三）三月にとんがり帽子の時計塔のある瀟洒な駅舎に生まれ変わった。海抜一三四五・六七ｍ、ＪＲ最高所の駅として今も人気は高い。

『風立ちぬ』、『菜穂子』に登場する中央本線の富士見駅は、昭和五十四年当時、駅舎がいつ頃建てられ

❽

❾

❽とんがり帽子のモダンな駅に
生まれ変わった野辺山駅
車でやってきた観光客も
この駅で記念写真に納まるのが定番になった
❾富士見駅
一部改築したうえで化粧直しされたが
基本的には変化がない

たかは不明だったが、ＪＲ東日本長野支社の広報室で調査してもらった結果、昭和十六年（一九四一）十一月だったことが判明した。したがって、昭和一桁時代に書かれた『風立ちぬ』、『菜穂子』時代の駅舎ではない。現在もなお、この駅舎が使用されているが、一部改築されて少し雰囲気を変えたようである。それは、玄関がそれまではフラットな屋根だったものが三角屋根に変わり、全体の塗装がカラフルになったことである。平成二年（一九九〇）二月のことだったという。

永遠の名作『雪国』

上越国境に川端康成を追って

上越線
越後湯沢駅
土樽駅

それは巧みな書き出しで始まった

　国境の長いトンネルを抜けると雪国であった。

いまさらいうまでもなく、ノーベル賞作家川端康成畢生の名作『雪国』の冒頭の一節である。『雪国』と聞いただけで、この書き出しが口をついて出るほどに、人口にすっかり膾炙《かいしゃ》されている。

書き出しを読んで、ああこれは誰々のこれこれという小説だなとわかる例はほかにも無数に挙げられようが、題名を聞いただけで書き出しが彷彿してくるというのは、そうはない。

　国境の長いトンネルを抜けると雪国であった。夜の底が白くなった。信号所に汽車が止まった。

『雪国』の場合だと、まずたいていの人がここまでは空でいえるはずである。

余談になるが、こんな例はほかには夏目漱石の、吾輩は猫である。名前はまだ無い。

ではじまる『吾輩は猫である』とか、

親譲りの無鉄砲で小供《こども》の時から損ばかりしている。

の『坊っちゃん』、それに、

山路を登りながら、こう考えた。
智に働けば角が立つ。情に棹させば流される。意地を通せば窮屈だ。とかくに人の世は住みにくい。

ではじまる有名な『草枕』なんかが挙げられよう。
あとは、島崎藤村の大作『夜明け前』の、

木曽路はすべて山の中である。

ぐらいしか私には思い浮かばない。
漱石に三つも集中しているのは、おそらくたんなる偶然ではないだろう。何度も声に出して読んでみればわかることだが、歯切れがよくてリズムに乗りやすく、だからそれだけ覚えやすい。私には漱石が小説作法上の一つの重要なポイントとして、書き出しのリズム感を重視していたように思われる。

話がすっかり横道に入り込んでしまったが、「書き出しのリズム感」という点では、川端康成の『雪国』も全く同じである。いや、『雪国』の場合はさらに、読者もまた乗客のひとりとして汽車に乗り、トンネルという暗黒の世界から雪国という純白の世界（このあざやかな色彩の対比！）へと、作者の巧みな語り口に誘われて移動させられるから、リズム感はいっそう増幅されていることになる。

『雪国』は書き出しの一節に集約されている

近代から現代へといたるおよそ無数ともいってよい文学作品の中から、鉄道を描き出したシーンを拾い上げ、分析するようになってずい分になるが、そんな過程で、『雪国』に始まり『雪国』に終わる、とそんな感慨を抱くことが何度もあった。今でも、そう思う気持ちに変わりはない。もうずっと昔のことなので記憶はさだかでないが、『雪国』を読んでそのすぐれた鉄道描写に触発されて、こんなことを私は思い立ったような気がする。

つまりはそれほどに、『雪国』の鉄道シーンは私の脳裡に焼きついているわけで、それもまた、先に引いた冒頭の部分によって特に印象が強められている。私からみれば、『雪国』一編は、もうほとんどこの書き出しに集約されたかの感があるのである。

もちろん、その後に続く車中シーン――無為徒食の都会人島村がかつて一度だけ馴染《なじ》んだ雪国の温泉芸者駒子を訪ねてふたたびその温泉場へと向かう汽車の中で、病気の男に付き添う若い女葉子に関心をもってずっと観察するシーンも、確かにすばらしい。逆にいえば、こういう支えがあるからこそ冒頭の部分がよりいっそう引き立つということにもなるわけだ。

車窓の夕景色を眺めようと、水蒸気で濡れた窓を指で拭いたら思いがけず若い女、つまり葉子の顔がそこにあった——このシーンはいわば、川端康成の〝発見〟として、やはりのちに有名になる。
このあたりは読者もまた乗客のひとりになりきって、病人を介抱したり、信号所で窓を開けて駅長と話を交わす葉子や、それをじっと観察する島村をさらに観察するといった、作中人物との一体感を味わうことができるほどにすばらしいシーンである。

だがそれでも——、私は書き出しの、たった三節の短い文章にどうしても拘泥してしまう。それほどに、この部分は私の心をしっかりとらえて放さないのである。

いったい、この魔力はなんなのだろう。私が鉄道ファンだからだろうか。

それもあるだろう。ノーベル文学賞という、日本人としては唯一の至高の栄誉をかち得て（にもかかわらず、この作家は自殺せねばならなかったが）、後世に大きな名前を残した大作家の、代表作のひとつと目される作品の書き出しが鉄道だったということは、確かに鉄道ファンには嬉しいことには違いない。

しかし、真因はおそらくそんなちっぽけなことではあるまい。

たったこれだけの文章を生み出すために、さまざま呻吟したであろう、文学的求道者としての作家の苦悩——、これこそが私の、いや万人の心にしっかと食い込んでくる名文を世に出すエネルギー源だった！　そう断定しても多分間違いではないはずである。


『雪国』は作者自身が思いもよらぬ素地を宿命的にもっていた

そうはいっても、原作者がもうすでに故人となってしまった今、そのことを質《ただ》す術は全くない。

もちろんこの作家は、『雪国』について生前多くのことを書き残した。しかし、そんな中にもこの書き出しについて示唆する言葉は見当たらない。だから、今のわれわれにできるのは、『雪国』自体の生い立ちを克明にたどって、その考証の中から、この書き出しが生まれ得た秘密を探り当てる、というよりは想像するということだけである。

『雪国』の初出は、昭和十年（一九三五）新年号の『文藝春秋』においてであった。といっても、この作品に最初から『雪国』という題がつけられていたわけではない。このときの題は、『夕景色の鏡』というのだった。

そして、同年同月号の『改造』に、同じ作者による『白い朝の鏡』という作品が掲載された。両者とも、題の最後が〝鏡〟となっているのでもわかるように、この二作はじつは姉妹の関係にあった。

後年、川端康成は創元社版の『雪国』（昭和二十三年）のあとがきに、この間の事情を次のように解説している。

はじめは『文藝春秋』昭和十年一月号に四十枚ほどの短篇として書くつもり、その短篇一つでこの材料は片づくはずが、『文藝春秋』の締切日に終りまで書ききれなかったために、同月号だが締切の数日おそい『改造』にその続きを書き継ぐことになり、この材料を扱う日数の加わるにつれて、余情が後日にのこり、初めのつもりとはちがったものになったのである。私にはこんな風にして出来た作品が少くない。

考えようによってはずい分不遜な話だが、川端は当時三十六歳、作家としての地位もほぼ固まっていたからこんなこともできたのだろう。

要するに『雪国』は、作者自身が思いもかけないほど発展する素地を執筆当時から宿命的に持っていたのである。

事実、このモチーフはたんにこの二作では終わらず、激動の昭和十年代にほとんどマイペースで書き継がれ、戦後の昭和二十二年（一九四七）十月、『小説新潮』に発表した『続雪国』でようやく一応の完結をみたのであった。

軍当局の厳しい検閲下にあって、これほどに官能的な小説がよくまあ弾圧を受けなかったものだと思う。軍の眼は、やはり左翼の反戦思想に向けられていたのだろうか。

『雪国』の発表手順は、次の通りである。

(1) 夕景色の鏡　『文藝春秋』昭和十年一月
(2) 白い朝の鏡　『改造』昭和十年一月
(3) 物語　『日本評論』昭和十年十一月
(4) 徒労　『日本評論』昭和十年十二月
(5) 萱の花　『中央公論』昭和十一年八月
(6) 火の枕　『文藝春秋』昭和十一年十月
(7) 手毬唄　『改造』昭和十二年五月
(8) 雪中火事　『中央公論』昭和十五年十二月
(9) 天の河　『文藝春秋』昭和十六年八月
(10) 雪国抄　『暁鐘』昭和二十一年五月
(11) 続雪国　『小説新潮』昭和二十二年十月

当時の有力文芸雑誌を総動員しての断続連載で、このさして長くもない小説は、戦前戦後をはさみ十二年九カ月を費してその原型が完成した。ここで原型と書いたのは、翌昭和二十三年（一九四八）十二月に創元社から単行本として発刊されたときには相当に手が入れられていたからである。これが現在の『雪国』である。

しかもなお、川端康成はこれで終わったとは思っていなかった。いつかは続きを書き足そうと考えていたフシがある。ぐっと後年の話だが、愛弟子の北条誠が、「ノーベル文学賞受賞の時、まだ書き足りない、続きを書かなければならないと、私につぶやいた」とこう証言している。

訂正・削除・加筆からこの名作は生まれた

これが、一作に賭ける作家の執念というものであろう。「続きを書」くこともさることながら、一度発表した部分を訂正したり削除したり、さらには加筆したりと、川端康成の場合は特にこうした性向が強かった。

さて、そこでようやく、書き出しのあの名文がいつどこで生まれたかという論考に入るわけだが、そのためにまずは、最初に発表された『文藝春秋』昭和十年（一九三五）一月号、『夕景色の鏡』の出だしを眺めてみよう。

濡れた髪を指でさわった。——その触感をなによりも覚えている、その一つだけがなまなましく思い出されると、島村は女に告げたくて、汽車に乗った旅であった。
「あんた笑ってるわね。私を笑ってるわね。」

「笑ってやしない。」

「心の底で笑ってるでしょう。今笑わなくっても、後できっと笑うわ。」と、最後までは拒み通せなかったことを、その時女は枕を顔に抱きつけて泣いたのだったけれども、彼はやはり水商売の女だったと笑って忘れるどころか、それがあったために反って、いつも女をまざまざと思い浮べたくなるのだった。ところが、目で見たものや耳で聞いたものはいうまでもなく、脣で触れた彼女も、はっきり印象しようとあせればあせるほど、つかみどころがぼやけてゆくのだった。記憶の頼りなさを知るばかりだった。ただ左手のこゆびだけが彼女をよく覚えていた。島村はそのゆびを不気味なもののように眺めていることがあるくらいだった。自分の体でありながら、自分とは別の一個の生きものだ。それに彼女がやわらかくねばりついていて、自分を遠くの彼女へ引き寄せる。

定着した『雪国』の書き出しとは似ても似つかぬ滑り出しである。この部分は『雪国』では、信号所に汽車が停まって、葉子が「悲しいほど美しい声」で駅長と、その駅に勤務する弟のことを話し合うシーンのあと、島村がこの病人連れの娘に関心を抱くようになるきっかけをつくるシーンとして、さりげなく、しかし鋭く挿入されている。

もう三時間も前のこと、島村は退屈まぎれに左手の人さし指をいろいろに動かしてながめては、結局この指だけが、これから会いに行く女をなまなましく覚えている、はっきり思い出そうとあせればあせるほど、つかみどころなくぼやけてゆく記憶のたよりなさのうちに、この指だけは女の触感で今もぬれていて、自分を遠くの女へ引き寄せるかのようだと、不思議に思いながら、鼻につけてにおいをかいでみたりしていたが、ふとその指で窓ガラスに線を引くと、そこに女の片目がはっきり浮き出たのだった。彼は驚いて声をあげそうになった。しかしそれは彼が心を遠くへやっていたからのことで、気がついてみればなんでもない、向こう側の座席の女が写ったのだった。外は夕闇《ゆうやみ》がおりているし、汽車のなかは明りがついている。それで窓ガラスが鏡になる。けれども、スチイムの温《ぬく》みでガラスがすっかり水蒸気にぬれているから、指でふくまでその鏡はなかったのだった。

比べてみればはっきりすることだが、こちらの方がぐっと抒情的で、かつ官能的である。駒子を覚えている指が、「左手のこゆび」から「左手の人さし指」に変えられているあたり、じつに意味深長といわなければならない。

先に『雪国』は昭和二十三年（一九四八）に一本にまとめられたと書いたが、じつは戦前にも一度本になったことがある。昭和十二年（一九三七）六月のことで、前記『（7）手毬唄』までに新稿を加えた状態でである。

そのおりに、これまでさまざまに私がもてあそんできた例の書き出しも初めて登場したのである。このときに『雪国』全体のトーンが決定したといっても過言ではあるまい。

書き出しの成功により『雪国』全編の人気が定着した、とまで言い切るのはどうかと思うが、『夕景色の鏡』のままの書き出しだったら、はたしてこれほどまでに人気が出たかどうか……、書き出しの重要性を示すひとつのこれは好例である。

湯沢の町は『雪国』とともに発展した

『雪国』の舞台は、これもすでによく知られているように、上越線の湯沢温泉である。場所が知れわたることは、必ずしも作者の本意とするところではなかったが、そんな作者の気持ちとは裏腹に原作の人気が高まるにつれて舞台となった場所や登場人物のモデルがあれこれ詮索されるようになってしまった。

「雪国」の場所は越後の湯沢温泉である。私は小説にあまり地名を用いない流儀だった。地名は作者ならびに読者の自由をしばるように思えるからである。また地名を明らかにすると、その土地を確実に書かねばならぬように思うからである。ある土地を書いてその土地に住む人に読まれてその人の実感をひらくということは、まれであり、むずかしい。旅行者の目でその土地を書くことはほとんど不可能に近いのかもしれぬ。私が旅先にいて、その土地の書かれた小説や紀行文を読んだ経験でも、失望することが多かったし、まちがいも案外多いのだった。たいてい描写が薄手に感じられる。

人物のモデルについては、これはなおはなはだしいだろう。自分がモデルにされた場合を思ってみるといい。「雪国」の駒子なども、私は実在の人とわざとちがえて書いたところが多い。顔形など似もつかぬ。モデルを見に行った人が意外に思ったのは当然である。

昭和二十七年（一九五二）十二月に第一刷を出した、岩波文庫版『雪国』のあとがきに書いた文章である。場所やモデルの表記についてじつに適確で鋭い指摘がなされていて、ものを書く人にはよくうなずけることでもあり、また耳の痛いことでもあろう。

しかし、作者のこうした気持ちにもかかわらず、湯沢町はその後、『雪国』の湯沢温泉として全国的にすっかり有名になってしまった。宿は高半旅館、ヒロイン駒子のモデルは松栄という芸者ということまでわかって、多くの人が湯沢を、松栄を見るためにそこへ出かけた。今でも、スキー客のみならず、この作品に魅かれて訪れる人が多いという。

もちろん、温泉は当然のこととしてスキー場以外にこれといった誘致要因のない湯沢町がだまっていたはずもないし、これからも大いに宣伝することだろう。

こういう現象はどこにでもあることで、ある意味では当然すぎるくらい当然のことなのだが、しかし、松栄という芸者は迷惑だったにちがいない。芸者をひいて三条の小高久雄という仕立屋の妻小高キクとなり、平凡な生涯を送ったが、もし今のようにマスコミが発達していたらその中でもみくちゃにされて家族ともども人生が大いに狂うということがあるいはあったかもしれない。彼女自身も、川端康成とはちがった意味で、「私は関係ない」という太い一本の線を貫き通したが、それだけの判断力を持っていた彼女はやはり賢明であった。

巻頭シーンの栄誉は土樽駅

越後湯沢駅のことはあとでくわしく触れるとして、『雪国』の舞台が湯沢町であることがはっきりした以上、冒頭の「信号所」のこともはっきりさせる必要がある。

いうまでもなくこの信号所は、清水トンネルと新清水トンネルの新潟県側の入口と出口のところにある土樽信号所（現在は駅）のことである。

群馬と新潟の県境に立ちはだかる急峻な谷川連峰の一ノ倉岳、茂倉岳といった主峰の真下を貫く清水、新清水の二大トンネルが終わって、鉄道が最初に顔を出す新潟県の入口、それが土樽である。つまりは鉄道によって拓かれた場所であり、それ以外のなにものでもない。海抜高度は五百九十九メートルある。

それ以前は、旅人はこの国境を越えるために後閑から月夜野を経て三国峠にいたり、湯沢へと降りていく三国街道、現在の国道十七号線だけが唯一のルートだった。

『雪国』では、冒頭の三節に続けて次のように信号所のシーンが描出される。

❶

❷

❸

❶『雪国』の舞台となった越後湯沢駅
上越新幹線の工事も着々と進み
往時の面影はない
❷冒頭の「信号所」は現在の土樽駅
しかし碑すら建っていない
❸現在『雪国』の冒頭は
新清水トンネルが受け持っている

向こう側の座席から娘が立って来て、島村《しまむら》の前のガラス窓を落とした。雪の冷気が流れこんだ。娘は窓いっぱいに乗り出して、遠くへ叫ぶように、

「駅長さあん、駅長さあん。」

明りをさげてゆっくり雪を踏んで来た男は、襟巻《えりまき》で鼻の上まで包み、耳に帽子の毛皮をたれていた。

もうそんな寒さかと島村は外をながめると、鉄道の官舎らしいバラックが山すそに寒々と散らばっているだけで、雪の色はそこまで行かぬうちに闇《やみ》に飲まれていた。

「駅長さん、私です、ごきげんよろしゅうございます。」

「ああ、葉子《ようこ》さんじゃないか。お帰りかい。また寒くなったよ。」

「弟が今度こちらに勤めさせていただいておりますのですってね。お世話さまですわ。」

「こんなところ、今に寂しくて参るだろうよ。若いのにかわいそうだな。」
「ほんの子供ですから、駅長さんからよく教えてやっていただいて、よろしくお願いいたしますわ。」
「よろしい。元気で働いてるよ。これからいそがしくなる。去年は大雪だったよ。よく雪崩《なだ》れてね、汽車が立ち往生するんで、村もたき出しがいそがしかったよ。」（中略）
ラッセルを三台備えて雪を待つ、国境の山であった。トンネルの南北から、電力による雪崩報知線《なだれほうちせん》が通じた。除雪人夫延べ人員五千名に加えて消防組青年団の延べ人員二千名の出動の手配がもう整っていた。

読んでいて、思わず襟元をキュッと締めつけたくなるような、臨場感がいっぱいの冬の山中の寂しい夜の信号所の情景が見事に展開されている。美しい導入部である。

『雪国』の舞台は確かに湯沢だが、この巻頭シーンの栄誉だけは湯沢はこの土樽駅に譲ってよい。越後湯沢駅の近く、主水《もんど》公園という小さな公園の一角に、川端康成直筆の文学碑があるが、「国境の長いトンネルを抜けると雪国であった。夜の底が白くなった」までで、「信号所に汽車が止まった」は省《はぶ》かれている。ここまでを入れた碑が、土樽駅の構内にもう一つあってもいいと、私はかねてからそう思っているのだが、どうだろう。

なお、余談になるが「国境」を「こっきょう」と読むのか、「くにざかい」と読むのかが、作者によっても明らかにされてないし、誰も言及していない。大事なことだと思うのだが、これはどうしたことだろう。私は、昭和十年代という時代設定から推して一人で勝手に「くにざかい」と呼びならわしている。このほうが情感がより深まるように思うからである。

土樽駅は上越線の歴史

土樽信号所は、昭和六年（一九三一）九月一日に開業した。駅に昇格したのは、昭和十五年（一九四〇）一月十五日のことである。つまりは、川端康成が七回まで断続して書き継いで一度単行本化したあとのことで、結果的にはこれはよかった。寂しさを強調するには、やはり駅よりは、信号所のほうがいい。

先にも述べたように、土樽駅は清水トンネルの新潟側の入口にある。ということは、土樽駅を語ることは清水トンネルを語ることであり、そのことはとりもなおさず上越線の歴史を語ることである。

上越線は当初、群馬側と新潟側とに分かれて開業した。前者は上越南線といい、大正八年（一九一九）十一月工事に入り、高崎―渋川間がまず大正十年（一九二一）七月一日に開通、以後十三年（一九二四）三月三十一日沼田、十五年（一九二六）十一月二十日後閑、そして昭和三年（一九二八）十月三十日水上へと到達した。

一方、新潟側の上越北線は、大正九年（一九二〇）十一月一日宮内―東小千谷（現在の小千谷）間を開業したのち、大正十年（一九二一）八月五日越後川口、十一年（一九二二）八月一日越後堀ノ内、十二年（一九二三）九月一日浦佐、同十一月十八日塩沢と小刻みに延長し、十四年（一九二五）十一月一日越後湯沢まで開通した。

南線は南から、北線は北から谷川に迫ったわけである。

そして問題の清水トンネルは、大正も末期の十五年（一九二六）六月に起工、五年後の昭和六年（一九三一）八月に完成を見た。全長九七〇二メートル、当時としては日本最長のトンネルであった。前後に第一・第二湯檜曾トンネル、第一・第二松川トンネルの二つのループトンネルを配した大トンネルである。なお、当初清水峠の下を貫く予定で清水トンネルと名付けられたが、その後茂倉岳の下を通ることになったものの名前だけはそのまま残された。清水峠はここより北方六キロのところにある。

　こうして、清水トンネルの開通とともに土樽駅は誕生したわけである。以来四十九年、木造の小さな駅舎は幾多の風雪に耐えて今もなお健在だが、その後昭和三十九年（一九六四）九月三十日複線化完成により構内は大きく様相を変えた。

　それまでは山裾と駅舎の中間部分に枕木一本分の幅のホームがあるきりだったのが、現在そこは流雪溝となり、そこにニジマスが放流されてドン行客の目を楽しませている。その左右を本線が走り、山側に下りホーム、駅舎部分は上りホームと二面ホームになった。この二つはトンネル寄りにある袴線橋で結ばれている。その限りでは堂々たる構えで、もはや信号所の面影はない。

　清水トンネルもまた、複線化にともない駅からみて右側に全長一万三五〇〇メートルの新清水トンネルが新たに作られ、上りを旧トンネル、下りを新トンネルが受け持つようになった。そのときから、『雪国』の冒頭の一節は新清水トンネルによってしか体験できなくなってしまったわけである。

　駅とはいってもこの付近には歩いて二十分のところに戸数三十八、人口百六十九の土樽本村があるきりで、しかもここの人はほとんどが車で越後中里か越後湯沢へ出てしまうためこの駅はあまり利用しない。かつては、『雪国』にも出てくる国鉄官舎が西側の段丘地にあり、ここに四十世帯ほどが住んでいたがそれもなくなってしまった。

　土樽駅に乗り降りする人はほとんどが首都圏からの客である。ということはつまり、谷川への登山客ということを意味する。だから当然、季節波動、曜日波動が激しい。昭和五十四年度の一日平均で乗車客五十人、降車客四十七人だが、一番多い日だと乗車客が六月二十四日の三百五十人、降車客が二月十一日の三百三十二人だった。収入は年間で一七九三万円。旅客列車の発着は上下それぞれ八本ずつ。もちろんみなドン行である。ほかに上下合わせて五十四本もの特急・急行が駆け抜けていく。その乗客は誰もかつての一面ホームが流雪溝になり、そこをニジマスが泳いでいることなど知りはしない。いや、この駅の存在すら知らないかもしれない。

流雪溝といえば、積雪は三・九メートルにもおよぶという。人的環境も自然環境も、ともに厳しい。この駅を守るのは堀川成夫駅長以下九人、常時三人が交替で勤務している。堀川さんは今年の三月、長岡からやってきた。三十一代目の駅長である。

湯沢もまた変貌する

最後に越後湯沢駅――。

ところがそれから半時間ばかり後に、葉子たちも思いがけなく島村と同じ駅におりたので、彼はまたなにか起こるかと自分にかかわりがあるかのように振り返ったが、プラット・フォウムの寒さに触れると、急に汽車のなかの非礼が恥ずかしくなって、あとも見ずに機関車の前を渡った。

男が葉子の肩につかまって線路へおりようとした時に、こちらから駅員が手を上げて止めた。

やがて闇から現われて来た長い貨物列車が二人の姿を隠した。

この駅の開業は前述したように、大正十四年（一九二五）十一月一日のことである。その後清水トンネル開通後は、水上―石打間はすでに電化されていたから、ここに出てくる機関車は電気機関車であろう。

川端康成が『雪国』を執筆したころには、ほぼ十年あまりが経過していたことになる。

駅舎はその後、昭和二十年（一九四五）一月に雪崩により発生した火災のため焼失してしまった。現在のそれはだから二代目である。そのおり、それまでのすべての記録が燃えてしまったのは惜しまれる。

幸い、湯沢町の公民館に貴重な写真が数葉保存されていて、昨年四月、文学碑のある主水公園に、旧定時制湯沢高校を改造してオープンした「湯沢町文化財民俗資料館」の川端康成のコーナーに他の資料とともに展示してあって、往時を偲ばせてくれる。

一枚は開通式の日の駅頭風景。おそらく村中総出であろう、着飾った老若男女が駅前広場を埋め尽くしている。

もう一枚は、城平スキー場から湯沢温泉全体を見おろした写真で、駅をはさんで山側と魚野川寄りの温泉場の風景が手にとるようによくわかる。はるか彼方の山裾には川端康成が常宿にした高半旅館もみえている。昭和十年（一九三五）ころのものというから、まさに『雪国』が発表されはじめたころのものである。

それからもう一枚、昭和十一年（一九三六）の駅のホームの写真がある。うしろに広告の看板が三つもあるところをみると、はや温泉場として都会人に注目を浴びるようになっていたのかもしれない。

湯沢町は現在、人口約八八〇〇、知名度が高い割には小さな町である。だから駅もまた苦戦を免れない。それでも冬場は、なにせスキー場が十七もあるから首都圏から相当の客が〈とき〉に乗ってやってくるが、一度シーズンをはずすと町全体が閑散となってしまう。今、町も駅も一年を通しての観光客誘致に必死である。今年三月に赴任した二十六代小林乙作駅長も精力的に動きまわっている。

ちなみに、越後湯沢駅の昭和五十四年度の概況は、職員総数二十八人、旅客列車五十八本。年間収入は二億三五四八万円、一日平均の乗車客は一四一七人といったところ。先にも書いたように季節波動が激しく、冬場はもっと多くなる。

❹

❺

❹昭和10年当時の湯沢村
駅の左側が現在の温泉街
中央の山麓の家は駒子のいた高半旅館
❺新しい越後湯沢駅
上越新幹線の新潟県最初の駅となる
湯沢も時の流れに変貌して行く

しかし、越後湯沢駅は今後に期待の大きい駅である。上越新幹線が開通すれば、新潟県最初の駅として、特急が停車（全部ではないが）するようになるからだ。上野から一時間ちょっとという時間は、日帰り可能な時間でそれが気にならないこともないが、まずは観光地としては有利な条件の一つだろう。同時に駅勢圏もぐんと拡大するわけで、小林駅長は十日町や六日町、塩沢、津南といったところまで広げて十三万人ぐらいにはなるだろうと試算している。

当然二代目駅舎は姿を消す。工事中の新駅舎を見せてもらったが、山側と川側がコンコースで結ばれ、自由に往来できるようになるなど、利用者にとってもかなり便利になる。地元の熱い期待を担って、今工事は急ピッチである。すでに上屋もかかり、周囲の山から見おろすとまるで軍艦のような偉観が望める。『雪国』の湯沢もまた、時の流れとともに刻々とその姿を変えていく。

（『旅と鉄道』No.38〈'81冬の号〉）

越後湯沢と聞くと、たいていの人が温泉、スキー場、そして川端康成の『雪国』のことを思い浮かべることだろう。この三つが、新潟県南端の越後湯沢、正確には新潟県南魚沼郡湯沢町の名を有名にしていることは間違いない。

だが、知名度が高いにもかかわらず、この町の人口は八八〇〇人とそれほど多くない。おまけに、本編を執筆した昭和五十六年（一九八一）当時とほとんど変化はない。人口数が同じといっても、もちろんこの間に個々の住民はかなり入れ替わったはずだが、全国的に地方都市の過疎化が進むなか、増えもしない代わり減りもしないというのはまだいいほうなのかもわからない。

一方、観光地としての越後湯沢に目を転じると、全国的にスキー人口は減り続けているというし、旅行の目的や形態が多様化して温泉人気にも翳りが生じているというから、この町も大きな影響を受けていることだろう。人口が増えないというのは、このあたりに原因の一端があるのかもしれない。

ところで、この町は永い間にわたって『雪国』を一つのシンボルとして大切にしてきた。そのことに今も変わりはない。しかし、歳月はこの町にも少しずつ変化をもたらし、結果として『雪国』の面影がおぼろになってきたような気がしないでもない。

一つには、『雪国』でも頻繁に登場する越後湯沢駅が様変わりしてしまったからである。すでに昭和五十六年の時点で、上越新幹線の開業を目前にして改築工事が進められていたが、昭和五十七年十一月十五日に新幹線が開業すると、駅は従来の在来線の地平ホーム三面五線に加えて、二面四線の新幹線高架ホームを有する堂々たる新幹線停車駅に変身してしまった。そして、これによってそれまで魚野川寄

❻

❼

❻上越新幹線が開通する前までの駅舎
いかにも観光地の駅らしいたたずまいで
まだどこかに昭和の香りをとどめていた
❼現在の越後湯沢駅
旧駅舎と同じ方向を向いている東口である
西口とは自由通路で結ばれている

りに一カ所しかなかった出入口が東口になり、反対側に西口が設けられて、この間を自由通路を兼ねたコンコースで簡単に行き来できるようになった。これ以前の駅舎も『雪国』当時のものではなく、昭和三十四年（一九五九）三月に建て替えられた鉄筋造りの二代目ではあったが、まだ周囲の街並みとよく調和していたように記憶している。こと、越後湯沢駅に関する限り、『雪国』のイメージを彷彿させるものではなくなったことを痛感せざるをえない。

しかし、湯沢町の名誉のために書き添えておくが、本編でも触れた「湯沢町文化財民俗資料館」（今は「湯沢町歴史民俗資料館」と呼ばれているらしいが）も場所は移されたが健在である。「雪国館」という愛称を持ち、『雪国』をテーマにした著名画家の日本画十四点、川端康成が愛用した着物や羽織、湯飲み茶碗などの遺品が展示されているという。冒頭の、「国境の長いトンネルを抜けると雪国であった。夜の底が白くなった」の直筆を刻んだ主水公園の文学碑もそのままに保たれている。また、川端康成が昭和九年（一九三四）から十二年まで滞在して『雪国』を執筆した高半旅館（現在の高半）の「かすみの間」も、当時のままに保存されて公開されているというから、この町が今なお『雪国』の町であることに変わりはないようである。

最後に、『雪国』の書き出しの舞台になった土樽駅だが、駅舎は部分的に修復されたようだが、基本的には本編執筆当時と変化はないらしい。ただし、当時は駅員がいたが、現在は無人駅である。

津軽の俊才　太宰治

恍惚と不安の四十年

東北本線
青森駅
五能線
五所川原駅
木造駅
深浦駅
津軽鉄道
津軽五所川原駅
金木駅
芦野公園駅
津軽中里駅

虚実混合の太宰文学の魅力

日本の文学史上に大きな足跡を残して、太宰治が逝《い》ってから三十余年——その物狂おしいまでに妖《あや》しげな魅力は、今なお少しも失われていない。時代がどのように移り変わろうとも、そのときどきの若者が熱狂的なファンになるという事実が、なによりもそのことを雄弁に物語っている。だが、時間の経過とともに、生前の実像がぼやけてなかば伝説化され、偶像視されるようになってきたこともまた否定できない。

こうした現象はもちろん、波乱に富んだ人生と劇的な生涯の閉じ方といったことと無関係ではあるまい。それからもう一つ、太宰治が書き残した作品の内容とも大きなかかわりがあると私は考えている。

戦前戦後を通じて、たかだか十五年に過ぎなかった文筆活動のあいだにものされた多数の長短編群は、天才作家にふさわしく多彩をきわめ、芥川龍之介と十分に比肩されうるほどである。太宰もまた、芥川同様、小説作法のうえでは奔放に想像力を駆使し、いわば虚構の名人であった。ただ、芥川のそれがテーマの取り上げ方という点で虚構性がかなりはっきりしていたのに対し、太宰の場合は、事実と虚構が巧妙にないまぜになったものが多く、それだけに自身の体験や身辺のことを綴ったものも、相当に用心してかかる必要がある。そうしたことが偶像化に拍車を掛ける一つの大きな背景を成していると、私は推察している。

だがその反面、年譜と作品を照合させながら読めば、興趣がいっそう増すということにもなるわけで、これがまた太宰文学の特色でもあり、尽きぬ魅力の源泉でもあるということにならないだろうか。

津軽地方の鉄道と太宰治の関連を探る

その太宰治は、よく知られているように、青森県津軽地方、金木町の出身である。生家は、この地方きっての分限者であり、大地主にして、父の津島源右衛門は青森県会の有力な議員でもあった。太宰治、つまり津島修治はその六男で、生まれたときは長兄、次兄はすでに世になかったから、男で四番目にあたった。ほかに姉が四人、三年後には弟が加わり（ただし長姉は死亡）、さらに曾祖母、祖母、叔母とその娘たちを入れて十八人という大家族の一員だったことになる。男でも四番目となれば、この地方でオズカス（叔父の滓という意味らしい）と呼ばれるほどの存在で、つまりはこうした立場が後年の太宰治の軌跡を決定づける大きな原因になったこと、これまた周知の事実である。

要するに太宰治は、自身を選ばれた者と観じながらもその位置に安住していることができず、つねに不安にさいなまれながら下降していった――そしてそのことが結果的に「家」に反逆することになってしまった。故郷の津軽を捨ててから、半ば強引に帰郷するまで実に十年の歳月を必要としたのである。以後は、母の病気とその死、戦災という外的要因も加わって亡くなるまで毎年のように帰郷したり、居着いたりするが、多感な青年期の十年間、ついに家に帰れなかった当時の太宰の無念の心情はどんなものだったであろう。

それはともかく、こうした体験が作品にも相当色濃く反映されていて、津軽の描写にも微妙に影響を与えている。ということは、同様のことが津軽地方の鉄道（つまり国鉄五能線と津軽鉄道）についてもいえるわけで、今回はそのへんのところを太宰の作品中よりピックアップして、この地方のいくつかの駅を浮き彫りにしてみたいと思う。なお参考までに、美知子未亡人の回想記、『回想の太宰治』も今回は引用させてもらうことにした。余談ながら、数多く出版された太宰治論とは一味も二味も異なる評論にもなっていて、たんに夫人という立場から主人を美化して眺めただけの回想記ではなく、読み応えのある著作物だということを申し添えておこう。

幼年期——鉄道との出会い

太宰治が生まれたのは、明治四十二年（一九〇九）六月十九日である。このころはもちろん金木に鉄道は通っていなかった。それどころか五所川原にもまだ通じていない状態だった。ただ東北本線（当時の日本鉄道）はすでに明治二十四年（一八九一）に上野—青森間が全通しており、さらにその青森から弘前まで奥羽北線が開通したのが三年後の明治二十七年（一八九四）のことである。

ようやく大正七年（一九一八）になって、陸奥鉄道という会社によって、弘前の二つ手前にあたる川部から五所川原まで鉄道が敷設された。開通したのは九月二十五日であった。このとき太宰治は七歳、金木尋常小学校の生徒だったことになる。五所川原には一時期母と思い込んでいた叔母きえの一家が分家して住んでおり、修治少年も前々年の大正五年（一九一六）にほんのちょっとここで暮らしたことがある。

私は姉たちには可愛がられた。いちばん上の姉は死に、次の姉は嫁《とつ》ぎ、あとの二人の姉はそれぞれ違うまちの女学校へ行っていた。私の村には汽車がなかったので、三里ほど離れた汽車のあるまちと

往き来するのに、夏は馬車、冬は橇《そり》、春の雪解けの頃や秋のみぞれの頃は歩くより他なかったのである。（後略）

これは、処女作品集『晩年』の中でももっとも重要だとされる『思い出』の一節である。『思い出』は、題名も示すとおり、自身の幼少年期を回想しながら書かれたもので、したがって自伝的要素が非常に濃い。ここに出てくる「三里ほど離れた汽車のあるまち」が五所川原町をさすことはいうまでもない。『思い出』にはこれっきり記述がないから、陸奥鉄道の開通式（などというのがあったかどうかも不明だが）には行かなかったのだろう。

恥の多い生涯を送って来ました。
自分には、人間の生活というものが、見当つかないのです。自分は東北の田舎《いなか》に生れましたので、汽車をはじめて見たのは、よほど大きくなってからでした。自分は停車場のブリッジを、上って、降りて、そうしてそれが線路をまたぎ越えるために造られたものだという事には全然気づかず、ただそれは停車場の構内を外国の遊戯場みたいに、複雑に楽しく、ハイカラにするためにのみ、設備せられてあるものだとばかり思っていました。しかも、かなり永い間そう思っていたのです。ブリッジの上ったり降りたりは、自分にはむしろ、ずいぶん垢《あかぬ》抜けのした遊戯で、それは鉄道のサーヴィスの中でも、最も気のきいたサーヴィスの一つだと思っていたのですが、のちにそれはただ旅客が線路をまたぎ越えるための頗る実利的な階段に過ぎないのを発見して、にわかに興が覚めました。

これは、最晩年の小説『人間失格』の「第一の手記」の冒頭の部分である。この『人間失格』は昭和二十三年（一九四八）の三月から五月にかけて執筆され、六月に発表された。このあとには、『朝日新聞』に連載予定の『グッド・バイ』十回分の校正刷りと十一～十三回の草稿とを残しただけで、山崎富栄とともに玉川上水に入水したから、完成した作品としては最後のものといってよい。

この作品はもちろん虚構である。自分を「人間失格」者だと断罪したうえで、過去の体験を織り込みながら自己を主人公にダブらせて書いている。しかも主人公のキャラクターは相当に戯画化されているから、このへんが「用心してかかる必要」のあるところだが、冒頭の「汽車をはじめて見たのは、よほど大きくなってから」というのは信じていいことだろう。ただし、それが具体的に何歳のときなのか、そのときどう感じたのか、そのへんのところは他の作品にも記述がないので、今となってはわからない。残念なことである。

昭和初期の津軽の鉄道

太宰治が、本格的に金木の実家を離れた第一歩は大正十二年（一九二三）四月、県立青森中学校に入学したときである。この少し前、三月四日に、貴族院議員にまでなっていた父の源右衛門が東京の病院で死亡した。五十二歳の若さであった。

故郷を離れたとはいえ、金木と青森だから距離的には大したことはない。休みにはもちろんたびたび帰省した。そのころ兄の文治は金木の町長になっていた。

そして昭和元年（一九二六）――

秋になって、私はその都会から汽車で三十分ぐらいかかって行ける海岸の温泉地へ、弟をつれて出掛けた。そこには、私の母と病後の末の姉とが家を借りて湯治していたのだ。私はずっとそこへ寝泊りして、受験勉強をつづけた。私は秀才というぬきさしならぬ名誉のために、どうしても、中学四年から高等学校へはいって見せなければならなかったのである。私の学校ぎらいはその頃になって、いっそうひどかったのであるが、何かに追われている私は、それでも一途《ず》に勉強していた。私はそこから汽車で学校へかよった。（後略）

みんなでその温泉場を引きあげ、私たちの世話になっている呉服商へひとまず落ちつき、それから母と姉と三人で故郷へ向った。列車がプラットフオムを離れるとき、見送りに来ていた弟が、列車の窓から青い富士額を覗《のぞ》かせて、がんばれ、とひとこと言った。私はそれをうっかり素直に受けいれて、よしよし、と機嫌よくうなずいた。

馬車が隣村を過ぎて、次第にうちへ近づいて来ると、私はまったく落ちつかなかった。日が暮れて、空も山もまっくらだった。稲田が秋風に吹かれてさらさらと動く声に、耳傾けては胸を轟《とどろ》かせた。絶えまなく窓のそとの闇《やみ》に眼をくばって、道ばたのすすきのむれが白くぽっかり鼻先に浮ぶと、のけぞるくらいびっくりした。

ふたたび『思い出』から引いた。「その都会」が青森で、「海岸の温泉地」は浅虫温泉だということは説明を要しないだろう。この帰省のシーンの描写によって、金木には五所川原から馬車で向かったことが知られる。なお、ここに出てくる弟の礼治は三年後の昭和四年（一九二九）、病気のためわずか十七歳で死亡する。

翌昭和二年（一九二七）四月、太宰治は晴れて青森中学を四年で切り上げて、弘前高等学校へ入学する。

この前後の津軽地方の鉄道の状況をみてみよう。

まず、太宰が青森中学へ入った翌年の大正十三年（一九二四）の十月二十一日、陸奥鉄道の終点五所川原から、国鉄五所川原線が陸奥森田まで敷設され、さらに翌年五月十五日には鰺ケ沢まで延長されている。一方、能代線が能代（現在の東能代）から椿（現在の八森）まで開通するのが大正十五年（一九二六）四月二十六日のことで、それはさらに十一月二十四日に岩館まで延長された。

そして、太宰が弘前高校に入った昭和二年（一九二七）六月一日を期して、陸奥鉄道は正式に国鉄に買収され、五所川原線となった。

現在の五能線は、その後も五所川原線、能代線双方から伸びてくるが、全線が開通するのはようやく昭和十一年（一九三六）七月三十日のことである。深浦―陸奥岩崎間の工事が難航したことが容易に推察できよう。

上京とすれちがいの津軽鉄道の開業

昭和五年（一九三〇）という年は、太宰治を眺めていくうえで一大エポックをなす年であろう。太宰はこの年三月、弘前高校を卒業し、四月には東京大学の仏文科に入学して東京へと出るが、前年には薬による自殺を企てて失敗したりして、すでに波乱の生涯の萌芽をこのあたりから感知することができる。

東京に出てすぐの五月、師と仰ぐ井伏鱒二とはじめて会い、以後兄事することになるが、一方、このころから左翼運動に傾斜もしていく。一番親近感を抱いていた三兄の圭治が病死したり、弘前時代に知り会った芸妓の小山初代が家出して上京し、すでに県会議員をしていた文治兄とのあいだで結婚を条件に分家除籍の話がまとまったりと、あれこれ心労が重なって、十一月二十八日、鎌倉の海岸で二回目の自殺をはかる。このときは銀座のカフェで女給をしていた田辺あつみという女性が一緒だったが、太宰だけは助かってしまう。女だけを死なせたという自責の念が以後の太宰文学を大きく規定していくことになるわけだが、このことは著作の中でもさまざまに形を変えて取り扱われている。

十二月に次兄英治にともなわれて故郷に近い碇ヶ関温泉で療養、ここで愛人小山初代と仮祝言をあげるが、心はうつうつとして楽しまなかったらしい。

この年はまた、太宰治と津軽地方の鉄道との関係でみても、ある小さな皮肉が、すれちがいのドラマを演出してみせた年でもあった。

太宰が東京へ出たのは、先述したとおり四月のことで、わずか三カ月後の七月十五日に津軽鉄道が五所川原と故郷の金木を結んだのである。十月四日にはさらに大沢内へ、そして十一月十三日に津軽中里へと延長されて、現在の津軽鉄道ができたのだが、この三カ月のズレが開業当時の模様を太宰の著作物

❶

❷

❸

❶五所川原駅前にある津軽鉄道本社
❷津軽鉄道のディーゼルカーから見た金木の街
太宰の見たのもこんな景色だったろうか
❸昭和34年に建て替えられた
現在の青森駅舎

の中に書き留めることをさせなかった。

津軽鉄道は、沿線の十三人の発起人が出資して昭和三年（一九二八）二月二十四日に設立された会社で、当然太宰が弘前高校時代には敷設工事も始まっており、また長兄の文治が出資者の一人でもあったので、太宰がこのことに関心がなかったとは思えない。だが、いかんせん開業に立ち会っていないので、『思い出』の中にも書きようがなかったのだろう。津軽鉄道の開通が一年早かったか、太宰の上京が一年遅ければあるいは、と悔まれるのだが、これも冷厳な歴史的事実とあきらめるほかはあるまい。

秘かに訪れた吹雪の青森

昭和六年（一九三一）二月、ふたたび上京、五反田に家を借りて初代と同棲生活を始めたが、太宰治は以後十年間、故郷津軽との縁を断たれてしまう。

この十年のあいだに非合法活動からの脱落、東大落第、第三回自殺未遂、精神病院への強制入院、その間の初代の不義、谷川における初代との第四回自殺未遂、離婚といった、そのほとんどが自分のせいながら、よくもまあこれだけのといった苦難が前半に重なって、太宰はようやく昭和十三年（一九三八）になって、師の井伏鱒二の引き合わせで、甲府の石原美知子と十一月に婚約、翌年一月結婚して心の平安を得る。この間はまた、第一回芥川賞の候補となり、受賞こそ逃してしまったが、作家として大きく開花し、次々に名作をものにしていった時期でもあった。

先に、十年間故郷との縁を断たれたと書いたが、太宰治は実はたった一度だけひそかに青森まで戻ったことがある。昭和七年（一九三二）十二月のことである。その間のことは、昭和十五年（一九四〇）四月に発表された、『善蔵を思う』という短編に詳記されている。

（前略）私は、もう十年も故郷を見ない。八年まえの冬、考えると、あの頃も苦しかったが、私は青森の検事局から呼ばれて、一人こっそり上野から、青森行の急行列車に乗り込んだことがある。浅虫温泉の近くで夜が明け、雪がちらちら降っていて、浅虫の濃灰色の海は重く蜒《うね》り、浪がガラスの破片のように三角の形で固く飛び散り、墨汁を流した程に真黒い雲が海を圧しつぶすように低く垂れこめて、嗟《ああ》、もう二度と来るところで無い！　とその時、覚悟を極めたのだ。青森へ着いて、すぐに検事局へ行き、さまざま調べられて、帰宅の許可を得たのは夜半であった。裁判所の裏口から、一歩そとへ出ると、たちまち吹雪が百本の矢の如く両頬に飛来し、ぱっとマントの裾がめくれあがって私の全身は揉《も》み苦茶にされ、かんかんに凍った無人の道路の上に、私は、自分の故郷にいま在りながらも孤独の旅芸人のような、マッチ売りの娘のような心細さで立ち竦《すく》み、これが故郷か、これが、あの故郷か、と煮えくり返る自問自答を試みたのである。深夜、人っ子ひとり通らぬ街路を、吹雪だけが轟々《ごうごう》の音を立て白く渦巻き荒れ狂い、私は肩をすぼめ、からだを斜めにして停車場へ急いだ。青森駅前の屋台店で、支那そば一ぱい食べたきりで、そのまま私は上野行の汽車に乗り、ふるさとの誰とも逢わず、まっすぐに東京へ帰ってしまったのだ。十年間、ちらと、たった一度だけ見たふるさとは、私にこんなに、つらかった。（後略）

検事局に出頭したのは、七月に非合法活動をしていたことを自首していたためで、その取り調べを受けるためだった。わざわざ青森を選んだのは、文治兄が県議をしていることでもあり、その便宜を得られることを期待してのことだったようである。それが効を奏したのか、以後は逮捕されることもなく、左翼運動からはなれることができた。

それはともかく、故郷を追われたものの、それゆえにこそよけいに募《つの》る望郷の思いとはそんなものなのだろうか。私は、これほどに切実な文章にいまだ出会ったことがない。

青森駅——

本州北辺の終着駅。北海道へと渡る連絡船の発着駅としてつとに知られている。開業は明治二十四年（一八九一）九月一日と古く、現駅長の田坂勝美さんはもう三十二代目である。職員総数は田坂さん以下四百九十七名、一日の乗降客二万三四八〇人（うち連絡船関係七六三一人）、収入は約百六十一万円と、まずは県庁所在地駅らしく貫禄を見せる。

だが、航空機の普及は、対岸の函館駅とともに確実に客をこの駅から奪っている。加えて、北海道新幹線開通時にはこの駅は全く無視されてしまう。青森駅の前途は暗い。

なお、現在の駅舎は、昭和三十四年（一九五九）に全面的に建て替えられたため、太宰当時の面影は残っていない。

『帰去来』に初めて現われる津軽鉄道

昭和十六年（一九四一）六月七日、長女園子誕生。その直後の八月に、太宰治は十年ぶりに故郷の金木に帰省した。

長兄の怒りはもちろんまだ解けていなかったが、お守り役（一家の主《あるじ》にお守り役というのも変な話だが）の、津島家に信頼のあつい五所川原の中畑さんと東京・品川の北さんという名コンビが演出した帰去来である。このとき長兄文治は入れ違いに東京に滞在していた。

北さんも気が早い。その翌る日の午後七時、上野発の急行に乗ろうという。私は、北さんにまかせた。その夜、北さんと別れてから、私は三鷹のカフエにはいって思い切り大酒を飲んだ。

翌る日午後五時に、私たちは上野駅で逢い、地下食堂でごはんを食べた。北さんは、麻の白服を着ていた。私は銘仙の単衣《ひとえ》。もっとも、鞄の中には紬《つむぎ》の着物と、袴が用意されていた。ビイルを飲みながら北さんは、

「風向きが変りましたよ」と言った。ちょっと考えて、それから、「実は、兄さんが東京へ来ているんです」

「なあんだ。それじゃ、この旅行は意味が無い」私はがっかりした。

「いいえ。くにへ行って兄さんに逢うのが目的じゃない。お母さんに逢えたら、いいんだ。私はそう思いますよ」

（中略）

私たちは七時の汽車に乗った。汽車に乗る前に、北さんは五所川原の中畑さんに電報を打った。

（中略）

青森駅に着いたのは翌朝の八時頃だった。八月の中ごろであったのだが、かなり寒い。霧のような雨が降っている。奥羽線に乗りかえて、それから弁当を買った。

（中略）

車中の乗客たちの会話に耳をすました。わからない。異様に強いアクセントである。私は一心に耳を澄ました。少しずつわかって来た。少しわかりかけたら、あとはドライアイスが液体を素通りして、いきなり濛々《もうもう》と蒸発するみたいに見事な速度で理解しはじめた。もとより私は、津軽の人である。川部という駅で五能線に乗り換えて十時頃、五所川原駅に着いた時には、なんの事はない、わからない津軽言葉なんて一語も無かった、全部、はっきり、わかるようになっていた。けれども自分で純粋な津軽言葉を言う事が出来るかどうか、それには自信がなかった。

（中略）

中畑さんのお家で、私は紬の着物に着換えて、袴《はかま》をはいた。その五所川原という町から、さらに三里はなれた金木《かなぎ》町というところに、私の生れた家が在るのだ。五所川原駅からガソリンカアで三十分くらい津軽平野のまんなかを一直線に北上すると、その町に着くのだ。おひる頃、中畑さんと北さんと私と三人、ガソリンカアで金木町に向った。

（中略）

はるか前方に、私の生家の赤い大屋根が見えて来た。淡い緑の稲田の海に、ゆらりと浮いている。私はひとりで、てれて、

「案外、ちいさいな」と小声で言った。

「いいえ、どうして」北さんは、私をたしなめるような口調で「お城です」と言った。

ガソリンカアは、のろのろ進み、金木駅に着いた。見ると、改札口に次兄の英治さんが立っている。笑っている。

これが十年ぶりに、故郷の土を踏んだときの状況である。太宰がこの体験をした翌昭和十七年（一九四二）の十一月に発表された、『帰去来』という作品から抜粋した。

津軽鉄道は、ここで初めて太宰の作品に登場したわけである。

国鉄五所川原駅

津軽鉄道が昭和五年（一九三〇）に、太宰と入れ違いに開業したことは先に記したとおりである。したがって、太宰治が十年ぶりの帰郷を果たした昭和十六年（一九四一）には開業後十一年、自動車が普

及していない当時にあっては沿線住民の貴重な足として大いに活躍したことだろう。
もっともこの当時は、おりからの第二次世界大戦の勃発によって、国鉄も戦時体制に対応するべく、旅行の抑制、各種割引の廃止、入場制限、急行への乗車制限などを行ない、鉄道による移動は次第に困難になりつつあるころであった。

現在の五所川原駅は、正面向かって右、駅前の通りをまっすぐ突き当たったところが国鉄、左が津軽鉄道と分かれている。もっとも、津鉄（地元ではそう呼ばれている）の改札口を入るとすぐに国鉄の、現在は使われていないホームに出、左側の階段を登って跨線橋の一番奥を左に降りると津鉄のホームに出る。途中から右に降りると国鉄の1、2番ホームで、だから、この跨線橋をはさんで左右に分かれて国鉄と津鉄が同居している形である。そして、津鉄のホームは3番、4番を名乗っている。このような配置になったのは、出資者の中に、旧陸奥鉄道の出資者が多数いて、国鉄へ売却したカネが津軽鉄道の資金になったというから、まるっきり別経営という感じが、そのころは多分乏しかったことにもよるだろう。

駅舎がこのように分離されたのは、戦後もかなりたってからのことだし、国鉄の五所川原駅も火事のため戦後すぐの昭和二十二年（一九四七）三月に全面改築、さらに最近にいたり、昭和五十一年（一九七六）八月鉄筋に生まれ変わったため、太宰治が昭和十六年（一九四一）以降毎年のように帰郷した当時の姿はもう過去のものとなってしまった。

太宰治は、後にもふれるが、昭和二十一年（一九四六）十一月十二日に金木を家族とともに出て、三鷹の自宅に一年半ぶりに戻っているから、大湊にあった海軍工廠を持ってきたといわれる二代目の駅舎はわずかの差で太宰の眼にふれることなく終わった。ここにも歴史の皮肉がちらと顔を覗かせている。

その国鉄五所川原駅は今、二十四代佐藤健三駅長以下職員総数三十七名、旅客列車の発着は上り下り

❹

❺

❻

❹現在の国鉄五所川原駅
❺その左にある津軽鉄道津軽五所川原駅
❻五所川原駅3・4番ホームが
津軽鉄道の発着線だ

各十一本、他に貨物が上り三本、下りが二本ある。一日平均の乗車客は、昭和五十四年（一九七九）実績で三二二八人（うち定期一七一四人）、旅客収入は約百三十万円、他に貨物収入が約六十二万円ある。貨物の内容は、リンゴ、と思いきや、圧倒的にお米だそうで、さすが米どころ津軽平野の真ん中にある駅だけのことはある。そういえば、リンゴ畑は五能線でも板柳周辺に多く、このへんではほとんど見かけない。

国鉄の駅としては中堅の駅というところだろうが、五能線中では要《かなめ》の駅である。

津軽鉄道五所川原駅

一方、津軽鉄道の津軽五所川原駅はどうだろう。

こちらは、駅長は原田行雄さん。昭和二十年（一九四五）に入社し、以後沿線各駅の駅務や車掌を勤め、おととしこの駅の駅長となった。駅長といっても他に社員としての駅員は一人もいない。補佐役は奥さんである。津軽鉄道本社から五所川原駅長としての原田さんが委託を受け、助手を雇った。それが奥さんというわけである。この狙いはもちろん人件費の節減ということだが、考えようによってはいかにもローカル私鉄にふさわしく、家族的でほほえましい。きびしい経営を余儀なくされているミニ私鉄にしてみれば、いわば一石二鳥の策ということなのだろう。

乗降客は一日約三〇〇〇人、その四割が定期客だという。売り上げは当然のことながら、津鉄各駅中一番多いが、月によっても日によってもかなり異なるため一日平均が出しにくいらしい。それでも無理して尋ねたら、大体二十万円弱だろうとのことであった。多い月と少ない月とでは四百万円も開きがあるそうだ。この原因は、実は定期の売り上げにある。新学期がスタートする四月、夏休みが終わった九月といった月が多いらしい。こういう月はだいたいほとんどが三カ月定期なので、単純に考えても売り上げは倍増、三倍増ということになるわけだ。三カ月が切れたあとは一カ月定期に切り替わるという。ローカル私鉄のターミナルとしての特色が、こういう面にはっきりと出ている。

故郷は身近な存在へと

昭和十六年（一九四一）八月の、十年ぶりの帰省は、半ば強引なものであったが、幸いにも太宰治にとって吉とでた。

それというのも、故郷の人々との確執はまだ完全に氷解したわけではなかったが、それまでの〃遠きにありて思う〃ふるさとから、帰りたければともかく帰れるふるさとへと、ぐっと身近な存在に変わったからである。

折しも戦局が急を告げはじめ、日本の首都東京が危機に晒《さら》されることが多くなったこともあるが、太宰治はその後、戦前戦後をはさんでほとんど毎年のように、ときに単身で、ときに家族で帰郷するようになる。

翌昭和十七年（一九四二）には、母たねが重態に陥ったため、十月にはじめて妻美知子と子供を連れて帰郷した。今度もまた、「東京の洋服屋さん」の北さんと、「故郷の呉服屋さん」の中畑さんの名コンビがあいだに入ってなにかと面倒をみてくれた。

二十七日、という事にきまった。その日は、十月二十日だった。

それから一週間、妻は仕度にてんてこ舞いの様子であった。妻の里から妹が手伝いに来た。どうしても、あたらしく買わなければならぬものも色々あった。私は、ほとんど破産しかけた。園子だけは、何も知らずに、家中をヨチヨチ歩きまわっていた。

二十七日十九時、上野発急行列車。満員だった。私たちは原町まで、五時間ほど立ったままだった。

ハハイヨイヨワルシ」ダザイイツコクモハヤクオイデマツ」ナカバタ

北さんは、そんな電報を私に見せた。一足さきに故郷へ帰っていた中畑さんから、けさ北さんの許《もと》に来た電報である。

翌朝八時、青森に着き、すぐに奥羽線に乗りかえ川部という駅でまた五所川原行の汽車に乗りかえて、もうその辺から列車の両側は林檎《りんご》畑。ことしは林檎も豊作のようである。

「まあ、綺麗」妻は睡眠不足の少し充血した眼を見張った。「いちど、林檎のみのっているところを見たいと思っていました」

手を伸ばせば取れるほど真近かなところに林檎は赤く光っていた。

十一時頃、五所川原駅に着いた。中畑さんの娘さんが迎えに来ていた。中畑さんのお家は、この五所川原町に在るのだ。私たちは、その中畑さんのお家で一休みさせてもらって、妻と園子は着換え、それから金木町の生家を訪れようという計画であった。金木町というのは、五所川原から更に津軽鉄道に依って四十分、北上したところに在るのである。

（中略）

園子のおしめ袋だけを持って、私たちは金木行の汽車に乗った。中畑さんも一緒に乗った。刻一刻、気持が暗鬱《あんうつ》になった。みんないい人なのだ。誰も、わるい人はいないのだ。私ひとりが過去に於いて、ぶていさいな事を行い、いまなお十分に聡明《そうめい》ではなく、悪評高く、その日暮しの貧乏な文士であるという事実のために、すべてがこのように気まずくなるのだ。

「景色のいいところですね」妻は、窓外の津軽平野を眺めながら言った。「案外、明るい土地ですね」

「そうかね」稲はすっかり刈り取られて、満目の稲田には冬の色が濃かった。「僕には、そうも見えないが」

（中略）

「あれが」僕の家、と言いかけて、こだわって、「兄さんの家だ」と言った。

けれどもそれはお寺の屋根だった。私の生家の屋根は、その右方に在った。

「いや、ちがった。右の方の、ちょっと大きいやつだ」滅茶々々である。

金木駅に着いた。小さい姪と、若い綺麗な娘さんとが迎えに来ていた。

昭和十八年（一九四三）一月に発表された、『故郷』という短編の中の一シーンである。この「若い綺麗な娘さん」は、後に「一ばん上の姉の子」、つまりやっぱり姪の一人だとわかる。なにせ大家族だから、一度や二度の帰郷ではとても全部を思い出せないのだろう。

「弁慶号」はタンク機だった

ところで、この同じ金木行を、美知子未亡人もまた綴っている。これはもちろん、太宰治没後ずい分経ってからの回想記だが、夫人にとっては初の金木行であり、その分印象も強かったらしく、女性特有の観察力の細やかさもあって、詳細に書き留められたものである。昭和五十三年（一九七八）に一本にまとめられた『回想の太宰治』という作品がそうである。

昭和十七年の秋、私は初めて太宰の生まれ故郷の金木に行った。母が重態なので生前に修治とその妻子を対面させておきたいと、北、中畑両氏がはからってくださったのである。これが十月の下旬で、十二月十日に母は死んだから、いま思えばまことに時を得た配慮であった。私としても夫の母なる人に会わず仕舞では心残りだったと思う。なんといっても苦労人の両氏は有難い存在であった。

（中略）

上野駅まで妹が一歳四カ月の長女を負うて送ってくれ、北さんと落ち合って出発し、中畑さんのお宅で着換えさせてもらって津軽鉄道に乗り込んだ。初めて見る津軽鉄道の機関車は「弁慶号」というような時代ものだったから、私はおもしろくて同行の人々の顔を見たが、誰も機関車などに目もくれず、太宰などは緊張のあまりこわい顔をしている。この鉄道は兄が敷設したのだと太宰がかねがね大変自慢していたので、いま「弁慶号」のようなのを目前にして私は意外に思ったのである。

興味深いのは、太宰治が津軽鉄道にほとんど関心を示していないのに対し、夫人は初めてということもあってかこの鉄道に、しかも「弁慶号」のような機関車に特に関心を示している。長い時間をかけて五所川原に着いて、いよいよ最後のコースという段になって、それまで太宰治の口を通してしか知らされていなかった金木を、この津軽鉄道が結んでいることを実感したとき、ちっぽけな機関車は、不安定な存在とも、また反面頼もしい存在とも映り、とても無関心ではいられなかったのだろう。

さて、この機関車、夫人は弁慶号のような時代ものに見たてたが、実際はどうだったのだろう。詳しい履歴はよくわからないが、創業当時から活躍していたらしい。それも同型で二両いたというから、開業に際して自前で発注・製造したものだろう。夫人は「時代もの」という意味合いで、この機関車を「弁慶号」、つまり、７１００形のアメロコ・スタイルと記憶したが、津軽鉄道本社に残された写真によれば、テンダー機ではなくてタンク機である。終点の津軽中里までたかだか二十キロ、それも平野の中を走るからこれといった勾配もなしで、タンク機で十分だったのである。昭和二十五、二十六年（一九五〇、五一）ごろまで在籍したあと、廃車になったらしい。

母たねの容態に変化がなかったので、太宰一家はこのときは五、六日滞在しただけで、十一月の初めに東京へ引き上げた。まだ双方にわだかまりが残っていて、必ずしも居心地はよくなかったが、夫人の手記にもある通り、十二月十日に母たねが死去するから、タイミングとしてはまことによかったわけである。太宰治はこのときももちろん金木へかけつけたので、昭和十七年（一九四二）は二度帰省したことになる。

戦時下だからこそ生まれた名紀行文『津軽』

明けて昭和十八年（一九四三）一月、母たねの三十五日の法要のためふたたび家族で金木へ行く。このころにはもう、北さん、中畑さんの力に頼らず、自由に出入りできるようになっていた。後年のわれわれからみると、母の死そのものが、なにかこう、太宰治その人をいくらかでも生家へ入りやすくさせるための運命的な出来事だったような気がする。逆にいえば、母たねは、無意識ながら、自らの死をもって太宰治を、それまで隔絶していた実家としっかり結びつけたのだ。

そして、昭和十九年（一九四四）――

終戦の一年前というこの年は、太宰治にとって、いや、たんに太宰個人にとどまらず、日本の文学史上重要な作品が誕生した年である。その作品の名は、いうまでもなく『津軽』。

昭和十九年（一九四四）といえば、戦局はいよいよ逼迫し、食糧事情をはじめすべてが悪化する一途、いわば日本が極限状況下におかれていた時代だが、『津軽』はそういうさ中に生まれた、いやそういうときだからこそ生まれ得た名紀行文である。小山書店が企画した「新風土記叢書」の一環として、五月から六月にかけて津軽地方を旅した、その旅行記だが、北辺の風土を型通り重々しくとらえることをせず、精一杯のサービス精神で努めて明るく明るく描出しようとした太宰の気持ちが、読む人に、とっても嬉しく、またそれだけに哀しく伝わってくる。このことは裏返せば、津軽人でありながら津軽人でない、かといって完全には都会人になりきれなかった、そんな作者の屈折した心情があったからこそ、はじめてとらえることのできた津軽の風土が、生き生きと表現されていて名作たらしめているということだ。

この『津軽』の旅で、太宰治は生まれて初めて津軽半島を一周した。そして、津軽に生まれ、津軽に育ちながら、自分がいかに津軽の一面しか知らなかったかということに驚く。その新鮮な驚きの眼で、太宰治は知ったかぶりを極力避けて、「人の心と人の心の触れ合いを研究する」、太宰の言葉で「愛」という観点から、この風土記に取り組んだ。

十七時三十分上野発の急行列車に乗ったのだが、夜のふけると共に、ひどく寒くなって来た。私は、そのジャンパーみたいなものの下に、薄いシャツを二枚着ているだけなのである。ズボンの下には、パンツだけだ。冬の外套《がいとう》を着て、膝掛《ひざか》けなどを用意して来ている人さえ、寒い、今夜はまたどうしたのかへんに寒い、と騒いでいる。私にも、この寒さは意外であった。東京ではその頃すでに、セルの単衣《ひとえ》を着て歩いている気早やな人もあったのである。私は、東北の寒さを失念していた。私は手足を出来るだけ小さくちぢめて、それこそ全く亀縮《かめちぢみ》の形で、ここだ、心頭滅却の修行もいまはあきらめて、ああ早く青森に着いて、どこかの宿で炉辺に大あぐらをかき、熱燗《あつかん》のお酒を飲みたい、と頗《すこぶ》る現実的な事を一心に念ずる下品な有様となった。青森には、朝の八時に着いた。T君が駅に迎えに来ていた。私が前もって手紙で知らせて置いたのである。

津軽の旅はこうしてはじまる。十七時三十分の列車は、常磐線経由の急行203列車である。青森着翌朝八時、実に十四時間三十分を要した。昭和十九年（一九四四）一月二十五日のダイヤ改正で誕生した列車だが、それまで走っていた201列車は十九時発七時四十六分着だから、一時間四十四分も遅い。第二次世界大戦の戦況と無関係ではあるまい。それも、この年の後半になると「当分運転休止」扱いになってしまい、青森ゆきの急行はなくなってしまった。つまりは、太宰治の今回の旅行は、非常事態下の旅行だったわけである。

生家とのわだかまりは消えていた

『津軽』の前半は、半島の東、つまり外ヶ浜一帯をめぐる話である。青森をバスで発って蟹田に行き、ここの住人Nさんと意気投合して、蟹田、今別、三厩、そして突端の竜飛崎と北上した。それからふたたび蟹田へ戻り、今度は船で青森へと降りてくる。

今ならさしずめクルマか、津軽線を使うところだろうが、津軽線は戦後の昭和二十六年（一九五一）、それも押しつまった十二月に入ってから蟹田まで開通しているから、このころはまだ、バスか船を使うしかなかったわけである。

（前略）私は、その「道の奥」の奥の極点の宿で一夜を明し、翌《あく》る日、やっぱりまだ船が出そうにも無いので、前日歩いて来た路をまた歩いて三厩《みまや》まで来て、三厩で昼食をとり、それからバスでまっすぐに蟹田のN君の家へ帰って来た。歩いてみると、しかし、津軽もそんなに小さくはない。その翌々日の昼頃、私は定期船でひとり蟹田を発《た》ち、青森の港に着いたのは午後の三時、それから奥羽線で川部まで行き、川部で五能線に乗りかえて五時頃五所川原に着き、それからすぐ津軽鉄道で津軽平野を北上し、私の生れた土地の金木町に着いた時には、もう薄暗くなっていた。蟹田と金木と相隔たる事、四角形の一辺に過ぎないのだが、その間に梵珠《ぼんじゅ》山脈があって山中には路らしい路も無いような有様らしいので、仕方なく四角形の他の三辺を大迂回《うかい》して行かなければならぬのである。金木の生家に着いて、まず仏間へ行き、嫂《あによめ》がついて来て仏間の扉《とびら》を一ぱいに開いてくれて、私は仏壇の中の父母の写真をしばらく眺め、ていねいにお辞儀をした。それから、常居《じょい》という家族の居間にさがって、改めて嫂に挨拶《あいさつ》した。

「いつ、東京を？」と嫂は聞いた。

私は東京を出発する数日前、こんど津軽地方を一周してみたいと思っていますが、ついでに金木にも立ち寄り、父母の墓参をさせていただきたいと思っていますから、その折にはよろしくお願いします、というような葉書を嫂に差し上げていたのである。

こうして太宰治は、青森入りしてからの一週間ほどを、津軽半島の東側で費やしたのち、生地の金木へとやって来た。このときはもうほとんどわだかまりなく、素直に帰省を表明できるほどに、自らの生家に対する気持ちもゆとりを取り戻していたことが、右の文章からも知られる。『津軽』を味読するとき、このことは念頭においておくべきことのひとつだろう。

木造《きづくり》駅は木造《もくぞう》駅だった

さて、実家に腰を落ち着けた太宰治はここを足場に今度は津軽半島の西側を探る旅に出る。これまた、太宰にとって未踏の土地がほとんどである。最初に足跡を印したのは、五所川原の隣りの町、木造であった。

（前略）この機会に、津軽の西海岸を廻ってみようという計画も前から私にあったのである。鹿の子川溜池《ためいけ》へ遊びに行ったその翌日、私は金木を出発して五所川原に着いたのは、午前十一時頃、五所川原駅で五能線に乗りかえ、十分経つか経たぬかのうちに、木造《きづくり》駅に着いた。ここは、まだ津軽平野の内である。私は、この町もちょっと見て置きたいと思っていたのだ。降りて見ると、古びた閑散な町である。人口四千余りで、金木町より少いようだが、町の歴史は古いらしい。精米所の機械の音が、どっどっと、だるげに聞えて来る。どこかの軒下で、鳩が鳴いている。ここは、私の父が生れた土地なのである。（後略）

父の源右衛門は、この町の旧家の三男で、津島家には婿養子で入った人だった。その関心から、太宰治は木造を訪ねたのである。

（前略）父の兄弟は皆、肺がわるくて、父も肺結核ではないが、やはり何か呼吸器の障《さわ》りで吐血などして死んだのである。五十三で死んで、私は子供心には、そのとしがたいへんな老齢のように感ぜられ、まず大往生と思っていたのだが、いまは五十三の死歿《しぼつ》を頽齢《たいれい》の大往生どころか、ひどい若死と考えるようになった。も少し父を生かして置いたら、津軽のためにも、もっともっと偉い事業をしたのかも知れん、などと生意気な事など考えている。その父が、どんな家に生れて、どんな町に育ったか、私はそれを一度見て置きたいと思っていたのだ。（中略）その日も、ひどくいい天気で、停車場からただまっすぐの一本街のコンクリート路の上には薄い春霞《はるがすみ》のようなものが、もやもや煙っていて、ゴム底の靴で猫のように足音も無くのこのこ歩いているうちに春の温気《うんき》にあてられ、何だか頭がぼんやりして来て、木造警察署の看板を、木造《もくぞう》警察署と読んで、なるほど木造《もくぞう》の建築物、と首肯《うなず》き、はっと気附いて苦笑したりなどした。

その木造は、現在、人口二万五〇〇〇人。金木より一万人ほど多い。かつては交通、文化の中心として大いに栄えたこともあったらしいが繁栄を隣りの五所川原にうばわれてしまい、今では静かな町である。

その表玄関・木造駅は大正十三年（一九二四）十月二十一日に開業した。初代の駅舎は、昭和十四年（一九三九）に売店からの出火により焼失したので、現在のそれは二代目である。太宰が訪ねたときもこの駅舎だったが、太宰の洒落を真似れば、文字通りの木造《もくぞう》駅である。現駅長の高木賢悦さんは二十四代目、職員は他に九名いる。中の一人、杉林照治さん（四十六）は、昭和二十九年（一九五四）に入って以来、通算二十四年間この駅に勤務しているという土地っ子である。一日の収入二十四万円弱、乗降客は約二四〇〇人だが、ご多分にもれず年々減り気味だと、杉林さんは嘆く。

なお、戦後になって駅前通りも火事を出したため、太宰が降り立った当時からすると、かなり様相を変えてしまったらしい。

深浦に好印象を抱いて……

木造から、五能線に依って約三十分くらいで鳴沢、鰺《あじ》ケ沢を過ぎ、その辺で津軽平野もおしまいになって、それから列車は日本海岸に沿うて走り、右に海を眺め左にすぐ出羽丘陵北端の余波の山々を見ながら、一時間ほど経つと、右の窓に大戸瀬の奇勝が展開する。（後略）

五能線を、一度でも体験したことのある人なら、鰺ケ沢から深浦にかけてどんな景観が展開されるかよくご存知のことだろう。太宰治は、「この辺の海岸には奇岩削立し、怒濤《どとう》にその脚《あし》を絶えず洗われている」と表現したが、どうもしっくりこなかったらしく、いろいろ書き足している。つまり迫力はあるが、それほど凄愴な感じはないのである。月並みだが、ここはやはり、荒涼とした景観といったほうが適切だろう。

深浦町は、現在人口五千くらい、旧津軽領西海岸の南端の港である。江戸時代、青森、鰺ケ沢、十三などと共に四浦の町奉行の置かれたところで、津軽藩の最も重要な港の一つであった。丘間に一小湾をなし、水深く波穏やか、吾妻《あずま》浜の奇巌、弁天嶋、行合岬など一とおり海岸の名勝がそろっている。しずかな町だ。漁師の家の庭には、大きい立派な潜水服が、さかさに吊されて干されている。何かあきらめた、底落ちつきに落ちついている感じがする。駅からまっすぐに一本路をとおって、町のはずれに、円覚寺の仁王門がある。この寺の薬師堂は、国宝に指定せられているという。私は、それにおまいりして、もうこれで、この深浦から引き上げようかと思った。(後略)

だが太宰は結局深浦に一泊することになる。そしてたまたま泊まった宿の主人が次兄英治と中学校の同級生で、お銚子に塩辛をごちそうになったりしたことから、この深浦に好印象を抱くようになったのである。

話は一気に昭和二十年(一九四五)に飛ぶ。この年の七月二十八日、太宰一家は疎開先の甲府を出て、

❼

❽

❼昭和14年に
焼失のため建てかえられた木造駅舎
太宰が降り立った駅舎である
❽町の火災で類焼し
昭和39年３月に鉄筋となった深浦駅

金木へと向かう。戦局がいよいよ大詰めにさしかかったころのことである。このときの逃避行は筆舌に尽くし難いものだったらしいが、そのことは『十五年間』『たずねびと』などに詳しいから前半は割愛するが、太宰はこの非常時に奇妙な行動をとった。つまり、一刻も早く金木に入りたいときに、小牛田《こごた》からわざわざ東北本線を捨てて、陸羽東線、奥羽本線経由で東能代へと出たのである。『たずねびと』には、こう書かれている。

私たちの計画は、とにかくこの汽車で終点の小牛田まで行き、東北本線では青森市のずっと手前で下車を命ぜられるという噂も聞いているし、また本線の混雑はよほどのものだろうと思われ、とても親子四人がその中へ割り込める自信は無かったし、方向をかえて、小牛田から日本海のほうに抜け、つまり小牛田から陸羽線に乗りかえて山形県の新庄に出て、それから奥羽線に乗りかえて北上し、秋田を過ぎ東能代《ひがしのしろ》駅で下車し、そこから五能線に乗りかえ、……（後略）

そしてこれは、たんに計画に終わらず、実際に実行に移されたのであるが、いくら非常事態下とはいえ、このルートは不自然である。実は、太宰治は深浦に寄りたかったのである。前年泊まった兄の同級生の宿でもう一度お酒を飲みたかったのだが、残念ながらこのときは主人も寝込んでいて姿を見せず、一滴のアルコールも口にすることができなかった。このことは、夫人の回想記に詳しい。それによると翌日が晴天で、家族そろって海辺でひとときの団欒を楽しんだとあるから、まんざら無駄なまわり道ではなかったのだが……。

深浦駅の開業は、昭和九年（一九三四）十二月十三日、五能線中の駅では遅いほうである。職員は二十六代鎌田重己駅長以下十二名。乗降客一日平均約一六〇〇人。収入は約二十五万円。駅舎は、町の火災により類焼、昭和三十九年（一九六四）三月に鉄筋に生まれ変わった。

五所川原から小泊へ

話をふたたび、『津軽』に戻そう。

深浦に一泊した太宰治は、翌日鰺ケ沢に立ち寄ったあと五所川原に戻り、ここで叔母の家に一泊、その翌朝、津軽鉄道で金木を素通りして一気に津軽中里へと向かった。ここからさらにバスに乗り、幼いころ自分の子守りを勤めてくれた越野たけの住む小泊へ行きたかったからである。

翌る朝、従姉に起こされ、大急ぎでごはんを食べて停車場に駈《か》けつけ、やっと一番の汽車に間に合った。きょうもまた、よいお天気である。私の頭は朦朧《もうろう》としている。二日酔いの気味である。ハイカラ町の家には、こわい人もいないので、前夜、少し飲みすぎたのである。脂汗《あぶらあせ》が、じっとりと額に涌《わ》いて出る。爽《さわ》やかな朝日が汽車の中に射し込んで、私ひとりが濁って汚れて腐敗しているようで、どうにも、かなわない気持である。このような自己嫌悪を、お酒を飲みすぎた後には必ず、おそらくは数千回、繰り返して経験しながら、未だに酒を断然廃す気持にはなれないのである。この酒飲みという弱点のゆえに、私はとかく人から軽んぜられる。世の中に、酒というものさえなかったら、私は或いは聖人にでもなれたのではなかろうか、と馬鹿らしい事を大真面目で考えて、ぼんやり窓外の津軽平野を眺め、やがて金木を過ぎ、芦野《あしの》公園という踏切番の小屋くらいの小さい駅に着いて、金木の町長が東京からの帰りに上野で芦野公園の切符を求め、そんな駅は無いと言われ憤然として、津軽鉄道の芦野公園を知らんかと言い、駅員に三十分も調べさせ、とうとう芦野公園の切符をせしめたという昔の逸事を思い出し、窓から首を出してその小さい駅を見ると、いましも久留米絣《がすり》の着物に同じ布地のモンペをはいた若い娘さんが、大きい風呂敷包みを二つ両手にさげて切符を口に咥《くわ》えたまま改札口に走って来て、眼を軽くつぶって改札の美少年の駅員に顔をそっと差し出し、美少年も心得て、その真白い歯列の間にはさまれてある赤い切符に、まるで熟練の歯科医が前歯を抜くような手つきで、器用にぱちんと鋏《はさみ》を入れた。少女も美少年も、ちっとも笑わぬ。当り前の事のように平然としている。少女が汽車に乗ったとたんに、ごとんと発車だ。まるで、機関手がその娘さんの乗るのを待っていたように思われた。こんなのどかな駅は、全国にもあまり類例が無いに違いない。金木町長は、こんどまた上野駅で、もっと大声で、芦野公園と叫んでもいいと思った。汽車は、落葉松《からまつ》の林の中を走る。この辺は、金木の公園になっている。沼が見える。芦の湖という名前である。この沼に兄は、むかし遊覧のボートを一艘寄贈した筈である。すぐに、中里に着く。人口、四千くらいの小邑《しょうゆう》である。この辺から津軽平野も狭小になり、この北の内潟《うちがた》、相内《あいうち》、脇元《わきもと》などの部落に到ると水田もめっきり少くなるので、まあ、ここは津軽平野の北門と言っていいかも知れない。私は幼年時代に、ここの金丸という親戚の呉服屋さんへ遊びに来た事があるが、四つくらいの時であろうか、村のはずれの滝の他には、何も記憶に残っていない。

没後も重要な地——芦野公園、津軽中里、金木

引用がすっかり長くなってしまったが、そのわけはたんに、この部分の描写がすぐれて面白いからというだけではない。この芦野公園こそは、太宰治にとって、幼時の一時期、思い出を育んでくれた故地でもあり、その縁で没後も重要な土地になっているからである。

というのは、ここに金木尋常小学校を卒業したあと、学力補充のために学んだ組合立の明治高等小学校があったのである。太宰はここに一年間通ったが、よほど懐かしかったらしく、母の見舞いではじめて家族を金木にともなった昭和十七年（一九四二）の秋、帰京の前日にわざわざ妻子を案内したりしている。そのころにはすでに明治小学校は廃校になっていたのだが……。

芦野公園は今なお、金木町をはじめ近郊の人々の憩いの場所として親しまれている。桜の名所であり、この地の人々が束の間の春を精一杯楽しむところなのである。そしてここには太宰治にちなんで、小高くなったところに、処女作『晩年』の冒頭に据えたヴェルレーヌの詩、今では太宰治によってすっかり有名になった、

撰ばれてあることの
恍惚と不安と
二つわれにあり

の詩句を刻んだ碑が建立されている。さらに線路をはさんで反対側の、駅を出て二〜三分歩いた松林の中に、「歴史民俗資料館」が昨年設立され、その一室が完全に太宰治の部屋になっている。太宰が生前愛用した遺品や写真が展示してあり、生前の太宰治を偲ぶよすがを提供してくれる。

津軽に描写された芦野公園駅は昭和五十年（一九七五）に鉄筋のモダンな駅舎に改築されたが、その隣りに当時の木造の駅舎が、幸いそっくりそのまま保存してある。いや、保存というほど意志的なものかどうかわからないが、取り壊す予定もないというから有難いことである。

芦野公園の駅長さんは、斎藤き江さんという、今年四十一歳の女性である。昭和四十四年（一九六九）からもう十年以上も勤務している。ご主人もまた金木駅勤務で、津軽五所川原駅の原田夫妻同様、津鉄一家ということになる。き江さんが一人で守るこの駅は、何分〝観光地駅〟だから、季節変動が激

しいが平均して月四十～五十万円ぐらいの売り上げらしい。まずは立派な黒字駅である。

　終点の津軽中里駅は、昭和二十年代に改築されて現在に至っている木造の駅舎である。中里の人口がほぼ一万五〇〇〇人と、太宰が書いた当時にくらべてかなり増えているのに、一日平均の乗降客は約八百人と少ない。それも年々減る傾向にあるという。小泊へはここからバスで一時間十分、途中左手に、どことなく寂し気なたたずまいを見せる十三湖を眺めつつ、さらにさらに北上する。行き止まり、の実感がひしひしと伝わってくる小さな漁村である。太宰が終生慕い続けた、だからこそ『津軽』全編中の掉尾を飾ることになった越野たけさんは、今年八十三歳、今なお健在である。

　さて、最後になってしまったが、太宰の生地・金木について少し記そう。ここも、中里と同様人口は一万五〇〇〇人の、変哲のない静かな町である。もしも太宰治がこの地に生を享けていなければ、おそらくは誰からも顧みられなかったに違いない。生家が現在人手に渡り、「斜陽館」という旅館になって

❾

❿

⓫

❾芦野公園駅
新旧駅舎が並んで建っている
❿昭和20年代に改築された津軽中里駅
⓫昭和30年代に改築された金木駅
太宰当時の姿はとどめていない

いることは、よく知られている。津島家はその後、青森へと移住した。長兄の文治がその後、国会議員を勤めたり、青森県知事になったりと、政界で名を成したこと、これまた周知の通りである。

現在の金木駅は、昭和三十年代に改築されたため、太宰当時の姿はとどめていない。一日の乗降客一七〇〇人ほど、収入は貨物を含めて約二十万円。長く駅長を勤めてきた古川《こがわ》義憲さんは、ついさきごろ定年を迎え、助役だった坂田輝高さんにバトンタッチして嘱託となった。斎藤き江さんのご主人正悦さんを加えて三人でこの駅を守っている。

昭和二十三年（一九四八）六月十三日、太宰治は山崎富栄とともに玉川上水に入水・自殺した。奇しくも四十歳の誕生日にあたる十九日に、死体は発見された。『桜桃』という作品にちなんで名付けられた桜桃忌は、毎年この六月十九日に、沢山のファンが集まってとりおこなわれる。今年の桜桃忌は、早いものでもう三十三回忌にあたった。

（『旅と鉄道』No.36〈'80夏の号〉／No.37〈'80秋の号〉）

……………………

昭和二十三年（一九四八）六月十三日、三十九歳の誕生日を目前にしてその生を心中という形で自ら閉じた太宰治の人気は、今なお衰えをしらないようである。没後半世紀を優に過ぎたというのに、いまだに毎年六月十九日に太宰の墓のある東京・三鷹の禅林寺で催される桜桃忌や、生誕の地・青森県金木町（平成十七年三月に市浦村とともに五所川原市と合併、五所川原市金木町になる）の「太宰治記念館『斜陽館』」で催される生誕祭に訪れる人は多い。

ちなみに、六月十九日というのは太宰と心中相手の山崎富栄の遺体が発見された日である。奇しくもまた、この日は太宰の誕生日でもある。そんなことから、「斜陽館」でも最初は「桜桃忌」と呼んだが、開館した翌年の平成十一年（一九九九）六月十九日から「生誕祭」と改めた。

本編でも記したように、太宰治と故郷津軽とのかかわりは濃密なようでいて、淡かった。それは、若くして故郷を離れたからというだけでなく、一時期非合法活動に足を踏み入れたり、何度も自殺未遂を繰り返したりと、生家に背をむけるようなことをしたことで、自ら足を遠ざけてしまったからである。

だが、没後はどうだろう。すでに『津軽』を発表する少し前から生家とのわだかまりは解けていたが、『津軽』という作品を通して、太宰と津軽は再び分かちがたく結びついた。そして、津軽といえば太宰治、太宰治といえば津軽という図式ができあがり、それは今日にも続いている。

太宰人気に支えられた、現在の津軽はどうだろう。

⓬

⓭

⓬現在の金木駅
ちょっと洒落っ気のある駅に生まれ変わった
まだ津軽の風土には馴染んでいないようだ
⓭太宰治も乗り降りした五能線の五所川原駅
太宰の死の直前、昭和22年３月に
建てられた駅舎が現在もまだ健在である

時の流れは、この地にもなにかと変化をもたらしたが、それでも太宰の幼少時あるいは少年期から青年期に入る時代のたたずまい、また『津軽』当時の面影はかなり濃厚に残されているようである。

まず生地の金木町だが、太宰の生家は今なお現存する。いうまでもなく「斜陽館」である。

太宰の父津島源右衛門が明治四十年（一九〇七）に心血を注いで建てたというこの家は、昭和二十五年（一九五〇）に津島家の手を離れて「斜陽館」という名の旅館になったが、四十六年後の平成八年（一九九六）に廃業、三月に金木町が買い取って修復、平成十年（一九九八）四月から「太宰治記念館『斜陽館』」として生まれ変わった。太宰は、この生家のことを『苦悩の年鑑』で「この父はひどく大きい家を建てたものだ。風情も何もないただ大きいのである」と描写したが、この建物は平成十六年（二〇〇四）十二月に、建築されてから百年を前にして国指定の重要文化財に指定された。

太宰治が乗り降りした津軽鉄道の金木駅は、昭和三十年（一九五五）に改築された建物がずっと使用

⑭

⑮

⑭JR五所川原駅と隣り合う
津軽鉄道の津軽五所川原駅
入口は別だが一歩中に入るとJRのホームに
出るという構図は今も昔も変わらない
⑮五能線木造駅
これほどダイナミックに変身した駅も珍しい
好き嫌いは別として
妙に人気があることも確かだ

されてきたが、平成十五年（二〇〇三）十二月二十五日に赤い三角屋根を持つ二階建ての瀟洒な駅舎と交代した。

日本の桜名所百選にも選ばれ、桜の名所として知られる芦野公園は現在も本編執筆当時と変わらない。芦野公園駅も往時のままである。太宰治が子供の頃によく遊んだというこの公園には、今なお文学碑がそのままの位置に立つ。刻まれているのは、生前太宰が好んで口にしたヴェルレーヌの詩の一節「撰ばれてあることの恍惚と不安と二つわれにあり」である。

五能線の五所川原駅は、隣り合う津軽鉄道津軽五所川原駅とともに、本編執筆当時とほとんど変わらない。構内の配置も全く同じである。この駅に象徴されるように、五能線にもあまり変化はみられない。本編にも登場する深浦駅もそのままである。だが、木造《きづくり》駅は大きく変わった。昭和十三年（一九三八）七月に建てられた木造《もくぞう》の駅舎は取り壊され、平成四年（一九九二）八月に現在の駅舎に生まれ変わった。それがなんと、この地の亀ヶ岡遺跡で発掘された遮光器土偶のレリーフを壁面いっぱいに貼り付けた、まさに鬼面人を威す異容である。

津軽鉄道は、本編執筆当時も経営は苦しかったが、現在はさらに深刻な状態になっている。現地では存続運動も展開されているようだが、果たしてどうなるか。だが、冬にはストーブ列車、夏には風鈴列車を走らせるなどして、懸命の経営努力は今も続けられている。これは、ディーゼル機関車が牽くいわば特別列車だが、通常は気動車が走っており、この列車は太宰治の作品にちなんで「走れメロス号」と名づけられている。

誇り高き天才歌人 石川啄木

挫折と流浪の足跡

東北本線
好摩駅
盛岡駅
上野駅
函館本線
函館駅
札幌駅
小樽駅
根室本線
釧路駅

明治の子・石川啄木——二十六歳で他界した天才歌人

昭和四十二年（一九六七）という年は、明治元年（一八六八）から起算してちょうど百年目に当たる年だった。この前後に「明治百年」という言葉が流行し、これを記念する行事が催されたりした。「明治は遠くなりにけり」という言い回しが、改めて人々の口にのぼったのもこのころのことである。「明治」という時代がどういう時代だったのか、後世の我々は、もはや〝歴史〟というフィルターを通してしか知ることができない。ただ、実際がどうだったのであれ、懐古の念が強過ぎるあまり、そこはかとはないロマンチシズムの香気に包まれた「古き良き時代」として振り返られることが、今日では多いようである。

明治十九年（一八八六）に生まれ、明治四十五年（一九一二）に亡くなった石川啄木は、ついに他の時代を体験することなく終わった、まさに「明治の子」であった。そのせいかどうか、とかく啄木というと、近代以降の文学者の中では、甘美な哀感とともに感傷的に思い起こされることが多いようである。

事実また、啄木の文学的スタートは、与謝野鉄幹・晶子夫妻が主宰したロマンチシズム（浪漫主義）の機関誌『明星』だったから、そう思われてもやむをえない節はある。啄木自体の性向も、現実直視型というよりは、むしろ理想家肌のところが多かったため、作品（とくに初期の）の上にも、当然こうした面が色濃く投影されてもいる。

いま一つは、たったの二十六歳で夭折《ようせつ》した天才歌人、ということからくる錯覚が大きい。幸か不幸か、我々は年老いた石川啄木を知らないのである。残された写真にしても、一見して幼少の砌《みぎり》、神童と呼ばれたことがそのまま首肯できる、自信に満ち満ちた聡明で若々しい風貌のものが数葉あるきりで、これから受ける印象はとくに強烈だ。

では、実際の啄木はどうだったのか。

比較的初期に作られた詩や短歌はともかく後期の作品からは、それが散文であれ、詩歌であれ、ロマンチシズムのかけらすら嗅ぎとることができない。死ぬ一年半前に出た、歌集の『一握の砂』にしろ没後に出版された『悲しき玩具』にしろ、短歌の革新に成功したという評価は別として、若くして一家の家長という重荷を背負わされた、誇り高き天才の、これはもう悪戦苦闘、血みどろの生活の記録である。甘ったるい感傷の入り込む余地など、これっぽっちもない。

第一、志《こころざし》なかばにして生活に疲れ果て、病いを得て二十六歳の青春の盛りで世を去らねばならなかったこと自体が、悲劇中の悲劇でなくて一体なんであろう。

それにしても時間が流れ過ぎた。ここまでデフォルメされた啄木像が一般に定着してしまった以上、これを矯正することはもう不可能なことかもしれないし、また、してはいけないことなのかもわからない。〝時間〟という長い川を流れ下る間に、すっかり角がとれ滑らかに磨きあげられた石は、多少、小振りになったとしても、そのほうがはるかに美しくみえるのはやむをえないことであろう。

啄木の文学上の業績とか、その生涯については、もう研究され尽くしたかの感がある。生前の啄木となんらかのかかわりを持った人も残り少なになり、史料や事実が新しく発見されるということも稀《まれ》になった。まさしく「明治は遠くなりにけり」である。

だがそれは、あくまで啄木研究という本流から眺めた場合の話だ。傍流、それもとくに「鉄道」という側面から啄木を見ると、まだまだ手つかずの部分がかなりありそうである。

重要な作品としては、まず第一に短歌、それもとくに『一握の砂』に収められたもの。それに続いては日記、手紙といったところである。小説もかなり書いたが、これは参考程度に留めよう。

これらの作物の中に書き込まれた鉄道描写は、どれをとっても生活感情の滲み出た啄木ならではのもので、明治後期の鉄道の雰囲気が、そのままじかに読む人に伝わってくる。

啄木が流浪の人だった、ということは言うを俟《ま》たないが、その範囲は、故郷の岩手県岩手郡渋民村(現在の玉山村)を中心にして、西は東京から東は北海道の釧路にまで及ぶ。そしてとくに、この北海道における〝流浪の軌跡〟がたまたま、北海道の鉄道敷設最盛期に当たっていたことと、いま一つは、啄木の次姉トラの夫・山本千三郎《せんざぶろう》がちょうどこの時期、道内各地の主要駅で駅長を歴任していたということの二点で、ごく局地的、断片的にではあるが、鉄道史の裏付けもとれる。鉄道のファンとしては、この宝の山を見捨てる手はないのである。

啄木を追跡してみようと思い立った動機は、ざっとまあ、こんなところにあるのだがその成果は意外に大きかった。過去に何度も訪れたことのある駅や街を、改めて啄木という一点に視点を据えて取材してみると、全く異なった様相を見せてくれるから不思議である。もちろん、啄木が足跡を記した当時と今とでは、どの土地も、ほとんど面影を留めないほどに変貌してしまったことも、また一つの重要な事実なのだが……。

ここでは石川啄木という人の作家論や文学論を展開するのが本旨ではないし、また当然その任でもないので、あくまで、啄木の作物の中に現われた、ということは啄木が、あるかかわりをもった駅を主体として考証してみたい。

ただそうはいっても、その中から極力、啄木の実像を浮き彫りにしてみたいとは思っている。なぜなら「停車場」や「汽車」に身を置いたり、委ねたりしたとき、人は意外にその素顔を顕《あらわ》にすることが多いからである。

東北本線好摩《こうま》駅――過ぎ去った少年時代の日々

十月卅日

朝。故山は今揺落の秋あはたゞしう枯葉の音に埋もれつゝあり。霜凋の野草を踏み浙瀝の風に咽んで九時故家の閾を出づ。愛妹と双親とに涙なき涙にわかれて老僕元吉は好摩ステーションまで従へたり。

かくて我が進路は開きぬ。かくして我は希望の影を探らむとす。記憶すべき門出よ。雲は高くして巌峯の巓に浮び秋装悲みをこめて故郷の山水歩々にして相へだたる。あゝこの離別の情、浮雲ねがはくは天日を掩ふ勿れよ。遊子自ら胸をうてば天絃凋悵として腔奥響きかすか也。

南行して盛岡に下車し仁王の僑居に入る。

日記文学として白眉のものといわれる、啄木の日記の冒頭の部分である。『秋韷笛語《しゅうらくてきご》』と題されたこの最初の日記は明治三十五年（一九〇二）啄木十六歳のときのもの。

日戸村常光寺の住職・石川一禎、カツ夫妻の長男（ほかに姉二人、妹一人）として生まれた啄木（本名は一《はじめ》）は、明治二十年（一八八七）一歳のときに父の転任により隣り村の渋民村宝徳寺に移り住み、

❶

❷

❶東北本線好摩駅
花輪線の起点でもあり堂々たる構え
❷宝徳寺近くに移築され保存されている
啄木が通った渋民尋常小学校
近くに「啄木記念館」もある

ここで幼年期を送った。神童と呼ばれたのは、このころのことである。明治二十八年（一八九五）、渋民尋常小学校卒業、すぐに盛岡の伯父の家に寄宿し盛岡高等小学校に通った。明治三十一年（一八九八）、十二歳の春に盛岡中学校に合格し入学。入学成績は百二十八名中の十番だったという。このあたりまでは、まさに順風満帆の少年時代だったといってよい。しかし、中学に入ったところで啄木をとりまく交友関係が一変し、これらの友人たちと図って回覧雑誌を出すなど、徐々に文学への傾斜を深めていく。そのせいかどうか、成績のほうは、二年は百四十名中四十六番、三年は百三十五名中の八十六番と、進級するにつれて悪化し、四年のそれは百十九名中の八十二番であった。

　そして五年生になった年の十月二十七日、啄木は突如、盛岡中学を退学してしまう。一学期のテストで不正があったためという。もっともそれ以前にも不正行為はあったらしく、学校側も、これ以上は見過ごせなかったのだろう。

退学して三日後の十月三十日、十六歳の啄木は勇躍、文学で身を立てるべく単身上京の途に着いたわけである。先に引用した日記文は、いくら当時の人が漢文に長《た》けていたとはいえ十六歳とは思えぬほどの美文調で、青雲の志に燃える啄木の気負い立った心情が、痛いほど読む人の胸に伝わってくるものだ。

ここに登場する好摩駅は、当時、渋民村の宝徳寺からいちばん近い駅だったわけで、啄木は盛岡への行き帰りなどによくここを利用した。開業は明治二十四年（一八九一）九月一日。この日を期して盛岡―青森間が開通、これにより現在の東北本線（当時は民間の日本鉄道が経営していた）が全通したという記念すべき日でもあった。

開業した時点では、盛岡のすぐ次が好摩駅で、間に駅は一つもなかった。滝沢がようやく明治三十九年（一九〇六）、厨川が大正七年（一九一八）、渋民にいたっては、なんと昭和二十五年（一九五〇）の開駅である。

小川静子は、兄の信吾が帰省するといふので、二人の小妹《いもうと》と下男の松蔵を伴れて、好摩の停車場《ステーシヨン》まで迎ひに出た。もと〳〵、鋤一つ入れたことのない荒蕪地《あれち》の中に建てられた小さい三等駅だから、乗《のり》降《おり》の客と言つても日に二十人が関の山、それも大抵は近村の百姓や小商人《こあきんどばか》許りなのだが、今日は姉妹《きやうだい》の姿が人の目を牽いて、夏草の香《かをり》に埋もれた駅内に常になく、艶《なまめ》いてゐる。

これは啄木が明治四十一年（一九〇八）『東京毎日新聞』に連載した唯一の新聞小説『鳥影《ちようえい》』の冒頭の部分である。渋民村の旧家、金矢家をモデルにしたフィクションだが、当時の好摩駅の雰囲気が手にとるようによくわかる。

好摩駅のいま──ホームにたつ素朴な木碑

現在の好摩駅は、職員数四十三名（うち助役が五名）、一日平均の乗降客一〇四三名、収入が二十四～二十五万円。特急はノンストップだが急行の半分は停まるという中規模の駅である。菅原正巳駅長は三十六代目、駅舎は昭和十六年（一九四一）に改築され、一部モルタル造りになったから啄木当時の面影は全くない。

後年になって啄木は望郷の歌を盛んに作ったが明治四十三年（一九一〇）八月十一日の『東京朝日新聞』に発表した五首のうち、三首がこの好摩駅に関したものである。この三首は、十二月に出版された『一握の砂』中に、そのままであるいは一部を手直しして収められた。もちろん三行書きになって、である。

霧ふかき好摩の原の
停車場の
朝の虫こそすずろなりけれ

〈霧深き〉が〈霧ふかき〉と直されただけのこの歌は、駅から五、六分歩いた、稲荷山という、山ともいえないような小高い丘の上に妹光子の筆になる石碑として残されている。昭和三十五年（一九六〇）に建立された、堂々たる歌碑である。だが、それより先の昭和二十九年（一九五四）駅構内の出改札のすぐ側のホームに作られた、白いエナメルで書かれた木碑のほうが、場所柄もふさわしいし、素朴な味わいがあっていいようだ。

駅ではないが、こういうのもある。

ふるさとの停車場路の
　川ばたの
　胡桃《くるみ》の下に小石拾へり

新聞では〈ふるさとの〉が〈故郷《ふるさと》の〉最後の〈胡桃《くるみ》の下に小石拾へり〉が〈胡桃《くるみ》の下の紅き日傘かな〉となっていたものである。この二首はともに「煙」の章の二に入っている。総数五十四首、その全部が望郷の歌という中に、である。

いま一つ「手套を脱ぐ時」という章に収められた歌に、次のようなのがある。

朝まだき
　やつと間に合ひし初秋《はつあき》の旅出の汽車の
　堅き麵麭《ぱん》かな

啄木は前後四回、上京（一回は釧路から船で横浜に上陸）したが、最初も二度目もともに十月の末、三回目は六月だから〈初秋の〉が該当しない。明治三十七年（一九〇四）九月二十八日、二度目の上京に先だって、北海道小樽にあった姉夫婦を訪ねたことがあり、これだと季節は合うが、中学で同級だった小沢恒一に宛てた手紙によると、発車が午後四時四十分で、このときでもなさそうだ。明治四十年（一九〇七）ついに一家離散という最悪の状況で渋民を去って、北海道函館に移ったときは、五月四日だから、このときでもない。

一家離散とはこれなるべし。昔は、これ唯小説のうちにのみあるべき事と思ひしものを………。
（中略）
妹は先に老爺元吉と共に好摩に至りてあり。二時四十分頃二人は下り列車に乗りつ。刻一刻に予と故郷とは相遠かれり。

これが、そのときの日記である。このあと啄木は、二度と故郷の土を踏むことなく没した。結局、前記「朝まだき……」の歌は、いくつかの旅出がないまぜになった、フィクションかも知れない。

しかし、これだけ啄木とはかかわりの深かった好摩駅も、今はどうやら啄木ファンからは見捨てられてしまったようである。駅の話によると、啄木を慕って降り立つ人は、ほとんどないとのこと。大方は隣りの渋民駅で下車してしまう。ここからのほうが常光寺、宝徳寺といった縁《ゆかり》の地や、北上川畔の〈やはらかに柳あをめる／北上の岸辺目に見ゆ／泣けとごとくに〉の歌碑、記念館、近くに移築された渋民尋常小学校などの史跡に近いからである。

渋民駅は現在、民間依託駅。玉山村農協が依託を受けて、営業している。木造のちっぽけな駅だ。「渋民」という村名は消滅したのに駅名で残したり、売店に啄木関係の記念土産をあれこれ並べるなど、まるで啄木だけのためにあるような感じだ。地元の啄木に賭ける熱意はわかるのだが、前記のコンパクトにセットされた〝史跡〟といい、この駅といい、どうも啄木が大安売りをされているようで、しっくりこない。お定まりの観光コースを歩かされているな、と感じたときのあの苦々しさが先に立ってしまうのだ。

盛岡駅・盛岡工場——啄木自身の筆跡をとった歌碑も

五時行李を整へ俥を走せて海沼の伯母や姉等にわかれ停車場に至れば見送の友人すでにあり。薄くらき掲燈の下人目をさけ語なくして柱により妹たか子の君の手をとりつゝ、車中のわれを見つめ玉ふ面影!!! あゝ如何にあたゝかきみ胸ぞ。たとへ吾を送るに千人の友ありとするも何れかよくこの恋の君の一目送の語なくしてかたる紅涙にしく者あらんや。

五十五分、我はあはたゞしう友と別れの言を交はしぬ。瀛笛一声、車は南に向つてなつかしき杜陵の地をはなれぬ。…………

最初の上京のとき、啄木は盛岡に一泊、翌十月三十一日、いよいよ東京へ向かう車中の人となる。これは盛岡駅での切々たる別れの哀愁を綴った日記文である。いかにも多感な、感傷におぼれやすい年頃の、まるで自分自身をドラマの主人公に見立てたような調子の美文だが、すでにそれまで五年という歳月を送った土地でもあり、のちに妻となる堀合節子とも相愛の仲だったから、やはり一抹の寂寥感はあったに違いない。ただ、そうするとわからないのが、ここに登場する「たか子の君」のこと。ここは節子のことと解したほうがより自然でもあり、納得もいくのだが……。

啄木は、この盛岡駅のことは、一首も歌に詠んでいない。『一握の砂』中には、盛岡時代を回想した歌が「煙」の章の一でかなり出てくるが、この中にも入っていない。やはりふるさとの駅・好摩ほどには印象に残らなかったのであろうか。

盛岡駅の開業は明治二十三年（一八九〇）十一月一日。好摩駅より十カ月早い。東北本線が全通した当時の盛岡駅は、職員数わずかに二十三名、列車の発着本数上り下り合わせて六本、乗降人員二百名、収入二百円という、今日からは想像もできないほどの小駅であった。しかし、そこはさすがに県都にある駅。その後は着実に発展し、現在は職員四百名、一日に三百本の列車が発着し、乗降客も一万五〇〇〇人、収入で一三〇〇万円に上るという。駅舎は大正十三年（一九二四）七月に一部改築、昭和三十四年（一九五九）十一月には全部改築されて民衆駅となった。現在さらに、新幹線停車駅としての改修が進んでおり、開通後は面目を一新することになろう。盛岡鉄道管理局もここにあり、裏側には国鉄盛岡工場もあるという、仙台と並び、文字どおり東北地方の鉄道の要衝である。

駅前に〈ふるさとの山に向ひて／言ふことなし／ふるさとの山はありがたきかな〉の堂々たる石彫りの歌碑があったが、現在は工事のため高松池畔の市立図書館の入口右手に移してある。啄木自身の筆跡をとったものである。

面白いのは盛岡工場で、同じ歌を彫った可愛らしい石碑が工場内の小公園に建てられている。昭和二十九年（一九五四）、啄木の先輩で、親友でもあった金田一京助の筆になるものだ。このほうが古い。強いて啄木とのかかわりを求めるとすれば長姉サダの夫・叶《かのう》が明治三十三年（一九〇〇）一月から三年間、ここに勤めていたということぐらいだが、建碑の意図とは関係がない。昭和二十八年（一九五三）夏、「交通博物館」の嘱託で、安全の大家だった山口貫一という人が来場した際、工場正門から眺めた岩手山の秀麗な偉容に打たれ、この歌こそは職員の心のよりどころになるとして建立を進言したというのが真相らしい。したがって、当時は正門（現在の正門ではない）を入った事務室前の築山にあったとのことである。こういうほうが、啄木自体の人柄とか歌を考えた場合、よりふさわしいような気がするが、どうだろうか。

都の入口上野駅——苛酷な運命のはじまり

さて、十六歳の啄木少年が、初めて東京に足跡を記したときの印象はどんなものだったろうか？

うつゝなの想ひにのみ百四十里をすぐして午前十時上野駅に下車し雨中の都大路を俥走らせて十一時頃小石川なる細越夏村兄の宿に轅下させぬ。

これが、明治三十五年（一九〇二）十一月一日の日記の一部である。出立するときの、あの昂《たか》ぶった感情がそのまま文字になったような調子にくらべると、何の印象をも書いていなくて、まことに素気ない。

明治十六年（一八八三）七月二十八日に開駅して以来、もうすでに二十年近くも経過していたから、

❸

❹

❸東北新幹線の工事が進む盛岡駅
❹明治の末ころの上野駅
初めて上京したとき啄木はこの駅に降り立った
（写真提供／交通博物館）

駅としての体裁もすっかり整い、相当な賑わいを見せていて、初めて降り立った人の眼を驚かすには十分だったはずなのに、これはまたどうしたことだろう。先へ先へとはやる啄木の気持ちが、ついつい上野駅をゆっくり観察するという余裕をうばってしまったのだろうか。

しかし、この上京は失敗に終わってしまった。神田にある中学校への編入もうまくいかず、正則英語学校への入学もまた、学資の都合で断念せざるをえなかった。せめてもの収穫は、それまで文通を通じてしか交流のなかった与謝野鉄幹・晶子夫妻の知遇を得たことぐらいだろう。就職しようと運動したが、これもうまくいかず、窮乏のうちにとうとう病気になってしまい明治三十六年（一九〇三）二月の末にふたたび渋民村に帰って来たのである。東京にあることわずか四カ月であった。

啄木の二度目の上京はそれから一年八カ月たった、明治三十七年（一九〇四）の十月末である。このとき啄木十九歳。神田の養精館に下宿し、五月には待望の処女詩集『あこがれ』を出版したが、父一禎が宗費滞納という名目で宝徳寺住職を罷免されるという事件が起こってから啄木の運命はがらりと転換してしまう。啄木および一家の悲劇は、すべてここに源を発するといってもよい。

両親は渋民を出て盛岡に転居、啄木は先の見とおしのたたぬまま、東京でいたずらに日を送るのみといった状態が続くが、こうした中で、いくつかの事件を起こしつつ盛岡に帰り、かねて婚約中の節子と六月四日に結婚、新生活に入る。二度目もまた、短い滞在期間であった。

三度目の上京は、明治三十九年（一九〇六）の六月。しかしこれは、母と妻とで渋民村に帰り、斎藤福方に下宿しながら渋民尋常小学校の代用教員をしていた合間の、父の宝徳寺住職復帰運動のためで、滞京が目的ではない。

そして最後の上京は、明治四十一年（一九〇八）の四月二十八日である。釧路を四月上旬に発って途中函館に寄り、のちに義弟となる宮崎郁雨の世話を受けつつ、小樽にいた妻子とも面会を果たし、船で横浜に上陸した。このとき、鉄道を使わず、わざわざ海路を選んだのは、故郷の渋民村を通るのが辛かったからである。

これ以後、啄木は、明治四十五年（一九一二）四月十三日に死去するまでの四年間を東京で過ごすことになる。この間、小説家として立とうとするが、書いた作品のほとんどが文壇で黙殺され、またまた苦しい生活を続けねばならなかった。明治四十二年（一九〇九）、函館から上京した家族を迎えたものの、生活は窮迫するばかり、ようやく『東京朝日新聞』の校正係としての職を得たが、もとよりこれは啄木にとって、本意ではなかった。

明治四十三年（一九一〇）、ようやくチャンスがめぐってくる。九月十五日、この日を期して『東京朝日新聞』に設けられた朝日歌壇の選者に抜擢されたことである。啄木は、これをきっかけに歌人として生きることを考え、それまで一行書きが常識だった短歌を三行にして、作りためた歌から五百五十一首をまとめ、十二月一日、出版した。不幸にも、長男の真一が、生まれて二十四日で死亡、はからずもこの真一に手向ける歌集となってしまった。これが世に名高い『一握の砂』である。

運命は、どこまでも啄木に苛酷で、ようやくこれにより歌人としての評価も固まり、さあこれからというとき、今度は病魔に襲われてしまった。明治四十四年（一九一一）二月四日慢性腹膜炎で入院。手術したあと三月十五日には退院したものの病状は思わしくなく、ついには肺結核に移行、結局はこれが命取りになって、翌年の四月十三日、永眠する。第二集として予定していた歌集は『悲しき玩具』と命名されて、文字どおり啄木の死と引き換えに刊行された。死の五日前に受け取った原稿料の二十円が葬儀の費用として使われたのである。

『一握の砂』には、望郷の歌が多く収められていることは、すでに述べてきた。そのほとんどが、最初の「我を愛する歌」の章に続く「煙」の章にあるが、そのうちの一では盛岡を回想し、二で渋民を回想している。この二の冒頭に出てくるのが次の歌である。

ふるさとの訛《なまり》なつかし
停車場《ていしゃば》の人《ひと》ごみの中に
そを聴《き》きにゆく

啄木の歌の中でも、絶唱の一つとして、十分に人口に膾炙《かいしゃ》されたこの歌が、上野駅を詠んだものだということは、説明を要しないだろう。当時、西日本方面へのターミナルが新橋（今の汐留貨物駅）なら、東北・上信越方面へのそれが上野で、もちろん新橋のほうが歴史も古く、規模も大きかった。しかしその後、大正三年（一九一四）に東京駅が新設されるにおよんで、新橋はその役目をここに譲ってしまった。

だが、上野駅は今でも開業当時の性格と使命を保ち続けている。そのせいでもあろう、啄木が歌ってから七十年近くたった今日にいたってもなお、この歌がほとんど違和感なく口ずさめるような雰囲気が、上野駅には濃厚に漂っているのである。

近い将来開業が予定されている、東北・上越新幹線も、商圏としての地盤沈下を嘆く地元の必死の頑張りもあって、上野駅設置が正式に決定し、重要性はさらに増すが、性格の変更はない。車両の改造が進められ、スピードアップがどんなにはかられようと、啄木のこの歌は、きっと末ながく生き続けることだろう。

上野駅とはそんな駅なのだ、という気がしてならない。

運命はさらに啄木を故郷から追った

明治四十年（一九〇七）五月四日、啄木は故郷渋民をあとに、北海道函館へと向かった。同行は妹・光子ただ一人。妻子を盛岡の実家に帰し、母は渋民の知人に託しての旅立ちである。父はそのころすでに、師僧であり義兄でもあった野辺地の常光寺の住職・葛原対月のもとに身を寄せていた。光子は小樽の姉・トラに預ける予定だったから、文字通りの一家離散である。好摩駅を発《た》つときの模様は、前回に日記を引用したが、それに続けて啄木は次のように記している。

車窓の眺めはいと美しかりき。渋民の桜は漸やく少しく綻びしのみなりしを、北にゆくに従ひて全開なるが多し。三戸のステーションに着ける時、構内数株の桜樹、既に半ば散落して、落葩地に白きを見ぬ。渋民ほど世におくれたる処はなしなど思ひぬ。車窓より手の届くばかりの所に、山吹の花いと沢に咲けるもありき。

夜九時半頃、青森に着き、直ちに陸奥丸に乗り込みぬ。浮流水雷の津軽海峡に流る、ありて、夜間の航海禁ぜられたれば、翌午前三時にあらでは出港せずといふ。

このとき啄木二十一歳、父・石川一禎の宝徳寺住職復帰の運動も、当の一禎の家出によって完全に瓦解してしまい、絶望と困窮の果ての旅立ちではあった。〈石をもて追はるるごとく／ふるさとを出でしかなしみ／消ゆる時なし〉、後年、そのころのことを追想して作られたこの歌の中に、啄木の無念の心情が厚く塗り籠《こ》められている。束《つか》の間の春爛漫《らんまん》を謳《うた》う奥羽路の車窓風景に比して、寒々とした己の胸の裡を思いやるときの、啄木の気持ちを日記は忠実に伝えてくれる。

とはいえ、このときの函館行は啄木にとってあながち悲愴なものだったとばかりはいいきれない。苜《ぼく》蓿社《しゅくしゃ》という文学活動集団の同人だった松岡蕗堂（本名は政之助）という人に頼んで移住を決意し、この地で文学面で新生面を開こうという野心があったから、それなりの期待はあったわけである。

五月五日早暁、啄木兄妹を乗せて青森を出航した陸奥《むつ》丸は、九時過ぎに函館の港に入港した。当時の青函航路はまだ国有化以前で、日本郵船が運営していたが、乗船下船にはハシケを使うなどして、相当な苦労があったらしい。

余談になるが、国鉄初の連絡船が就航したのは翌明治四十一年（一九〇八）の三月七日からで、イギリスで建造されたタービン機関をそなえた新鋭の比羅夫《ひらふ》丸と田村丸がこの任に着いた。奇《く》しくもこの月に陸奥丸は青函を追われて、青森―室蘭の定期航路に就いていたが、椴法華沖で秀吉丸と衝突、二百三十九名の死者を出すという大惨事を引き起こして沈没してしまった。〝悲運の船〟としかいいようがない。

函館・小学校代用教員時代の忘れがたき人人――

函館入りした啄木は苜蓿社の同人たちにあたたかく迎えられた。ひとまず青柳町の松岡蕗堂の家に寄宿、早速、苜蓿社が発行していた同人雑誌『紅苜蓿《べにうまごやし》』の編集を任されることになる。勤めのほうは、函館商業会議所の臨時雇に採用されたが、六月十一日になって弥生尋常小学校の代用教員になることができた。月給十二円は決して多い額ではなかったが、これにより啄木は初めて生計の道と文学活動の場を併《あわ》せ持つことができるようになったわけである。同人たちの献身的な尽力があったことは、いうまでもない。

啄木は函館で多くの友人を得たが、わけても重要な人物は宮崎郁雨（本名は大四郎）であろう。啄木より一歳年上だが、後に啄木の妻節子の妹・堀合ふき子と結婚したことで義弟となった。啄木の生存中はもとより、死後も物心両面にわたって啄木一家の面倒を見つづけた人である。函館時代の、いや、それ以後も含めての啄木を語るとき、この人は絶対に忘れられない存在だ。

「忘れがたき人人」のうち、今一人を挙げるとすれば、それは弥生尋常小学校の同僚だった橘智恵子という女性だろう。啄木が智恵子と接した期間はたった三カ月だが、それだけに妻子ある男の胸中により強くその印象が焼きつけられたのであろう、『一握の砂』の「忘れがたき人人」の章二の二十二首は全部この智恵子を追想した歌である。

こうした人々に囲まれて、啄木は比較的平隠で安定した函館生活を送ることができるようになった。七月の初めには盛岡から妻節子と娘京子を呼び寄せ、八月初めには野辺地の父のもとにあった母カツを迎えに行くこともできた。日ならずして妹光子もやはり義兄・山本千三郎夫妻のところに居づらかったのか、小樽から合流し、一家は父一禎を除いてふたたび集合、青柳町十八に新居を構えるところまでいったのである。

このへんで、当時の函館駅をスケッチしてみよう。

函館駅の開業は明治三十七年（一九〇四）七月一日とされているから、啄木が新生活を始めたころはちょうど三年が経過していたことになる。明治三十八年（一九〇五）の記録によると、一日平均の乗客が二百五十六人、降客が三百四人で、収入が三十八円七十銭だったという。最初の函館駅は海岸町というところの、現在の国鉄宿舎付近にあったらしいが、鉄路の進展につれて現在地に移されたそうである。当時はもちろん鉄道国有化前だから、この駅は北海道鉄道という会社が経営していた。

啄木とのかかわりでいうと、姉トラの夫、つまり義兄・山本千三郎がこの駅の二代目駅長を勤めている。ただし、在籍したのが明治三十八年（一九〇五）の二月から翌三十九年（一九〇六）の六月までの一年四カ月で、啄木が函館入りしたときはすでに小樽へ転出したあとだった。この山本千三郎については後に詳しく触れてみたい。

天災がゆかり深い函館から天才を去らせた

函館でようやく生活と文学の基盤を固めはじめて三カ月が過ぎたとき、啄木にとって思いもかけない事態が発生した。八月二十五日夜十時半に東川町から火が上がり、たったの六時間で全市の三分の二が焼けてしまったのである。啄木の家は危うく焼け残ったが、弥生小学校も焼け落ち、このころ遊軍記者をしていた函館日々新聞社も燃えてしまった。頼みの苜蓿社のほうも『紅苜蓿』第八号の原稿すべてが焼失してしまい、自動的に休刊に追いこまれた。とにかく一切合財《いっさいがっさい》が無に帰してしまったのである。

やむなく啄木は函館を離れることを決意する。札幌にあった北門新報という新聞社の校正係という職を見つけて、単身車中の人となったのは九月十三日のことであった。当時召集を受けて旭川の連隊にいた宮崎郁雨にやや自嘲気味の、次のようなハガキを投函している。

天下の代用教員一躍して札幌北門新報の校正係に栄転し、年俸百八十円を賜はる、明十三日午后七時、君が立つたと同じプラットフォームから汽車にのる、

函館　キツツキ

四十年九月十二日

宮崎大四郎様

これにより月給が十五円と、三円多くなったことが知られる。とすれば「栄転」というのはまんざら嘘とばかりはいいきれないかもしれない。

家族は私が発つてから、幸ひと持出して焼かなかつた畳建具を金に代へて、一先づ小樽にゐる姉の家に落付く事に話が決つて、九月十三日の夕七時、星黒き焼跡の風に送られて、若松町の停車場から、私は唯一人北遊の途に上つた。
（『その人々』）

停車場に送りくれたるは大塚岩崎並木、小林茂、松坂の諸君にして節子も亦妹と共に来りぬ。
（日記）

『一握の砂』で啄木はこのときの友人たちとの別れを次のように詠んだ。

呿呻《あくび》噛み
夜汽車の窓に別れたる
別れが今は物足らぬかな

この「呿呻噛み」の中に、このときの啄木の心境がすべて凝縮されているような気がする。別離は悲しいはずなのにあくびが出そうになる――それを持てあます啄木の顔が目に浮かぶようだ。

実際、大火直後の啄木の日記や手紙には不思議と切迫感がない。どころか、むしろこれを楽しんでい

❺

❻

❼

❺開業当時の函館駅
啄木当時の函館駅は海岸町にあったらしい
❻開業当時の小樽駅
❼現在の小樽駅

る趣すらある。思うにこれは、火事そのものはもちろん人災だが、啄木にしてみれば天災としか映らなかったからではなかろうか？　これまでの不幸がすべて啄木自身、もしくは家族によって惹起《じゃつき》されていたことを思うとき、それ以外の外的要因で運命が変えられたとしたら、心のどこかに「俺のせいじゃないんだ」といった開き直りの安堵感があったに違いない。それを後になって「物足ら」ないと後悔しているのである。

こうして啄木は札幌へ去ったが、その後も函館の町は深いつながりを持つことになる。啄木の意志を汲んだ義弟の郁雨が、啄木やその家族の死後、遺骨をこの地に移し、手厚く葬ったからである。青柳町からほど近い立待岬に行く途中に「啄木一族の墓」がある。そこには名作〈東海の小島の磯の白砂に／われ泣きぬれて／蟹とたはむる〉の歌も刻まれている。

函館駅はその後二度火災に遭い、現在の駅舎は昭和十七年（一九四二）に建てられたもの。北海道の玄関口として以後も順調に発展し、連絡船の乗降客で賑わっている。一日の乗客九〇〇〇人、途中下車客一七〇〇人、乗り換え客四〇〇〇人という数字をきくと、やはり隔世の感がある。収入も一日平均一一〇〇万円と多い。

堀井利雄駅長は三十六代目。昭和十五年（一九四〇）に国鉄入りしてからこの方、函館駅と同じ駅舎内にある青函連絡局の間を行ったりきたりで、ついに他駅を知らないという生っ粋の函館っ子である。そのせいか、この人の函館駅に対する愛着は深い。駅長に就任早々の昭和五十二年（一九七七）四月に月刊豆新聞「はこだて驛」を発刊し、旅人に駅や街の情報を提供するなど、ＰＲに努めている。

駅舎は駅前再開発構想計画により来年にも建て変えられるらしい。北海道の入口にふさわしく、旅情を損《そこ》ねない駅舎にしてほしいものである。

小樽駅新築落成式の祝辞は啄木の草稿

真夜中の
倶知安《くちあん》駅に下《お》りゆきし
女の鬢《びん》の古き痍《きず》あと

汽車が混んでいてよく眠れなかったのか、夜中の倶知安駅に降り立った女客に啄木は強い印象を抱いてこの歌を詠んだ。

午前四時小樽着、下車して姉が家に入り、十一時半再び車中の人となりて北進せり、銭函にいたる間の海岸いと興多し、銭函をすぎてより瀛車漸やく石狩の原野に入り一望郊野立木を交へて風色新たなり。時に稲田の穂波を見て興がりぬ。

「姉が家」というのは稲穂町畑十五にあった駅長官舎のこと。四日後には妻節子らもここに入った。かくして啄木は、九月十四日午後一時過ぎ、札幌の人となった。

十六日、北門新報に初出社。十八日にはたんに校正係の仕事だけでなく、北門歌壇を設けるなどして大いに張りきっている。そのくせ啄木は十日もしないうちに北門新報をやめて、小樽へと向かってしまうのである。新設の小樽日報社へ転じたためだ。同僚には、後に詩人として名を成した野口雨情もいて、大いに意気投合した。札幌にあることたったの二週間！

午后四時十分諸友に送られて俥を飛ばし、瀛車に乗る。雨中の石狩平野は趣味殊に深し、銭函をすぎて千丈の崖下を走る、海水渺満として一波なく、潮みちなば車をひたさむかと思はる。海を見て札幌を忘れぬ。

なつかしき友の多き函館の裏浜を思出でて、それこれと過ぎし日を数へゆくうちに中央小樽に着す。

よほど銭函付近の景観に魅《ひ》かれたとみえて九月二十七日の日記にもこう書きとめている。

小樽日報へ転じたのは、月給が二十円と条件がよかったこともあるが、家族一同と一緒に暮らせるという安心があったからだろう。加えて姉夫婦もいるから心強くもあった。

義兄の山本千三郎は、このとき、小樽の駅長。北海道鉄道最後の駅長であり、官鉄最初の駅長となった人である。啄木より十六歳の年長だからこの当時三十七歳、男の働きざかりといってよい。三重県の出身で、日本鉄道上野駅を振り出しに鉄道マンとしての道を歩みはじめ、盛岡駅車掌、上野駅助役を勤めてから北海道入りをした。たまたま盛岡時代に啄木の伯母・海沼イエ方に下宿していて、手伝いに来ていたトラと結ばれたことで、啄木とは義兄弟の間柄となったわけである。昭和二年（一九二七）、高知駅長を最後に定年退職。昭和二十年（一九四五）、七十六歳で没。借金を申し込まれて断わったためか、一時啄木にうらまれたこともあったが、父の一禎が亡くなるまでの十七年間面倒を見るなど、生っ粋の鉄道マンらしく律儀な人だったという。この人の思い出話で、小樽駅の新築落成式の祝辞書きで四苦八苦しているとき啄木がやってきて、「兄さん、そんな古くさい祝辞では一向《いっこう》面白くありませんよ。どれ僕が直してあげる」といって見事な口語体の祝辞を書き上げてくれたというエピソードが残っている。

小樽駅には今もこの人の写真が保存してある。口ひげを蓄《たくわ》えた堂々たる男丈夫である。駅には今一つ面白い記録もある。それは、俸給が私鉄時代五十円だったのが、官鉄になって四十二円と八円もダウンしたこと。公務員の給料が民間より低いのは昔も今も同じらしい。初代駅長という名誉と引き換えにされたこの八円は、決して小さな額ではなかっただろう。とはいえ、啄木に比すればそれでも倍以上で、当時の駅長職の社会的地位もおよそ想像はつけられるわけだ。

新聞記者時代の小樽――詩人野口雨情も同僚だった

九月二十七日、小樽入りした啄木は、新設の小樽日報社の記者として精力的に活動を開始する。やはり、スタートしたばかりの新聞社ということで、人も建物もすべてが新しく、再起を誓う啄木の心情にぴったりフィットしたからだろう。それともう一つは、今度こそ、〝代用〟教員だの〝遊軍〟記者だの、

〝校正係〟だのといった耳ざわりで侮蔑的な肩書から解放されて、三面担当の正真正銘の新聞記者になったという気負いもあったに相違ない。

結果的にはこうした張り切り過ぎが、啄木をしてまたまた僻遠の地へと去らしめることになるわけだが、それは今少し先のこと。ともかくこのころの啄木は、日記で見るかぎり生気潑剌といった趣がある。

一度は山本千三郎のいた駅長官舎に落ち着いたが、十月の二日には花園町十四の西沢善太郎という人の家に移った。ようやっと一人立ちできるという感慨も強かったことだろう。

しかし、新聞社というところは、ひとくせもふたくせもある人々の集合体である。十日経ち、二十日が過ぎるころにはもう上下、同僚間の人間関係にひびが入りはじめ、やがてはそれが派閥へと発展していく。小樽日報の初号が出たのが十月十五日、このあたりまではそれぞれの思惑《おもわく》は水面下にあったようだが、その翌日にはもう浮上してしまった。槍玉にあがったのが同じ三面担当の同僚だった野口雨情。岩泉主筆と啄木たちの間で自分を要領よく売り込もうとしたという疑いによるものだ。結局これは雨情が謝罪、また啄木も実際以上に誤解していたらしく、のちには氷解する。だが主筆との仲は決定的に悪くなり、まず雨情が十月三十一日に退社。岩泉主筆からの俸給を二十五円とし、三面の責任者にするという甘言に一度は乗っかったものの、啄木もまた十二月の二十日をもって退社してしまう。社長の白石義郎は啄木の才能を惜しんで再三慰留したが、血気の啄木にその気持ちが通じる余地はもう残されてはいなかった。白石社長が今一つ経営していた釧路新聞の記者として啄木がふたたび漂うことになるのも、結局は時勢に流された、というよりは、啄木自体の性向に起因した必然の帰結だったとみるほうが正しいだろう。

山本千三郎が駅長をしていたころの小樽駅を記すのがあとまわしになってしまった。

開駅は明治三十六年（一九〇三）六月二十八日だから、啄木が小樽入りする四年ほど前のことになる。この時点での経営は北海道鉄道だが、函館本線はまだ全通していない。この周辺ではこの日ようやく蘭島まで開通しているのである。もっとも蘭島から然別までは前年の十二月十日にすでに通じていた。函館―小樽間が全通するのは明治三十八年（一九〇五）の八月一日を期してのことであった。小樽駅はこの間に小樽中央、高島、中央小樽と三回も駅名を変えている。

一方、小樽から札幌方面の状況はというと、これは改めていうまでもないほどに有名だ。官営幌内鉄道の手により、手宮―札幌間が開通したのが明治十三年（一八八〇）十一月二十八日のことで、これが北海道最初の鉄道となったからである。その後、幌内まで延長、明治二十二年（一八八九）十二月十一日にはこれを北海道炭礦鉄道が譲り受けた。石炭輸送が主目的だったことが知れるが、もちろん旅客扱いもした。

この北炭の手宮と、北鉄の中央小樽とは多少のライバル意識も手伝ってか、全く連絡されていなかった。しかし、函館―小樽間全通の日に、後に宮崎郁雨も所属することになる旭川師団の軍事輸送という圧力により、現在の南小樽と小樽の中間付近から小樽駅へと線路のドッキングがなされたわけである。

国有化は、北炭が明治三十九年（一九〇六）十月一日、北鉄が翌四十年（一九〇七）の七月一日で、ここにいたって函館本線は名実ともに一本の線として完成した。啄木が函館を発ったときはしたがってこの直後だったわけで、当時の時刻表によると、函館発十九時、小樽着翌朝四時四十五分の列車で、この列車はさらに札幌を経てえんえんと池田まで走っていた。池田着二十一時、何と二十六時間のロングランである。

この時の小樽駅は木造の、一面しかホームのないちっぽけなものだったらしい。しかし残された写真は、駅前のゆるい坂といい、背景の山といい、まぎれもなく現在の位置と変わりがないことを示している。

残念ながら山本駅長当時の規模を伝えるデータは残っていない。なお、千三郎は明治四十年（一九〇七）十一月四日、岩見沢駅長として、啄木より一足早く小樽を去った。

現駅舎は、昭和九年（一九三四）十二月に全面的に改築されたもの。延二万人の人々を動員し、三十万円の経費がかけられたという。

現・小川幸雄駅長は三十六代目。職員百三十六名。一日の乗降客二四〇〇人、旅客収入三百五十万円。都市として伸び悩んだ小樽市の姿が、ここにも反映されているようだ。

小川駅長は小樽の人ではないが、観光協会の役員としても活躍しており、札幌をはじめ道内の諸都市に大きく水をあけられた小樽の失地回復に懸命の策を練っている。そのことがとりも直さず、駅の発展にもつながるからである。

啄木の詠んだ——謎の停車場

子を負ひて
雪の吹き入る停車場に
われ見送りし妻の眉かな

敵として憎みし友と
やや長く手をば握りき
わかれといふに

ゆるぎ出づる汽車の窓より
人先《ひとさき》に顔を引きしも
負けざらむため

明治四十一年（一九〇八）一月十九日、妻子を残し、啄木はまたしても流浪の人となった。小樽駅での別れを詠んだ三首である。

朝起きて顔を洗つてると、頼んで置いた車夫が橇を曳いて来た。ソコソコに飯を食つて停車場へ橇を走らした。妻は京子を負ふて送りに来たが、白石氏が遅れて来たので午前九時の列車に乗りおくれた。妻は空しく帰つて行つた。予は何となく小樽を去りたくない様な心地になつた。小樽を去りたくないのではない、家庭を離れたくないのだ。

その日書きとどめた日記にも、『一握の砂』に織り込んだ歌にも、もはや函館駅で見せたあの余裕はない。時まさに厳寒のさ中、寂しい木造の駅舎にも、板張りのホームにも白い雪が容赦なく吹きつけたであろう。季節もまた悪かった。これからはろばろと、人跡乏しい最果ての地へと行かねばならない……、啄木の心境はきっと落武者のそれと酷似していたに違いあるまい。

ところで『一握の砂』には、われわれ鉄道ファンからみて、何とも奇妙な一首が登場する。

石狩《いしかり》の美国《びくに》といへる停車場の
柵《さく》に乾《ほ》してありし
赤き布片《きれ》かな

そう、美国という駅は、昔も今も、どこにも存在しないからである。美国という地名はある。小樽の西方にある積丹半島の一角に確かにある。だがここは最初から鉄道とは縁がない。第一、ここは後志地方であって石狩地方ではないのだ。

啄木研究で名高い岩城之徳氏は、いろいろと考証したあと、これは美唄の間違いだと推定した。美国＝美唄、なるほど語感は近い。昭和二十七年（一九五二）のことである。これなら石狩地方にあり、しかも函館本線上の一駅として昔から存在する。以後これが研究家の間で定説となっているようだ。

だが、ほんとうにそうだろうか？

もし、美唄だとするならば、小樽から釧路へ行く途中の印象を詠んだことになる。しかし、これは次の二点で辻褄《つじつま》が合わない。一つは、真冬でずっと雪景だったこと。後にもいくつか引用するが、啄木がこの間のことを詠んだ歌には「雪」という言葉が頻繁に出てくるのだ。とすれば、「赤き布片」を「柵に乾」すというのはありえないことのように思える。もしあったとしても、この歌のどこかに雪とか白という言葉を用いたほうがより赤が強調されて効果的ではなかろうか？　この歌はどう考えても冬の歌ではない。とすると、それ以前に啄木が美唄を通ったことがあるか？　その証拠はない。札幌、小樽時代を日記や手紙でつぶしてみても、どうしてもわからない日が多く、あるいはこの空白の部分で小旅行をしたことも考えられるが、もし行くとしたら岩見沢の姉夫婦か旭川の郁雨を訪ねるぐらいしかないはずだ。岩見沢は美唄の手前だからここをはぶくと残るは旭川だが、郁雨が小樽に啄木を訪ねたことは歌にも出てくるが、啄木が旭川へ行った形跡は全くないのだ。あれば必ず日記に書いただろう。小樽日報はいわば今でいうタウン誌だから、取材で他へ出たということも考えられない。つまり啄木は、一月十九日以前には美唄を知らなかったと考えるのが自然なのだ。

もう一つは、この歌が、札幌と小樽を詠んだ歌の間に挿入されていることだ。もし美唄なら、小樽から札幌、札幌から釧路と続く中に入っていなければおかしい。なぜなら『一握の砂』の「忘れがたき人人」の章はかなり几帳面に、時間の経過にしたがって編《あ》まれているからである。

それやこれやを考え合わせると、美唄の可能性はまことに薄くなってしまう。では一体どこなのだろう？

筆者の推定は琴似である。ことによるなどと洒落《しゃれ》るつもりはないが、これなら札幌市の一部で立派に石狩の範疇だし、間違いなく札幌と小樽の間にある駅だからである。確かに語感は、美国＝美唄ほど

❽

❾

❽美国駅と推定される琴似駅の駅舎
❾開業当時の釧路駅
当時の駅は現在の電電公社ビルのあたりにあった
（写真提供／種市佐改）

の自然さはない、だが漢字を解いて平仮名にしてみたらどうだろう。びくに＝ことに――それほどの違和感はないと思う。琴似駅周辺は現在すっかり開けてしまったが、幸い駅はほぼ昔のまま。この駅にたたずんだ限りでは、「七十年前はさもありなん」と思わせるしたたかな感触を得た。

あるいは啄木の全くのフィクションということも考えられる。『一握の砂』が全部事実を歌ったとは限らないからだ。〈いたく錆《さ》びしピストル出でぬ／砂山の／砂を指もて掘りてありしに〉などはそのい い例だろう。琴似より美国のほうが歌の格調がはるかに高まることは否定すべくもない。積丹半島の美国という地名に魅かれて強引に停車場にしてしまったのかもしれない。だからあえて琴似に固執する気はない。

真実は、啄木のみが知る。とすればもはやこの歌は永遠の謎としかいいようがない。ただ、美唄でないことだけは確かだと思う。

北海道最後の地・釧路――ここも安住の地にはならなかった

思わぬ途中下車をしてしまった。先を急ごう。

みぞれ降る
石狩の野の汽車に読みし
ツルゲエネフの物語かな

忘れ来《き》し煙草《たばこ》を思ふ
ゆけどゆけど
山なほ遠き雪の野の汽車

うす紅《あか》く雪に流れて
入日影《いりひかげ》
曠野《あらの》の汽車の窓を照せり

十一時四十分、ひと汽車遅れて小樽を出た啄木は、いったん白石社長と札幌で別れて午後四時岩見沢に到着。この日は千三郎方に投宿した。前に引いた三首は、この間の石狩平野の車窓風景を詠んだものである。

曇天。十時半岩見沢発。途中石狩川の雪に埋もれたのを見た。神威古潭で夏の景色を想像した。午后三時十五分当旭川下車、停車場前の宮越屋に投宿。

今、岩見沢—旭川間はエル特急〈いしかり〉で一時間十一分。まさに隔世の感である。

釧路に行くのにわざわざ旭川まで行ったのは、当時まだ根室本線の滝川—富良野間が通じていなかったからで、今の富良野線で空知川へと達したわけだ。

一月二十一日、ふたたび白石社長と合流し、六時半の釧路ゆきに乗る。おりから日の出。

水蒸気
列車の窓に花のごと凍《い》てしを染むる
あかつきの色

空知川《そらちがは》雪に埋《うも》れて
鳥も見えず
岸辺《きしべ》の林に人ひとりゐき

何事も思ふことなく
日一日《ひいちにち》
汽車のひびきに心まかせぬ

石狩十勝の国境を越えて、五分間を要する大トンネルを通ると、右の方一望幾百里、真に譬ふるに辞なき大景である。瀛車は逶迤《いい》たる路を下つて、午后三時半帯広町を通過、九時半此釧路に着。

さいはての駅に下《お》り立ち
雪あかり
さびしき町にあゆみ入りにき

かくて啄木は、北海道最後の土地となる釧路に一歩を記した。四月二十四日には船で上京の途につくから、ここも短い滞在である。その間のことについては多くをふれまい。ただ一言しておきたいことは、妻子を小樽においての一人暮らしだったこともあって、啄木が酒と女をここで覚えたということ。最果ての地の真冬とあれば、これもまた必然のなりゆきだったろう。啄木が特に愛した女性は料亭鶤寅《しやもとら》の芸妓小奴《こやっこ》。

啄木当時の駅は現在の位置になく、少しはなれたところにあった。今は電電公社のビルが建っていて全く面影を留めない。ここと現駅の中間に幸町公園という小公園がある。そこに啄木が駅に降り立った姿を偲んでの全身像が立っている。そこにはまた前記〈さいはての……〉の歌も彫り込んであり、筆跡は愛妓小奴だ。小奴もまた啄木にとって「忘れがたき人人」の大事な一人となった。

現在の釧路駅は三十一代大平好信駅長以下三百七十六名、乗降客一日九〇〇〇人、収入八百四十七万円と、道東一の都市にふさわしい規模である。約束した時間に遅れてしまい、郷土史家の種市佐改さんを招いて待っていてくれた大平駅長のせっかくの好意を無にしてしまったことが悔《くや》まれてならない。

（『旅と鉄道』No.30〈'79冬の号〉／No.31〈'79春の号〉）


……………………


明治四十五年（一九一二）四月十三日、二十六歳という若さで石川啄木が没して今年で九十四年。没後百年を迎える平成二十四年（二〇一二）には、啄木ゆかりの土地々々で記念の行事や展覧会が盛大に開催されることだろう。

夭折したこともあって、生前はあまり知られることのなかった啄木だが、没して後評価が高まり、その人気は今日にまで連綿と受け継がれている。故郷の岩手県渋民村（岩手県岩手郡玉山村を経て今年一月から盛岡市に編入）や少年時代を過ごした盛岡はもとより、東京、函館、小樽、釧路と、啄木の足跡が刻まれた土地には例外なくいくつもの歌碑が立ち、東京と小樽を除いて啄木ゆかりの建物などが復元されたり、記念館や資料館が設けられている。

⑩

⑪

それにしても、故郷での扱いはともかく、北海道の三つの都市で啄木がこうまで大切にされているというのも、よくよく考えてみれば不思議な話である。なぜなら、啄木が函館に滞在したのはわずかに百三十二日、小樽は百八日、釧路に至っては七十六日にしか過ぎないからである。

にもかかわらず、函館には立待岬に石川啄木一族の墓があり、銅像の立つ石川啄木小公園が大森浜にあり、この二箇所を含めて歌碑が四箇所もある。これは、本編執筆当時と変わりないが、大森浜には平成十一年（一九九九）十二月に「石川啄木函館記念館」も開館、ここが函館における啄木研究の拠点になった。

しかし、啄木一家が青函連絡船から降り立った函館駅は、本編執筆当時から大きく変化した。国鉄がJRに変わった翌年の昭和六十三年（一九八八）三月十三日に津軽海峡の海底を貫く世界最長の青函海底トンネルが営業を開始すると、明治時代以来の歴史を誇った青函連絡船が廃止され、函館駅はその夕

⑩昭和17年以来の駅舎に代わって登場した
函館駅舎
北海道南端のターミナルらしい装いになった
⑪昔も今も変わらない小樽駅
もう72年の歴史を刻み
この地にすっかり根を下ろした観がある

ーミナルではなくなったからである。とはいえ、函館駅は依然北海道への入口であることに変わりはなく、本州からやってくる豪華寝台特急〈カシオペア〉や〈北斗星〉も五稜郭駅を経てかならずこの駅にやってきて、スイッチバックして折り返してゆく。時代は下がって平成十五年（二〇〇三）六月二十一日には、昭和十七年（一九四二）十二月建造の四代目駅舎に代わってモダンな五代目駅舎がデビューした。だが、ホームの配置などは昔のままである。

小樽には、歌碑が小樽公園と水天宮の二箇所にあったが、昨平成十七年（二〇〇五）十月二十三日、小樽駅前にもう一つ建てられて三箇所になった。小樽啄木会が建立したもので、刻まれているのは「子を負ひて／雪の吹き入る停車場に／われ見送りし妻の眉かな」である。妻子を残して、単身で釧路へと旅立つ時に詠んだ一首である。

その小樽駅だが、駅舎も構内も本編執筆当時と全くといっていいほど変化はない。駅舎は、昭和九年（一九三四）十二月に建てられたものである。今となっては、小樽運河や明治・大正時代の建物など、レトロを一つの売り物にしている小樽市にとっては記念すべき文化財といってもいいものかもしれない。

最も滞在が短かった釧路には、なんと歌碑が二十三箇所もあり、全国で最大の数を誇っている。釧路市では、これらの歌碑や啄木が降り立った旧釧路駅跡、旧釧路川河畔の、啄木が束の間勤務した釧路新聞社を復元した「港文館」とその傍に立つ啄木の像などを巡る石川啄木文学コースを設定して訪れた人に釧路と啄木のかかわりをアピールしている。ちなみに、港文館の傍らに立つ啄木の像は、かつて幸町公園にあったものを移したものである。本編執筆当時にはなかった港文館は、ちょっとした郷土資料館になっており、二階に啄木関係の資料も展示されている。平成四年（一九九二）六月に建てられた。

終焉の地東京には、三度目の上京の折下宿した赤心館跡、終焉の地になった喜乃床跡などに案内の標識があるが、勤務した朝日新聞社の旧社屋なども含めてゆかりの建物はすでにない。日々変化してやま

⓬

⓭

⓬今も東北方面の列車が発着する
上野駅の地平ホーム入口にある啄木の歌碑
「ふるさとの訛なつかし／
停車場の人ごみの中に／そを聴きにゆく」
が刻まれている
⓭盛岡駅の正面の駅名標
啄木の直筆とサインで構成されている
盛岡では啄木は
一つの象徴として扱われている

ない大東京だからやむをえないことだろう。それでも、東京には銀座の旧朝日新聞社跡と上野駅の地平ホームのコンコースに歌碑がある。上野駅のそれは、いうまでもなく絶唱の「ふるさとの訛なつかし／停車場の人ごみの中に／そを聴きにゆく」である。

さて、最後になってしまったが、啄木のふるさと渋民周辺はどうだろう。生家である常光寺、幼時を過ごした宝徳寺、「石川啄木記念館」と近くの旧渋民尋常小学校、北上川河畔の渋民公園の歌碑などは今も昔のままである。好摩駅の歌碑もそのままの位置にある。しかし、好摩駅は東北新幹線が八戸に延伸した平成十四年（二〇〇二）十二月一日に、盛岡―八戸間の東北本線が第三セクター化されたのに伴い、ＩＧＲいわて銀河鉄道の駅になった。新幹線の開通に合わせて改築中だった盛岡駅は、駅ビルになって面目を一新、今日に至っている。工事中、市立図書館脇に移された歌碑は、その後駅前に戻された。なお、入口にある「もりおか」という巨大な駅名標は啄木の筆跡を刻んだものである。

その後にできた啄木関係の施設としては、まず盛岡市郊外の岩手山を望む岩山という山の山頂に啄木の没後七十年を記念して昭和五十七年（一九八二）に造られた啄木望郷の丘が挙げられる。啄木と妻節子の歌碑があり、平成九年（一九九七）には啄木詩の道という散策路も付設された。ここには、十基の啄木の歌碑がある。また、平成十四年（二〇〇二）十一月には盛岡市街の旧第九十銀行本店本館が啄木と宮沢賢治関係の資料を展示した「もりおか啄木・賢治青春館」として生まれ変わった。この建物は、平成十六年（二〇〇四）七月六日に国の重要文化財に指定された。啄木の歌碑は、ほかにも盛岡市内にいくつかあるが、これにさらに平成十六年（二〇〇四）五月十七日から渋民駅前のそれが加わった。刻まれているのは、『悲しき玩具』に収められている「なつかしき／故郷にかへる思ひあり、／久し振りにて汽車に乗りしに。」である。なんでも、全国で百五十六番目にあたる歌碑だそうである。本編でも述べたように、この駅は啄木時代にはなかったが、今では旧渋民村探訪の起点になった観がある。

啄木死して間もなく百年。啄木の足跡は今もゆかりの土地にしっかり刻みつけられているようである。

文学と映画に見る終着駅

さいはての旅情と郷愁

青梅線
宮ノ平駅
根室本線
釧路駅
東北本線
上野駅
標津線
中標津駅
長崎本線
長崎駅
函館本線
銭函駅
札幌駅
砂川駅
上砂川駅
留萠本線
留萌駅
増毛駅

「終着駅」はいつ誕生した？

「終着駅」という言葉が、いつごろ生まれ、定着したのか、じつのところよくわからない。かなり古くからのようでもあるし、そうでもないような気もする。いずれにしても、〝鉄道用語〟ではない。どこか情緒的な響きがあるところをみると、文学が生み出したものなのだろうか。その可能性はある。ところが、調べてみるとどうもちがうようなのである。はからずもこのことが今回の主題みたいになってしまったが、この言葉が市民権を得てから発表されたものを別にすると、古い時代に書かれた文学作品のなかでは「終着駅」という表現にまず出くわすことがないからである。

鉄道の終点駅の渓あいの杉のしげみにたてる旅籠《はたご》屋

これは、酒と旅の歌人、若山牧水が明治四十五年（一九一二）に作った歌のひとつで、現在の青梅線宮ノ平駅周辺の情景が描かれている。牧水はこの年六月、この旅館に二泊して御岳に赴いた。それはともかく、ここで表現されているのは「終点駅」であって、「終着駅」ではない。

ちなみに、青梅線は明治二十七年（一八九四）十一月十九日に立川―青梅間が開業、次いで翌年十二月二十八日に隣りの宮ノ平駅まで延びた。大正三年（一九一四）四月一日に現在の日向和田駅が開業するまでは、ここが終着駅で、駅名も日向和田を名乗っていた。

夜道を走る汽車まで、一つの赤い燈火を示せよ。今そこに危険がある。断橋！　断橋！　ああ悲鳴は風をつんざく。だれがそれを知るか。精神は闇の曠野《こうや》をひた走る。急行し、急行し、彼の悲劇の終駅へと。

こちらは、萩原朔太郎の「断橋」と題する散文詩。昭和十四年（一九三九）に刊行された詩集『宿命』の中の一編である。心の中を吹き荒《すさ》ぶ荒涼の思いを疾走する汽車に仮託した象徴詩で、いささかわかりにくいが、ここでは「終駅」と表現されている。しかしこれはおそらく朔太郎の造語で、当時の一般的な呼びかたではあるまい。とすれば、やや逆説的な言い回しになってしまうが、まだ「終着駅」という言葉はなかったことになる（もっとも、かりにあったとしても朔太郎が安易に使ったとも思えないが……）。

どうやら「終着駅」という言葉は、第二次世界大戦後に誕生したものらしい。

「終着駅」は輸入品？

昭和二十八年（一九五三）九月、アメリカとイタリアの合作映画『終着駅』が封切られた。アメリカ人旅行者の人妻（ジェニファー・ジョーンズ）と、イタリア人青年教師（モンゴメリー・クリフト）のつかの間の出会いと別れを描いた作品で、全編を通してローマ・テルミニ駅が舞台になっていた。

❶

❷

❶❷昭和20年代に公開され好評を得た『終着駅』
ローマ・テルミニ駅のたたずまいが
題名にふさわしく
この映画から「終着駅」の言葉が世に定着した
写真協力（財）川喜多記念映画文化財団

人妻の情事というきわどいテーマを、名匠ヴィットリオ・デ・シーカは、世界大戦の敗戦からまだいくらも歳月をへないイタリアの世相をたくみにおりまぜながら情感たっぷりにうたいあげたが、そのせいもあって、この映画は日本でも大ヒットした。「終着駅」という言葉が違和感なく浸透していったのは、どうやらこの映画あたりからのようである。

さだかではないが、もしそうだとすれば「終着駅」という言葉は映画、それも洋画がその発端をなしたことになる。

ところで、この『終着駅』という題名はもちろん邦訳である。ところが、この映画では、人妻は結局は青年と別れてパリゆきの列車に乗り、夫と子供のもとへ帰るという道を選択する。つまり、ここで描かれるテルミニ駅は「始発駅」であって断じて「終着駅」ではない。

宮脇俊三氏の著作ではないが、「終着駅は始発駅」だから、どちらでもいいようなものだが、厳密にいうと映画のストーリーと題名は一致していない。しかし、『始発駅』という題名ではこの映画のストーリーにはそぐわない。「始発駅」という言葉の持つイメージが、あまりにも明るすぎるからである。

ところでこの映画には原作があり、その題名をそのものずばり、『ターミナル・ステーション（*Terminal Station*）』という。そして、映画化するさいに『あるアメリカ夫人の無分別（*Indiscretion of an American Wife*）』という、日本人からみるとなんとも味気ない題名がつけられた。邦訳にさいしては、これではつまらないと判断して原作の題名を尊重したものだろう。しかも、これを「終点駅」と訳さないで「終着駅」としたところに、苦心のあとがしのばれる。結果的に、これは大成功であった。

時代とともに「終着駅」のイメージが変化した

ところで「終着駅」という言葉は辞書ではどう定義されているのだろうか。広辞苑には、こうある。「汽車・電車などの最終到着駅。終点」。大辞林も似たようなもので、「列車・電車の最終到着駅。転じて物事の最後にたどりつくところ。終点」

しかし人々が抱《いだ》いているイメージは、こんな無味乾燥なものではあるまい。

たとえば宗谷本線の稚内駅、根室本線の根室駅、指宿枕崎線の枕崎駅といった最果ての駅、あるいはローカル線の、それも盲腸線のどんづまり駅といった、ホームの先には車止めがあり、そこから先は線路が途切れてしまう駅を連想するにちがいない。したがって、乗る列車は当然ながら下り列車でなくてはならない。

現実はどうであれこの言葉が象徴するのは行き止まりの旅情であり、郷愁であり、さらには「人生の終着駅」などと、そこから派生してなにごとかの終わりをも暗示する心象である。

こうなると、語源の家元ともいうべきローマ・テルミニの持つ雰囲気とはかなり趣《おもむき》が異なってくる。

ローマ・テルミニはたしかに列車の最終到着駅だが、かりにも一国の首都の大玄関口である。おまけに頭端式のホームだから、車止めの先はホームの延長で、その先には大きなコンコースがつづいている。ヨーロッパではごくあたり前のターミナルのたたずまいだが、日本にはこういう形態の駅は少ない。テルミニに匹敵する東京駅ですらホームの両端に線路は延びており、行き止まりにはなっていない。しいていうなら上野駅の地平ホームとコンコースがこれに近い。

どうやら「終着駅」は日本では浸透するにつれていつのまにか一人歩きを始め、すっかりその意味合いを変えてしまったようである。

なぜか少ない終着駅の描写

さて、「終着駅」という言葉の詮索《せんさく》はこのくらいにして、次にいよいよ文学と映画の中に描かれた終着駅を鑑賞することにしよう。

まず、文学——。

と、ここまではいいのだが、これが困ったことに終着駅を描写した作品がほとんどないのである。

もちろん、先にも述べたように古い時代には「終着駅」という言葉自体が存在しないのだから、ここではそれにこだわらず、「とにかく列車が最後に到着した駅のシーン」という観点で探してみたのだが、それでも見つからない。

考えてみればこれはあたり前の話であって、なぜなら終着駅まで乗り通すこと自体がまれで、たいていは途中の駅で下車してしまうからである。

たとえば、志賀直哉の処女作『網走まで』。題名から察すると、気の遠くなるような長旅を連想してしまうが、これは上野発青森ゆき列車の同じ車室に乗り合わせた二人の子をつれた若い母親が夫に会いに網走まで行くのであって、主人公の「自分」は宇都宮で下車、物語もそこで終わってしまう。

　一月二十一日

於釧路

午前六時半、白石氏と共に釧路行一番の旭川発に乗つた。程なくして枯林の中から旭日が赤々と上つた。空知川の岸に添うて上る。此辺が所謂最も北海道的な所だ。

石狩十勝の国境を越えて、五分間を要する大トンネルを通ると、右の方一望幾百里、真に譬ふるに辞なき大景である。滊車は逶迤《いい》たる路を下つて、午后三時半帯広町を通過、九時半此釧路に着。（後略）

　これは、ともかく終着駅まで乗り通した珍しい例である。書いたのは石川啄木で、『明治四十一年日誌』から引用した。啄木は生活の安定を得るために、函館の知人を頼って一家で渡道したが、大火に遭《あ》って札幌・小樽と移り住んだ。しかし小樽では勤め先の小樽日報社で軋轢《あつれき》を起こしてしまい、厳寒の季節に心ならずも釧路へと単身で赴いた。

　そのときのようすを記したのがこの日記なのだが、落魄《らくはく》の思い、前途に対する不安などでおそらく心情もまた寒々としていただろうに、なんの感情もまじえずに淡々と綴《つづ》っている。釧路は釧路線（現在の根室本線。まだ根室へは通じていなかった。ルートも旭川から現在の富良野線を経由していた）の終点で、文字どおり最果ての駅だったのだが、これについてもほとんど無感情である。

　というわけで、こと終着駅を書いた文学作品はほとんど見あたらず、あったとしてもわれわれが期待しているような情感をたたえた文章や詩歌にはまずお目にかかることができない。

考えてみれば、終着駅というのはあくまで通過点であって、そこからまだ行程があるのだから、そうおちついて観察もしていられないというのが、ひとつの大きな要因かもしれない。

ただ、啄木のこのときの釧路行に関しては、次の歌を無視することはできない。

さいはての駅に下り立ち
雪あかり
さびしき町にあゆみ入りにき

これこそは、まさしく釧路駅に降り立った時の情景を詠《よ》んだものである。釧路に在住することわずか三カ月で東京に出た啄木が、この歌を作ったのは明治四十三年（一九一〇）秋のことで、胸のうちにしまい込まれていた万感の思いが、わずか三十一文字に見事に凝縮されている。当時の心情を吐露《とろ》するのに、啄木は二年半という濾過《ろか》期間を必要としたのであった。

上野駅にただよう郷愁の香り

ところで、「終着駅は始発駅」である。逆にいえば「始発駅は終着駅」ということになる。東京・上野・新宿、古くは新橋といった駅は、下り列車の始発駅であると同時に上り列車の終着駅でもある。

青雲の志を抱いて上京するといった作品ならかなりあり、このなかにこれらの駅を描写したものも多い。今度は視点を変えて、これらの作品から上野駅を描いたシーンを渉猟《しょうりょう》してみよう。

吾一は染めもの屋にさらしを置くと、その足ですぐ停車場に駆けつけた。のぼりの列車が来るまでには、少し時間があったが、うまいぐあいに、追っ手の者も来なかったし、知ってる人にも出あわなかった。

　それでも汽車が出るまでは、なんとなく不安だった。自分の腰をおろしている車が動きだした時、彼は、初めて、自分が自由になったことを感じた。


　しかし、汽車がだんだん東京へ近づくに従って、吾一の胸は妙にふるえてきた。知らない土地に足を踏み入れる不安とでも言うのであろうか、うれしいような、こわいような気もちがして、じっと腰かけに腰をおろしていても、ひざ小僧がおかしいように、ぴくん、ぴくん、動いていた。

　列車はやがて、ウエノについた。

　停車場の前に立った時、彼がまっさきに、「東京」を感じたのは、鉄道馬車の鈴の音だった。リン、リンと、御者（ギョシャ）の鳴らす鈴の音は、今まで聞いたことのない新しい響きだった。

　これが「東京」か、と彼は思った。


山本有三の『路傍の石』の一節。少年吾一が郷里を飛び出して東京へと向かうシーンである。

初めて大都会に出る時の不安、緊張、期待といった諸々《もろもろ》の思いが、一人の少年の胸のうちに交錯していることを強く感じさせてくれる名文である。そして、少年は上野駅前を走る鉄道馬車に「東京」を実感する。それは田舎にはない響きだった……。

　上野駅は開業当初からこうした人々を無数に迎え入れてきた終着駅であった。

石川啄木もまた、その一人である。明治四十一年（一九〇八）の釧路からの上京は船によるものだったが、明治三十五年（一九〇二）の最初の上京は、もちろん汽車だった。しかし、このときの日記もまた素《そ》っ気《け》ない。

うつゝなの想ひにのみ百四十里をすぐして午前十時上野駅に下車し雨中の都大路を俥走らせて十一時頃小石川なる細越夏村兄の宿に轅下させぬ。

と、ただこれだけである。だが、上野駅は啄木にとって故郷の延長上にあって故郷を濃厚に感じさせてくれる、いわば「東京の中の故郷」であった。

ふるさとの訛《なまり》なつかし
停車場《ていしやば》の人《ひと》ごみの中に
そを聴《き》きにゆく

上野駅を詠んだこの歌が、望郷の思いにさいなまれながらも帰れなかった啄木の心情を赤裸々に披瀝《ひれき》した絶唱であることはよく知られている。

トップトップと汽車は出てゆく
汽車はつくつく
あかり点《つ》くころ
北国の雪をつもらせ

つかれて熱い息をつく汽車である
みやこやちまたに
遠い雪国の心をうつす
私はふみきりの橋のうえから
ゆきの匂いをかいでいる
浅草のあかりもみえる橋の上

これは金沢出身の室生犀星の「上野ステエション」と題する詩である。ここにもまた上野駅に郷愁を求める、こまやかな感性をもった一人の人間がいる。

上野駅にかぎったことではないが、大都会のターミナルは地方から出てきた人が最初の一歩を記す場所だけに、やはり忘れられない特別の場所なのであろう。

映画でもあまり出ない終着駅

さて、そろそろ紙数が尽きてきた。次は映画の中の終着駅を訪ねてみよう。

これまた最初に断わらなくてはならないが、案外あるようでないのである。やはり、終点まで行かずに途中で下車してしまう例が多い。

先ごろ「寅さん」を演じつづけてきた渥美清が亡くなり、ついに四十八作でピリオドを打つことになった『男はつらいよ』シリーズが、山田洋次監督自身がレールファンであり、よく鉄道シーンを登場させることから、もしやと見当をつけて片っ端からあるかぎりのビデオを早回ししてみたが、シリーズ第十一作の『寅次郎忘れな草』くらいしか発見できなかった。この作品では石北本線の夜汽車にたまたまドサ回りの歌手リリー（浅丘ルリ子）と乗り合わせていた寅さんが、早朝に網走駅に降り立つというシーンだった。残念ながらこの映画では、どちらかというと夜汽車のほうが印象ぶかく描かれていたようだ。

山田洋次監督といえば、鉄道を舞台にした作品の『家族』（昭和四十五年・松竹）を忘れるわけにはいかない。

若い夫婦（井川比佐志・倍賞千恵子）に男の子、女の赤ちゃん、それに年老いた父親（笠智衆）の一家が、長崎県の伊王島を捨てて、まだ雪の残る北海道の根釧原野へ移住するというストーリーであった。途中何度も列車を乗り換え、その間に福山に住む弟から父親を預かることを拒否されたり、東京で赤ちゃんを病気で失うなどのエピソードを織《お》り込みながら、やっとの思いでたどり着く。最後に降り立った駅は、いまはもうない標津線の中標津駅だった。ここは終着駅ではなかったが、家族を寒々と迎えるそのたたずまいは、どこか行き止まりの終着駅を思わせるものだった。

終着駅が印象に残る映画二本

『大いなる驀進』（昭和三十五年・東映）という作品も忘れがたい。誕生してまだ二年ほどしかたっていないブルートレイン、20系客車編成の下り特急〈さくら〉を舞台に、嫌気がさして退職を決意している若い列車給仕（中村嘉津雄）、そのフィアンセ（佐久間良子）、ベテランの専務車掌（三國連太郎）、列車給仕に思いを寄せる食堂車のウエイトレス（中原ひとみ）、それに様々な乗客が織り成す人間模様を描いた作品である。東京から終着長崎までの一昼夜に、よくもまあというくらい次々にアクシデントが発生し、それを協力して解決していくうちに列車給仕の気持ちが変わり、長崎駅に入線するころには退職を思いとどまり、結婚にこぎつけるというストーリーだった。長崎駅の雰囲気がいかにも明るくて、さわやかな印象を与えてくれた。

最後に、そのものずばり『駅　ＳＴＡＴＩＯＮ』（昭和五十六年・東宝）という作品に登場してもらって本稿をしめくくりたい。これこそは、誇張を承知でいえば終着駅をいかにも終着駅らしく描いた最初で最後の映画かもしれない。

倉本聰のオリジナル脚本を降旗康男が演出したもので、舞台は北海道。上司を殺された警察官で射撃の名手（高倉健）が犯人を追って道内各地を十一年にわたって探し歩くというストーリーで、銭函・札幌・砂川・上砂川・留萌・増毛駅などが効果的に描かれていた。

なかでも夜の上砂川駅でのシーンが忘れられない。構内にある何本もの線路が夜の闇に不気味に光り、凄愴な雰囲気を醸《かも》し出していた。

合わせて登場した増毛とともに、奇しくもこの二つは終着駅である。やはり、終着駅は絵になるのである。

後日談になるが倉本聰はよほど上砂川駅が気に入ったとみえて、その後『昨日、悲別《かなしべつ》で』というテレビドラマの舞台としても取り上げた。このドラマがヒットしたことから上砂川駅は観光名所になり、入口には「上砂川駅」だけでなく「悲別駅」の看板も掲げられたりしたが、その後、上砂川支線の廃止にともない廃駅になってしまった。駅舎は現在、場所を移して保存されているという。

（『旅と鉄道』No.103〈'96秋の号〉）

……………………

「終着駅」と聞くと、ほとんどの人が、単線で電化もされていないローカル線の、名もないちっぽけな行き止まりの駅を連想するにちがいない。

本編では、私はこのような絵に描いたような終着駅は、現実にはたくさん存在するが、文学にも映画にもあまり登場しないというようなことを書いた。ところが、その翌年の四月にまるで出番を窺っていたかのように、こうした終着駅を舞台にした小説が現われた。浅田次郎の『鉄道員《ぽっぽや》』がそうである。以下、本編の続稿という意味合いで、この珠玉のような作品を取り上げたい。

この短編は、ほかに七つの短編を収めた同名の短編集（集英社刊）の冒頭に載せられたが、この短編集が翌平成九年上半期の直木賞を受賞して評判になった。

かつて北海道屈指の炭鉱の町として栄えた、だが今はそれも昔話になってしまった幌舞《ほろまい》という町の終着駅幌舞を舞台に、土地っ子で男やもめの、この駅に寝泊まりしながらただ一人で勤務する佐藤乙松という六十歳になる駅長を主人公にした物語で、なにもかもが雪に埋もれた元旦から二日にかけての乙松の不可解な言動が、過ぎ去った時代の思い出話を交じえながら淡々と綴られる。乙松の前に、まず小学生、次いでそっくりの顔をした中学生、さらに高校生の姉妹が現われて会話を交わす。この三姉妹は、じつは生後二カ月で亡くなった娘の成長してゆく姿を乙松が夢想したもので、その幻想に導かれるようにして乙松は三日の朝にホームの端で手旗を握ったまま死亡するというのが梗概である。

舞台になる幌舞駅は、美寄《びよろ》中央駅を起点にする二十一・六kmの幌舞線の終着駅という設定だが、これらはすべて架空の駅であり路線である。すでに廃止された函館本線の砂川から分岐した支線とその終着駅の上砂川駅、歌志内線と歌志内駅、万字線と万字炭山駅などを連想させせないこともないが、その詮索はしてはいけないことだろう。架空のほうがイメージがふくらんで、ずっといい。

ところで、この『鉄道員』はその後映画化されてさらに話題を呼んだ。平成十一年（一九九九）六月に公開されて大ヒットしたことはまだ記憶に新しい。主役の佐藤乙松に高倉健、妻静枝に大竹しのぶ、娘雪子に広末涼子、乙松の幼なじみで同じ国鉄マンの杉浦仙次に小林稔侍が扮して熱演、原作の持ち味を見事に映像美に昇華させていた。

監督・脚本は本編で取り上げた『駅　ＳＴＡＴＩＯＮ』と同じ降旗康男である。私は、本編でこの作品のことを「……終着駅をいかにも終着駅らしく描いた最初で最後の映画かもしれない」と書いたが、降旗監督と高倉健は十八年の歳月を置いて再び素晴らしい「終着駅」の作品を作ってくれたのである。なお、この映画では原作に登場する三世代の少女はすべて高校生一人に集約されている。また、原作ではほとんど登場しない妻が重要な役回りで登場する。

撮影にあたっては、ＪＲ北海道が全面的に協力した。幌舞駅には根室本線の幾寅《いくとら》駅が選ばれ、駅舎に隣接して幌舞駅のセットが組まれた。そして、撮影が終わってからも駅前のだるま食堂などのセットとともにそのまま残されたことから、今では観光名所になっている。ただし、実際には幾寅駅は終着駅で

❸

❹

❸千葉県の内房線木更津駅を起点にする
久留里線の終点上総亀山駅
ホームの先に車止めがあり
ここで線路が途切れている
このような終着駅が
まだ日本にはたくさん残されている
❹根室本線幾寅駅に隣接して造られた
『鉄道員』の幌舞駅のセット
今ではすっかり観光名所になった
映画の持つ影響力をあらためて感じさせられる
（写真提供／南富良野町）

はない。

なお、原作にも映画にも動く小道具として登場するキハ12形気動車は、すでに廃車になっていたことからJR北海道の手によってキハ40形から改造された。原作では昭和二十七年（一九五二）にデビューしたことになっているが、実際には昭和三十一年である。寒冷地の北海道専用に造られた気動車である。

文学でしのぶ夜汽車

ひとびとの思いと人生を乗せて

東海道本線
新橋駅
岡崎駅
山科駅
東北本線
上野駅
中央本線
下諏訪駅
落合川駅
山陽本線
岡山駅
函館本線
函館駅

明治以降の近代文学、そして現代文学には、鉄道が頻繁に登場する。

文学は基本的にさまざまな人生模様を描き出す芸術であり、その人生ドラマのひとつの舞台として鉄道も密接にかかわっているのだから、当然といえば当然のことである。

青雲の志を抱いての上京、うらぶれた心情での帰郷、男と女の切ない別れ、希望に満ちての旅立ちと、小説家や詩人たちはなんの違和感も抱かないで鉄道を自らの作品に織《お》り込んできた。

ところで、ひと口に「鉄道」といってもその舞台は広い。大きくは「駅」と「列車」に集約されるかと思うが、駅にも大都会のターミナル駅があれば、一方ではローカル線の小駅がある。列車にも特急ありドン行ありと、これまた多彩。そして同じ駅でも朝と夜では表情が一変するし、昼走る列車と夜走る列車とではこれまたその趣《おもむき》が著しく異なる。

そういう「鉄道」のなかで、古くから文学のなかにさまざまに織り込まれてきたもののひとつに「夜汽車」、あるいは「夜行列車」がある。

今回はこの「夜汽車」「夜行列車」にスポットをあてて文学作品をウォッチングしてみることにするが、はたしてここからはどんな人生模様が浮かび上がってくることだろう。

ほぼ同時に誕生した近代文学と夜行列車

明治五年（一八七二）、新橋―横浜間に開通した鉄道が、その後に東と西、そして中部地方から少しずつ路線を延ばし、ついに新橋―神戸間の東海道線が全通したのは、明治二十二年（一八八九）七月一日のことである。そして、この日を期して直通列車が一日に一本設定された。ダイヤは下りが新橋発十六時四十五分、神戸着翌日十二時五十分、上りが神戸発十七時三十分、新橋着翌日十三時四十分で、ともに二十時間以上を要していた。

まだ愛称もつけられていないこの普通列車が、夜行列車のルーツである。

近代文学がスタートしたのもほぼこの時期だが、以来、饗庭《あえば》篁村《こうそん》、幸田露伴、正岡子規、大橋乙羽《おとわ》、徳冨蘆花、大町桂月《けいげつ》、田山花袋、遅塚《ちづか》麗水《れいすい》といった文人が日本各地に広がりをみせる鉄道に刺激を受けて、さかんに旅行しては紀行文を発表するようになった。

もしや、これらの作品のなかにこの最初の夜行列車のことを記したものがないかといろいろ物色してみたが、残念ながら発見できなかった。昼行の列車にはよく乗っていることから察するに、これらの文人にとっては車窓から眺める沿線の景観も観察の対象で、そうなると夜走る列車では話にならないという側面もあったのであろう。

もう一つ、安政二年（一八五五）生まれの饗庭篁村を除いてほとんどが二十代の初めで、まだ発表の機会を得ていなかったということも要因として挙げられそうだ。

間もなく瓦斯燈《ガスとう》が点く。雨が降って来る、横浜から汽車が着く、停車場《ていしゃじょう》内は混雑を極めて来た。その間を自分は煙草をくわえたまま見るともなく人々の騒ぐのを見ていると、群衆《ひとごみ》の蒸暑い中へ折り折りの飛沫《しぶき》を含んだ冷たい風が舞込んで来る、いい心持だ。自分はしばらく何もかも忘れていた。

これは、明治三十四年（一九〇一）に発表された国木田独歩の『帰去来』の一節で、当時のターミナル、新橋駅の情景。主人公の「自分」は、ここから神戸ゆきの夜行急行列車に乗って郷里・山口県の柳井へと旅立って行く。

『帰去来』は独歩の体験とフィクションがないまぜになった作品だが、ストーリーの展開から察するに、これは独歩が二十七歳当時の明治三十一年（一八九八）ごろの描写だと思われる。とすれば、このあたりが夜行列車が文学に登場する初期の作品ということになろうか。

汽車はさまでこまず、自分の臥《ねそ》べる余地は十分あった。雨の降り込むのを恐れて、風上の窓を閉め切っていたから何とも言えぬ熱さである。隅の西洋人は顔をしかめている。自分も堪え兼ねて後ろの窓を少し明けて見たが、品川沖から吹きつける風で雨は遠慮なく舞込む。仕方なくまた閉めると、「夕立だ、今に晴れる」と言《いっ》た声が彼方《あちら》の方でした。

大森を過ぎると、雨は果して小やみになった。人々いそがしく窓を明け放つ、雨の名残が心地よく舞い込む、吐息をついて顔を見合わす、巻煙草に火を移《つ》ける者もある、しかし誰一人話をする者はなかった。

窓から頭を出して見ると、早や天際《てんさい》に雲ぎれがして、夏の夜の蒼《あお》い空が彼方此方《あちらこちら》の黒澄んで、涼しい星の光がきらめいている。田舎家の燈火《ともしび》があちこちに見える、それも星のようである。田面一面に蛙《かわず》が鳴て稲の香をこめて小気味よい風が吹きつける。

列車は、八月一日のダイヤ改正で登場した新橋発午後六時の急行神戸ゆき。この列車では一・二等車に初めて電灯が点されたのだが、その記述がないから、これは三等車であろう。この時代、まだ各等とも寝台車はない。必ずしも快適とはいえない車内の雰囲気が、じつにリアルに描写されている。それにしても、大森付近の景観のローカルなこと。現在からはとても想像できない田園風景である。

数々のドラマが演じられた夜の新橋駅

明治も三十年代後半ともなると、夜行列車の旅は次第に一般化してくる。旅立ちの場は、いうまでもなく駅、つまり停車場《ステーション》である。なかでも、ターミナルの新橋停車場の賑わいは大変なものだった。

混雑また混雑、群集また群集、行く人送る人の心は皆空になって、天井に響く物音がさらに旅客の胸に反響した。悲哀《かなしみ》と喜悦《よろこび》と好奇心とが停車場のいたるところに巴渦《うず》を巻いていた。一刻ごとに集まりくる人の群れ、ことに六時の神戸急行は乗客が多く、二等室も時の間に肩摩《けんま》轂撃《こくげき》の光景《ありさま》となった。時雄は二階の壺屋からサンドウイッチを二箱買って芳子に渡した。切符と入場切符も買った。手荷物のチッキももらった。今は時刻を待つばかりである。

自然主義作家の田山花袋が、自身の体験を赤裸々に告白したとして、大きな反響を呼んだ『蒲団』の一節。時は、明治三十八年（一九〇五）十月の夜の新橋駅の情景である。西下する急行列車の人気がいかに高かったかが伺《うかが》い知れる。

次は、明治三十九年（一九〇六）発表の二葉亭四迷の『其面影』の一節。

愈《いよいよ》出発の当日。隠居も見送りに立とうというのを達《たつ》て断って、時子と久兵衛さんとその外二三の懇親の人々に送られて、哲也が新橋停車場《ステーション》へ来たのは夕の六時前であった。一行五名同日同時の出発の事とて、この見送人ばかりでも待合室はそれこそ林檎《りんご》を落す余地もない程で、しかも例の神戸急行に乗るのであるから、その混雑はいうばかりもない。

明治三十九年（一九〇六）といえば、鉄道国有法の施行によって、山陽鉄道をはじめ大手私鉄十七社が買収されて後の国鉄の基礎が築かれた年である。それに先立つ四月にダイヤ改正が行なわれて、新橋―下関間に初めて最急行が登場、神戸ゆき夜行急行も一・二等と三等のみの二本が設定された。これは午後六時三十分発の一・二等急行を待っているシーンである。三等急行の発車は一時間後の十九時三十分だった。

旅というと私は直ぐ港と停車場とを思う。上野駅のかさかさしたのも嫌だが東京駅にもまだ馴染み難い、亡びゆくものは皆なつかしいと云うからか知らぬが旧の新橋駅は古くもあり小さくもあったが親しみ易かった。（後略）

「酒と旅の歌人」といわれた若山牧水が大正四年（一九一五）に書いた『秋乱題（その一）』の一節。この前年の十二月、中央停車場、いまの東京駅が開業したところで新橋駅はその役割を譲って、文学の舞台からも消え去った。

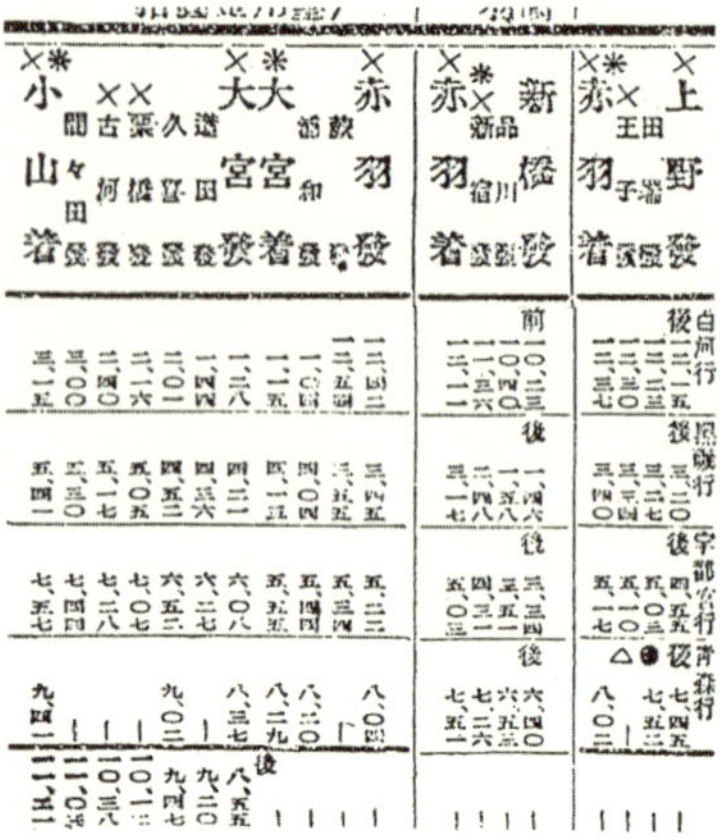

❶

❷

❶明治37年７月庚寅新誌社発行
『汽車汽船旅行案内』から
日本鉄道（東北本線）部分
午後７時45分発青森ゆき夜行の表示が見える
❷明治中期の急行列車
夜行もおそらく
このような列車だったと想像される

郷愁をかきたてる上野駅

この時代、東北へのターミナル、上野駅の賑わいもなかなかのものだった。志賀直哉の短編『網走まで』の冒頭から引いてみよう。

それは八月も酷く暑い時分のことで、自分は特に午後四時二十分の汽車を選んで、とにかくその友の所まで行くことにした。汽車は青森行である。自分が上野へ着いた時には、もう大勢の人が改札口へ集っていた。自分もすぐその仲間へ入って立った。

鈴が鳴って、改札口が開かれた。人々は一度にどよめき立った。鋏の音が繁く聞えだす。改札口の手摺へつかえた手荷物を口を歪めて引っぱる人や、本流から食み出して無理にまた、還ろうとする人や、それを入れまいとする人や、いつものとおりの混雑である。巡査が厭な眼つきで改札人の背後《うしろ》から客の一人一人を見ている。ここをかろうじて出た人々はプラットフォームを小走りに急いで、駅夫らの「先が空いてます、先が空いてます」と叫ぶのも聞かずに、吾れ先きと手近な客車に入りたがる。自分は一番先の客車に乗るつもりで急いだ。

明治四十年（一九〇七）ごろの光景だが、それにしても大変な喧噪である。

　ふるさとの訛なつかし
　停車場の人ごみの中に
　そを聴きにゆく

上野駅といえば、すぐに思い出されるのがこの石川啄木の絶唱であろう。昼か夜か、はっきりしないが、これも明治四十年代に作られた。望郷の想いたちがたく、啄木にとって上野駅は傷心を慰めるのに格好の場所であった。

時代は少し下がるが、金沢出身の室生犀星が大正の初期に作った詩に「上野ステエション」というのがある。

　トップトップと汽車は出てゆく
　汽車はつくつく
　あかり点《つ》くころ
　北国の雪をつもらせ

つかれて熱い息をつく汽車である
みやこやちまたに
遠い雪国の心をうつす
私はふみきりの橋のうえから
ゆきの匂いをかいでいる
浅草のあかりもみえる橋の上

夜行列車が発車する。次いで、雪国を走り抜けた下りの汽車が到着する。そんな光景をやはり望郷の思いを込めて眺めているシーンである。

暖かい南国からの列車が到着する新橋駅と違って、北国からの列車を迎える上野駅には、どこか寂寥の気がただよっていた。

夜汽車に寄せるとりどりの思い

二木は瓢吉の手をにぎりしめた。駅長が直立の姿勢で、車掌に挙手の礼をかえしているのが見えた。じゃあ、左様なら、――二木よ、駅長よ、岡崎駅よ。（中略）

瓢吉の胸は、空想と野心に湧きかえって、ああ汽車さえもまるで青成瓢吉のためにのみ走っているように思われるではないか。――

尾崎士郎の『人生劇場（青春編）』の一節である。希望に燃えて上京する青年の浮き浮きと踊るような気分が活写されている。

その松並木を出ようとする時、ふと遠くから音が近づいてきて、やがて貨車と客車とを連結した長い汽車が、かれの歩いているすぐ左の畠の中を通っていった。それは昨夜十一時に東京を出た急行車で、客車の窓には朝日がさし通って、客がごたごたしているのが半ば黒く見えていた。「あそこにいる人たちは、皆なのんきに旅行をつづけているのだ。自分のような重荷を持っているものは一人もないのだ」ふとこう思うと、かれはたまらなくさびしく悲しくなってくるのを覚えた。

こちらは、田山花袋が大正六年（一九一七）に実話にもとづいて書き下ろした『一兵卒の銃殺』のなかの一節。門限に遅れてやむなく脱走した若い兵隊が、朝を迎えた夜行列車の乗客に抱く感想である。人はとかく、傷心を抱いたり、悲哀に満たされているとき、ほかの人が幸せにみえてしかたがないものである。もちろん、それは一方的な思い入れにすぎないのだが、夜汽車の乗客とて幸せな人ばかりとは限らない。


突然烈しい音響が野の端から起った。

華《はな》ばなしい光の列が彼の眼の前を過《よぎ》って行った。光の波は土を餇《は》って彼の足もとまで押し寄せた。

汽鑵車の烟は火になっていた。反射をうけた火夫が赤く動いていた。

客車。食堂車。寝台車。光と熱と歓語で充たされた列車。

激しい車輪の響きが彼の身体に戦慄を伝えた。それははじめ荒々しく彼をやっつけたが、遂には得体の知れない感情を呼び起した。涙が流れ出た。

響きは遂に消えてしまった。そのままの普段着で両親の家へ、急行に乗って、と彼は涙の中に決心していた。

これは、梶井基次郎の短編『過古』のラストシーン。希望にあふれて大都会に出たものの、現実はきびしく、日々望郷の思いが募る。夜汽車を見て、それはついに破裂する。こんな悲痛な思いを抱いて夜行列車に飛び乗る人だっていたのだ。

林芙美子の『放浪記』の描写も切ない。

（前略）浮いた稼ぎなので、あなたは私に焦々しているのだと善意にカイシャクしていた大馬鹿者の私です。そうだ、帰れる位はあるのだから、汽車に乗ってみましょう。

（中略）夜汽車、夜汽車、誰も見送りのない私は、お葬式のような悲しさで、何度も不幸な目に逢って乗る東海道線に乗った。

夜行列車には、いろいろな思いを抱いた人が乗り合わせているものである。汽車は、もちろんそんなことは知らぬ気に闇夜を疾走する。沿線から眺めたそんな夜汽車の風情をロマンチックに謳い上げた、千家《せんけ》元麿《もとまろ》の「夜汽車」と題された抒情詩を味わってみよう。

今停車場を出たばかりの
夜汽車が走ってゆく
灯火が輝いて

いろいろの乗客がまだ起きているのが
美しく淡く見える
星の中の人達のように
無言の美しさに満ちて

車内に渦巻く人間模様

さて、ここからはわれわれもまた〝文学列車〟の人となって、しばらく車内の人間模様を観察してみることにしよう。

呿呻《あくび》嚙み
夜汽車の窓に別れたる
別れが今は物足らぬかな

石川啄木が苦難のすえにようやく安定を得たかに見えた函館での暮らしが、大火によって心ならずも破壊され、単身で小樽へと向かうときに詠んだ歌である。悲痛というほどではないが、なにかうらぶれた心情がにじむ。啄木には、後年詠んだなかにこんな歌もある。

かの旅の夜汽車の窓に
おもひたる
我がゆくすゑのかなしかりしかな

単調に夜を走る列車には、なにがなし人を不安にさせずにはおかないペーソスがある。
次は、若山牧水の歌。

うちしのび夜汽車の隅にわれ座しぬかたえに添いてひとのさしぐむ

向かいの座席に坐って泣いているのは男だろうか、それとも女だろうか。いずれにしても、この二人には哀しみをともにするなにかがあったのだ。
短歌がつづいたところで、ほかの歌人の歌を拾ってみよう。

汽車のなかに一夜ねむらぬ朝明けて眼には苦しき雪野の光　植松寿樹《ひさき》

夜汽車にてわれは来しかば暁のお床のなかにいますなきがら　佐藤佐太郎

汽車はしる　闇夜にしるき霜の照り。この冷《さや》けさに、人は死なじも　釈迢空

つかれつつ汽車の長旅することもわれの一生《ひとよ》のこころとぞおもう　斎藤茂吉

次は、俳句。

夜行列車一人の口のみかん汁垂れたり　滝井孝作

なお北に行く汽車とまり夏の月　中村汀女

星凍りひと寝し汽車の灯に堰《せ》かれ　秋元不死夫

北上す夜汽車の窓の露の連結器　大野林火

短歌と俳句では少し趣が異なるが、それでも夜汽車が乗客のいろいろな思いを乗せて闇夜をひた走っているようすがよくわかる。

闇夜をついてどこへ行く?

次は詩歌から引用してみよう。まずは萩原朔太郎の「夜汽車」。人妻との道行きを謳ったものである。

有明のうすらあかりは
硝子戸に指のあとつめたく
ほの白みゆく山の端は
みずがねのごとくにしめやかなれども
まだ旅びとのねむりさめやらねば
つかれたる電燈のためいきばかりこちたしや。

あまたるきにすのにおいも
そこはかとなきはまきたばこの烟さえ
夜汽車にてあれたる舌には佗しきを
いかばかり人妻は身にひきつめて嘆くらん。
まだ山科は過ぎずや
空気まくらの口金をゆるめて
そっと息をぬいてみる女ごころ
ふと二人かなしさに身をすりよせ
しののめちかき汽車の窓より外をながむれば
ところもしらぬ山里に
さも白く咲きていたるおだまきの花。

ペーソスのなかにどこか官能の香りもたち込めて、これはこれで甘美な印象だが、次の「夜汽車の窓で」という散文詩になると、もうそんな感傷はどこかに吹き飛んでしまう。

夜汽車の中で、電燈は暗く、沈鬱した空気の中で、人々は深い眠りに落ちている。一人起きて窓をひらけば、夜風はつめたく肌にふれ、闇夜の暗黒な野原を飛ぶ、しきりに飛ぶ火虫をみる。ああこの真っ暗な恐ろしい景色を貫通する！　深夜の轟々という響の中で、いずこへ、いずこへ、私の夜汽車は行こうとするのか。

なにか、はかり知れない恐怖が待ち受けるなかを、その結末を知る術もなく突き進む自分。そんな自分を夜汽車の客に見立てた、これは象徴詩である。朔太郎には、夜汽車に心情を仮託した「断橋」という詩もある。

初夏の雨に濡れた硝子《ガラス》戸に
まだ雪のある山脈
東北線、青森急行の寝台車《スリーピングカー》
僕はアスピリンをのんでいる

田中冬二の「アスピリン」という短詩。一夜を夜汽車で過ごして頭が痛くなったのだろうか、それとも熱っぽいのか。いずれにしても、なんともけだるい車内光景ではある。

喜怒哀楽を乗せて夜汽車は走る

順序が逆になってしまったが、小説や随筆、紀行文といった散文となると、夜汽車の記述はそれこそ枚挙に暇《いとま》がない。やや独断的になってしまうが、いくつかを選んで紹介しよう。

鼻眼鏡に黒眼鏡、つれ立ちて月の晦日《みそか》の宵浅き三等急行車にて新橋を立つ、七日ばかりの旅なるを、銀座へ物買に行く序《ついで》とて家を挙げて送り来る、共に行くもの思案外史《しあんがいし》、

白と青との階級《しな》を撤して、一切平等無差別の赤切符、納々たる客車の榻子《とうし》に背《せな》を靠《もた》せ肱《ひじ》を交えて、パナマも、台湾も、お釜帽子も、麦稈《むぎわら》も、上布《じょうふ》も、浴衣も、絽《ろ》も、透綾《すきや》も、兵児帯《へこおび》も、三尺も、長き

短き旅の路伴《みちづれ》、折からの月明の、水より寒き夜涼のうちに友懐かしく譁《にぎ》やかに、知るも知らぬも打ち解けて語り合う、絶えて白と青とに見るところの倨傲矜驕《きよごうきんきよう》、城府を作りて相睥睨《あいへいげい》する慢態なきは心地よし、

遅塚麗水の紀行文『幣袋《ぬさぶくろ》』（明治四十三年）の書き出し。「白と青との」とあるのは白切符・青切符のことで、つまりは一等車と二等車のこと。いろいろな人が乗り合わせて、未知の人同士が賑やかに語り合う赤切符、つまり三等車の車内光景がじつに生き生きと描き出されている。

夜汽車のなかの昌造を外的に写しだすならば、それは悔恨と不安とに身の置き所もなく悩んでいる青年の、立派な、しかしどこか空虚な肖像画ができあがって行くだろう。彼は非常な速さで走っている列車の中にいて、しかも刻々追い縋ってくるものがあるように感じた。ふと、殺人犯が高飛びをする場合の心理が思われる。母親の用箪笥に鍵をさしこむ時の、戦《おのの》く胸の、恐しい瞬間を思いだす。

（後略）

里見弴『善心悪心』（大正五年）の一節。放蕩《ほうとう》生活から抜け出ようともがく青年の心の葛藤《かっとう》と振幅が、夜汽車という舞台を借りて浮き彫りにされている。

落合川の駅から元来た道を汽車で帰ると、下諏訪へ行って日が暮れた。私は太郎の作っている桑畑や麦畑を見ることもかなわなかったほど、いそがしい日を郷里のほうで送り続けてきた。察しのすくない郷里の人たちは思うように私を休ませてくれなかった。この帰りには、いったん下諏訪で下車し

て次の汽車のくるのを待ち、また夜行の旅を続けたが、嫂でも姪でも言葉少なに乗って行った。末子なぞは汽車の窓のところにハンケチを載せて、ただうとうとと眠り続けていた。

島崎藤村の『嵐』（大正十五年）の一節。その年四月に、郷里で帰農している長男を訪ねたおりの、帰りの車中の描写である。せっかく帰郷したというのに、心身ともにくたびれた、その重苦しい気分が夜汽車の車内にまで持ち込まれているようすがみてとれる。

不図眼がさめると、いつの間にか雨が降り出している。夜なか、全速力で闇を貫き駛っている汽車に目を開いて揺られている心持は、思いきったような、陰気なようなものだ。そこへ、寝台車の屋蓋をしとしとと打って雨の音がする。凝っと聴いていると、私はしんみりしたいい気持になった。雨につれて、気温も下り、四辺の空気も大分すがすがしく軽やかになったらしく感じる。――一人でその雨に聴き入っているのが惜しく、下に眠っているYにも教えたいと思った位。

宮本百合子が長崎へ旅行したおりの印象をつづった『長崎の印象』（大正十五年）の書き出し。初めての土地を訪ねるときの、浮き立つような心情が清々しく描写されている。

紙数の都合でこれ以上の引用ができないのが残念だが、これだけからも夜行列車はいろいろな人間のこもごもの思いを乗せて走っていることが知られよう。

混乱をきわめた戦中戦後の夜行列車

第二次世界大戦は、鉄道にも大きな変動と混乱をもたらした。旅客よりも、兵員や軍需物資の輸送が優先されるようになり、人々の移動はしだいに制限されるようになった。

正介の乗った汽車は、東京を正時に出発したのであったが、途中、名古屋あたりでB29の編隊に襲われたり、一つ前を行く列車が米原附近で故障をおこしたり、明石以西では何の理由か幾度も田圃の中に不時停車したり、その結果、時間がひどく遅延したのであった。正介は気が気ではなかった。

木山捷平《しょうへい》の『大陸の細道』（昭和二十二年）の一節。昭和十九年ごろの体験がもとになっている。移動が困難をきわめ、ときには命までもが脅《おびや》かされるようすがよくわかる。

翌日の夜行列車に割りこんだ。もう特詮は利かないから、闇の切符を買い入れた。造作ないことである。

（中略）

三等の中はすさまじい地獄図だ。罹災者の群だろう。落ちのびるふうである。私も新聞を敷いて転がっているのである。（後略）

檀一雄の『リツ子・その愛』（昭和二十五年）のなかでの描写で、これは昭和二十年（一九四五）五月、戦局も大詰めを迎えたころの東海道線を走る夜行列車の車内の凄惨《せいさん》な光景である。

昭和二十年、七月の末に、私たち家族四人は上野から汽車に乗りました。私たちは東京で罹災してそれから甲府へ避難して、その甲府でまた丸焼けになって、それでも戦争はまだまだ続くというし、どうせ死ぬのならば、故郷で死んだほうがめんどうが無くてよいと思い、私は妻と五歳の女の子と二歳の男の子を連れて甲府を出発し、その日のうちに上野から青森に向う急行列車に乗り込むつもりであったのですが、空襲警報なんかが出て、上野駅に充満していた数千の旅客たちが殺気立ち、幼い子供を連れている私たちは、はねとばされ蹴たおされるような、ひどいめに逢い、とてもその急行列車には乗り込めず、とうとうその日は、上野駅の改札口の傍で、ごろ寝という事になりました。

太宰治『たずねびと』（昭和二十一年）の一節。東北線の列車もすさまじい。結局、一家は翌朝の白河ゆきに乗り、小牛田ゆきに乗り継いで、陸羽線で新庄、そして奥羽線、五能線と迂回して青森県金木町へと帰ってゆく。列車の混雑ぶりはいうまでもない。

そして、八月十五日、日本は敗戦という形で終戦を迎える。

プラットフォームに頑張り、駅員に叱られつつも、二十二時の宇野行の仕立てられるまで待つ。改札口を出たら、乗車の困難は倍加すると見ねばならない。五時間の待合わせは、昨夜の苦行に比し、

東　海　道　本　線

行先	静岡	三島	小田原	静岡	沼津	博多	伊東	沼津	沼津	熱海	小田原	米原	三島	沼津	沼津	名古屋	國府津	濱松	沼津
列車番號／驛名	705	135	801	137	803	1	805	807	31	809	1811	702	1813	709	813	711	1815	713	815
東京發	……	525	551	625	710	725	755	840	910	959	1025	1040	1125	1155	1240	1255	1328	1355	1440
新橋〃	……	529	559	630	714	730	759	844	914	959	1030	1044	1129	1159	1244	1259	1333	1359	1444
品川〃	……	538	606	641	722	739	807	852	923	1007	1037	1053	1138	1208	1252	1308	1340	1408	1453
横濱〃	……	601	628	704	745	802	830	914	946	1030	1100	1116	1201	1231	1314	1331	1402	1431	1516
大船〃	……	620	646	726	804	824	849	932	1005	1049	1118	1135	1220	1251	1332	1351	1420	1450	1535
藤澤〃	……	627	653	732	811	レ	856	939	1012	1056	1126	1142	1227	1258	1339	1358	1426	1457	1542
辻堂〃	……	633	658	738	816	レ	902	945	1018	1102	1132	1148	1233	1304	1345	1404	1432	1503	1548
茅ヶ崎〃	……	638	703	744	822	レ	907	950	1023	1107	1138	1153	1238	1309	1350	1409	1438	1508	1553
平塚〃	……	645	710	751	829	レ	914	957	1030	1114	1146	1200	1245	1316	1357	1416	1446	1515	1600

行先	伊東	島田	御殿場	沼津	熱海	沼津	沼津	小田原	沼津	國府津	熱海	沼津	熱海	沼津	熱海	門司	沼津	大阪
列車番號／驛名	817	143	819	3821	821	715	823	825	827	829	831	717	833	835	837	15	3801	133
東京發	1510	1525	1555	1609	1625	1640	1655	1710	1725	1740	1755	1825	1910	2010	2110	2240	020	……
新橋〃	1514	1529	1559	1614	1629	1644	1659	1714	1729	1744	1759	1829	1914	2014	2114	2245	025	……
品川〃	1522	1538	1607	1621	1638	1653	1707	1722	1737	1752	1808	1837	1923	2022	2122	2254	035	……
横濱〃	1545	1601	1629	1643	1701	1716	1730	1745	1800	1815	1831	1859	1946	2044	2144	2316	058	……
大船〃	1604	1621	1647	1701	1721	1735	1749	1804	1819	1834	1850	1917	2005	2102	2202	2336	117	……
藤澤〃	1611	1628	1654	1708	1728	1742	1756	1811	1826	1841	1857	1924	2012	2109	2209	レ	レ	……
辻堂〃	1617	1634	1700	1714	1734	1748	1802	1817	1832	1847	1903	1930	2018	2115	2214	レ	レ	……
茅ヶ崎〃	1622	1639	1705	1720	1739	1753	1807	1822	1837	1852	1908	1935	2023	2120	2219	レ	レ	……
平塚〃	1629	1646	1712	1728	1746	1800	1814	1829	1844	1859	1915	1951	2030	2127	2226	レ	レ	……

❸

❸昭和22年１月東京鉄道局発行『時間表』から東海道本線部分
夜行は門司ゆきと沼津ゆきの２本だけで特急も急行もない

ものの数ではない。食事も用便も、此間に済ました。
（中略）
大阪、神戸の焼跡は、暗夜と、車内大満員のために、よく見えず、焼跡はもう飽きたから、見えない方がいい。この列車、始発駅から乗ったのに、乗る時から非常な混雑。通路にリュックを下し、それに腰かけて眠る。（後略）

獅子文六の『てんやわんや』のシーン。昭和二十年（一九四五）十二月、つまり終戦直後に妻の郷里である愛媛県の岩松町に疎開したときの体験が投影されている。東京駅を避けて沼津に先に出て、ここから翌朝五時の汽車で京都、そしてさらに夜行に乗り継いでと、大変な難行である。この作品では、京都を除く沿線の諸都市のほとんどが焦土と化している様も描かれている。

東海道線上り列車は、くたびれかけていた。九州を出てから、一昼夜はしりつづけている。デッキの上だけでも二十人は乗っている。ステップの上だけでも三人はぶら下っている。（後略）

こういう書き出しで始まるのは、小島信夫の中編『汽車の中』。全編が車内シーンという異色作である。

人間一人助けると思って、もう一歩なかへはいってくれ、おれは片手、片脚しか汽車の上にはないのだ。これは人道問題じゃないか、などという聞きずてならぬ叫び声をのせて、まったく汽車の方も、くたびれてるし、いやになっている。やけくそになって燃えさしのつぶつぶの入った、どす黒い煙を吐きだすと、そいつがデッキの中へ横なぐりに入りこんできて、連中は懸命になってもがくけれども、がっちり組み合わさっていて、顔の上で顔が苦悶の表情をみせるだけだ。

まったく、すさまじい光景である。このデッキには主人公の学校の先生夫妻も荷物とともにしがみついて乗っており、停車した駅でホームに投げ出されたり、窓から飛び乗ったりと悪戦苦闘してやっと車内に潜り込む。これに妙に旅なれた薄汚い男が変に親切気にからんでくるのだが、混雑した車内とあって無視することもできない。とかくするうち、夫妻は疲れからぐっすり眠り込んでしまう。夜に入って、車掌が検札にやってきて目をさましたとき、件の男と夫妻の荷物が掻《か》き消えているというストーリーである。終戦後、各地でひさしく見られた光景だった。夜行列車が最も悲惨をきわめた時代である。

百鬼園先生と夜行列車

さて、紙数も尽きてしまったが、こと文学のなかの鉄道となると、百鬼園先生こと、大の鉄道ファンとして知られた内田百閒に御登場願わないわけにはいかない。多くの著作のなかから、夜行列車について記した部分をいくつか拾って、小稿を終えることにしよう。

「今に、もう何年かしたら、あの汽車に乗って東京へ行くんだ」

その当時の感傷では、夜汽車の汽笛に誘われて、青雲の志を託した様でもあるが、その半面には窓の巣の中で何か呟いている燕の声に、まだ故郷を離れもしない前から、取り越しの郷愁を感じていたらしくもある。

昭和十二年（一九三七）に書かれた『上京』の冒頭部分の一節。少年時代、岡山にあって上京を夢見ていたころの回想である。物心ついたときから鉄道が好きで好きでたまらなかった内田栄造少年にとって、岡山駅に発着する夜汽車の汽笛は青雲の志をかき立ててくれる楽の音のようなものだったにちがいない。

かくて、栄造青年は明治四十三年（一九一〇）、二十一歳の年に「青雲の志」を抱いて勇躍、東京へと出立した。

その当時既に新橋下ノ関間の急行は一本通っていたので、岡山からは乗り換えなしに東京へ出られたのである。おまけに岡山駅を通る上りの時刻は夕方の七時二十二分で、時間の都合もよかったのだが、私はわざわざその汽車を避けて、夜半の二時四十分に岡山駅を出る京都止りの上りに乗る事にした。（後略）

なぜ直通列車を避けたかというと、周囲には京都を朝出る急行に乗れば東海道筋が明るいうちに眺められるからと話したが、実際には生まれて初めて故郷を離れる悲痛な気持ちを神戸までの間に整理しておきたかったからである。多感な一面がしのばれるが、沿線の景観を見たかったのも事実であろう。以後、内田百閒は戦後の有名な『阿房列車』の車中で、同行の国鉄職員、ヒマラヤ山系こと平山三郎に、学生時代から往復しているので東海道線ならどこで目をさましても、外の景色を見ただけでいまどこを走っているかわかると豪語できるようになるまでに、東海道・山陽線を何度も往復することになる。

近頃の三等寝台はいいものらしく思う。僕達が学生時代に一番早い汽車で東京、岡山が十九時間だった。いつもひどく混んで大概浜松までは立ん坊で、漸くあそこで一車繋いでくれると腰が掛けられた。眠るには網棚へ兵古帯を通して、それで首を吊る様な事をやってぶらぶらしながら眠っているのもある。姫路の駅では下駄を履いたまま窓から足を出しているのを、車掌が外から押し込んでいた。僕はまだ乗った事はないが近頃の三等寝台と云うのは、あれはいいだろう。

昭和二十四年（一九四九）の『百鬼園夜話』の一節。難儀をきわめたころの汽車旅が回想されている。

汽車の寝台に寝るのは有り難くない。滅多に旅行する事もないが、たまに出掛けるには成る可く都合をつけて昼間だけ汽車に乗り夜は泊まる事にする。汽車が好きなので一日窓の外を眺めていても退屈する事はない。折角の道中を夜寝た間に通ってしまうのは惜しいと云う気持もある。

昭和十七年（一九四二）の『戻り道』中の「寝台車」の冒頭の部分だが、どうやら百鬼園先生は夜行列車はあまり好きではなかったみたいである。とにかく車窓を眺めるのが好きな人だった。

しかし、いざ旅行となると、そうとばかりもいってはおれない。生涯を通じて百鬼園先生はよく夜行列車を利用して旅に出た。

夏初めの晩にそう云う料簡で神戸行の一二等急行に乗った。自分の座席に落ちついて、その伬汽車が走り出したのでは物足りない。一たん掛けた席から又起ち上がり、車外に出てどんな恰好の機関車が引っ張るのか見て来る。機関車の所から、見送りの人人で混雑している歩廊を伝って幾台もつながった列車の横腹を見ながら最後尾まで行って来ないと気が済まない。晩の一二等急行は東京から出る時の前の方が二等車で真中に食堂車があってそれから後が一等車である。一等車が何台も続いているのが珍らしく、横腹の白い線と青い線とが歩廊の電燈の光を受けて夕闇の中に伸びているのも壮麗な気持である。

『先年の急行列車』（昭和二十二年）からの引用である。とにかく並の鉄道ファンではない。ここまでくれば、立派なマニアである。

神戸行の三等急行に乗って好い心持に揺られていると、横浜から乗って来た客がボイを呼び止めて大きな声でスリッパを持って来いと命じた。ボイがこの列車ではスリッパは出さないと云うと、それは困ったな、ついこの前の一二等急行に乗り遅れたものだからと云った。三等急行に乗って天ケ下はみんな三等と思っているところへこんな客が混じり込んでは三等急行の清潔な趣を汚してしまう。今の列車内の流儀で行けば窓から摘み出しても構わない。

同じく、『先年の急行列車』から。戦前の急行を回想しているのだが、百鬼園先生はそもそもから二等車の客が一番嫌いだった。成金趣味の客が多いからというのが、その理由である。三等車でついてもいないスリッパを要求した客のごときは、百鬼園先生にとって唾棄すべき存在だったのであろう。

と、こういう形で百鬼園先生の夜汽車の旅に付き合っていると、きりがない。なにしろ著述が多く、また昭和二十五年（一九五〇）の『特別阿房列車』から始まる『阿房列車』シリーズにも、夜汽車はふんだんに登場する。いずれもユーモアと含蓄《がんちく》にとみ、あきさせないものなのだが、この列車には読者に自由に御乗車願うことにして、最後に夜行列車にまつわる百鬼園先生の哀しいエピソードを紹介しよう。

昭和三十一年（一九五六）六月二十五日未明、盟友で琴の師匠でもあった盲目の天才箏曲師宮城道雄が関西への演奏旅行の途次、下り急行〈銀河〉から転落して死亡した。以後、〈銀河〉は先生にとって哀しい夜行列車になったが、その心情は『東海道刈谷駅』という作品に切々とつづられている。引用の余裕を得ないのが残念である。

（『旅と鉄道』No.90〈'94冬の号〉）

…………………

本編では、表題に「夜汽車」という言葉を使っているが、もちろんこれを執筆した平成六年（一九九四）当時にもすでにこういう列車は存在しなかった。なぜなら、「汽車」そのものが、〈SLやまぐち号〉などのあえて残されたイベント列車を除いて、国鉄の営業線上からすべて消え去っていたからである。「汽車」というのは、あくまでも蒸気機関車が牽引する列車のことである。

だが、「汽車」という言葉は今もしぶとく生き残っている。鉄道趣味誌や旅行誌などで時折「汽車旅のすすめ」「夜汽車の旅情」といった特集が組まれることがあるが、この場合の「汽車」は「列車」の代名詞、その情緒的な置き換えと考えていいだろう。

本編を執筆した後、その夜汽車、つまり夜行列車が、新幹線網が広がり、在来線も含めて列車が高速化するにつれてその存在理由が希薄になり、廃止が相次ぐようになった。

まず、東北新幹線が八戸に延伸した平成十四年（二〇〇二）十一月三十日に上野と青森を結んでいた東北特急〈はくつる〉が廃止になり、次いで平成十七年（二〇〇五）三月一日のダイヤ改正時に下関特急〈あさかぜ〉と長崎特急〈さくら〉が廃止された。〈あさかぜ〉は、松本清張の『点と線』の解題で

❹

❺

❹目下望みうる最高の豪華列車〈カシオペア〉
夜行列車の新しい方向を示した列車として
注目を集めた。上野と札幌間を結ぶ文字通りの
「走る豪華ホテル」として今も人気が高い
❺〈あさかぜ〉〈さくら〉なきあと
東京―熊本間特急〈はやぶさ〉とともに
辛うじて運行を続ける同大分間特急〈富士〉
残念ながら単独ではなく〈はやぶさ〉との
併結運転で、小倉で分割・併合される

も紹介したように、戦後に復活した九州特急の元祖であり、またブルートレインの先駆けにもなった名列車であった。一年後の今年、平成十八年（二〇〇六）三月十八日のダイヤ改正で、東京と出雲市を結ぶ山陰特急〈出雲〉も廃止された。

夜行寝台特急は、もはや風前の灯といった観がある。

そのせいか、夜行列車が文学に登場することもあまりなくなったような気がしてならない。かつては、松本清張のあとを受け継いだ作家たちによる鉄道ミステリーに頻繁に登場したが、それももう出尽くしたようである。

由緒ある寝台特急が消えてゆくなか、新しく登場した列車もある。

上野と札幌を結ぶ豪華寝台特急〈カシオペア〉がそうである。平成十一年（一九九九）七月十六日に誕生した。この列車の人気はすさまじく、切符を入手するのがなかなかむずかしい。先輩格の〈北斗星〉、大阪と札幌を結ぶ〈トワイライトエクスプレス〉とともに、夜行寝台の新しい行き方を示した列車といっていいだろう。ちなみに、〈北斗星〉は昭和六十三年（一九八八）三月十三日、青函海底トンネル開通と同時に、〈トワイライトエクスプレス〉は翌平成元年（一九八九）七月十六日に誕生した。

ただ、これらの列車にはどこか日常とは離れた、いわば特別列車といった趣があり、「夜汽車」という雰囲気とはちょっとかけ離れたところにある。だから、文学に取り込まれるのは案外にむずかしいかもしれない。

いずれにしても、夜汽車こと夜行列車を取り巻く環境はここ十年で様変わりしてしまったのである。

最後に、特急以外の夜行列車を検証してみよう。なんと嬉しいことに、内田百閒の『東海道刈谷駅』にも登場した急行〈銀河〉は今なお健在である。ほかに、急行としては青森―札幌間〈はまなす〉、大阪―新潟間〈きたぐに〉といったところがある。また、東京―大垣間快速〈ムーンライトながら〉、新宿―新潟間快速〈ムーンライトえちご〉といった座席列車も貴重な存在である。これらの列車こそは「夜汽車」のムードを濃厚に漂わせており、それだけ文学性があると思うのだが、いかがなものだろう。

あとがき

小説、紀行文、随筆、詩歌などの文学には、頻繁に鉄道が登場する。文学が、その時代の世相を敏感に映しながら、人間の営みを描き出す表現手段であることを考えれば、日常に深く根ざしている鉄道がそのなかに取り込まれるのは当然すぎるくらい当然のことである。

実在する路線や駅、列車もあれば、架空のそれもあるといった具合に、鉄道の扱われ方は様々で、その作品がかりにフィクションだとしてもそこに描かれる鉄道は実在するといったケースもあれば、その反対に事実に基づくテーマを追求していながら鉄道は架空の設定ということもある。だが、いずれにしても、それは作者と描かれた鉄道との間に、心象面も含めてなんらかの接点や交感がなければ表現されえないものである。その意味では、文学の中の鉄道には、たとえそれが作者の主観を強く反映したものであっても、客観化され体系化された鉄道史にはないリアリティがあり、面白みがある。

私はだから、文学に描かれた鉄道のことを「もうひとつの鉄道史」と呼ぶ。

このことは、本書を読まれればすぐに納得していただけることと思うが、文学は極めて局部的、部分的にではあるが、そこに登場する鉄道をじつに生き生きと、しかも臨場感豊かに再現してくれるのである。私が、文学を通じて鉄道を浮き彫りにしてみたいと考えた動機も、じつはここにあった。

ところで、ここに収録された記事は、最後の二つを除いて昭和五十三年（一九七八）から六十年（一九八五）にかけて季刊誌『旅と鉄道』に連載されたものである。取り上げた作品を考察するに際しては、その時点で最新の取材成果を織り込んだが、いまあらためて読み返すと、その部分はいかにも古い。平均して四半世紀の時が流れているのだから、当たり前の話である。

だから、編集部の清水範之氏から単行本としてまとめたいというお話をいただいた時は、ありがたいとは思ったが、当初は正直とまどった。はたして、現在も読むに耐える内容を伴っているのだろうか、と。

しかし、何度も読み返すうちに、取り上げた文学作品を鉄道に即して考証した部分はいささかも陳腐化してはいないことに気がついた。それどころか、四半世紀という時間を濾過して、さらに重みが加わったようにも思われる。このことは、それだけ取り上げたこれらの作品の生命力が強いということを示しているのだろう。優れた作品は、時代を超越して生き残るものである。

という次第で、この連載記事が二冊の本として蘇ることになった。ただ、これだけでは無責任の誹りを免れないと考えて、現在の状況を考察した一文を解題として併載することにした。これで、四半世紀に及ぶ空白はかなり埋められるとともに、その後の推移も理解していただけるものと思う。

全体をとおして、文学の持つ底力のようなものを感じ取っていただければ幸いである。

最後に、一本にまとめるにあたって再録を快諾していただいた鉄道ジャーナル社社長兼編集長の竹島紀元氏に心からお礼を申し上げたい。『旅と鉄道』誌に連載当時、終始激励していただいたことを懐かしく思い出す。

また、埋もれていたこの連載を再発掘していただいた清水氏にも深く感謝の意を表したい。

平成十八年五月吉日

原口隆行

原口隆行（はらぐちたかゆき）
昭和十三年（一九三八）、東京に生まれる。昭和三十八年（一九六三）、上智大学経済学部卒業。同年凸版印刷に入社。昭和五十七年（一九八二）、フリーになり、執筆活動に入る。雑誌『鉄道ジャーナル』『旅』『旅と鉄道』などに寄稿、現在に至る。主な著書に『時刻表でたどる鉄道史』『時刻表でたどる特急・急行史』『日本の路面電車Ⅰ・Ⅱ・Ⅲ』『鉄道唱歌の旅　東海道線今昔』『絵葉書に見る交通風俗史』（以上ＪＴＢキャンブックス）、『イギリス＝鉄道旅物語』『イタリア＝鉄道旅物語』（以上東京書籍）、『ＪＲ全車両大図鑑』『古写真で見る明治の鉄道』（以上編著。世界文化社）、『マニアの路面電車』（小学館文庫）、『ドイツ・ライン川鉄道紀行』（ＪＴＢ）、『各駅停車の旅』（ダイヤモンド社）、『新幹線がわかる事典』（編著。日本実業出版社）などがあり、ほかに共著も多数に及ぶ。

文学《ぶんがく》の中《なか》の駅《えき》

名作が語る〝もうひとつの鉄道史〟

二〇〇六年七月二十日初版第一刷印刷
二〇〇六年七月二十五日初版第一刷発行

著者　原口隆行
発行者　佐藤今朝夫
発行所　株式会社国書刊行会
東京都板橋区志村一―十三―十五　〒一七四―〇〇五六
電話〇三―五九七〇―七四二一
ファクシミリ〇三―五九七〇―七四二七
URL：http://www.kokusho.co.jp
E-mail：info@kokusho.co.jp
装訂者　東幸央
印刷所　山口北州印刷株式会社＋株式会社ショーエーグラフィックス
製本所　有限会社青木製本
ISBN4-336-04785-5 C0095